사라진
신들의 귀환

사라진 신들의 귀환

정재서 지음

Return of the Lost Gods

문학동네

차례 _Return of the Lost Gods_

서문

이토록 오래된 그리고 새롭기까지 한

시냇물아, 넌 어쩜 그렇게 슬퍼 보이니? 기운을 좀 내봐.
그렇게 한숨을 쉬며 중얼거리지만 말고……
이 슬픈 시냇물이 뭐라고 그러는 거야, 엄마?
_ 너새니얼 호손의 『주홍글씨』에서

위대한 전원시인 도연명陶淵明은 여름날 북쪽으로 난 창 아래에 누워 시원한 바람을 맞고 있노라면 복희伏羲 시대의 백성이 된 것 같다고 토로했다.• 복희는 결승문자와 팔괘를 발명한 동양의 신이다. 나는 이렇게 말하련다. 아침에 지저귀는 새소리를 듣고 고향

• 陶淵明, 「與子儼等疏」, "常言伍六月中, 北窓下臥, 遇凉風暫至, 自謂是羲皇上人."

집을 떠올린 적이 있다면, 또 한적한 해변에서 밤하늘의 별을 보고 가슴 뛰어본 적이 있다면, 그는 순간 복희 시대의 백성이 된 것이라고.

풍경을 그리워하고 동물과 얘기하고 싶어하는 마음, 이는 신화적 심령의 유력한 징후이다. 왜냐하면 신화시대에 우리는 사물을 살아 있는 것으로 보고 그들과 대화를 시도했기 때문이다. 바야흐로 우리는 동물뿐만 아니라 차가운 기계와도 대화하고픈 시대에 접어들었다. 신과 영웅, 요괴 들은 만화와 애니메이션, 게임, 영화 등에서 화려하게 부활했으며 메타버스는 이들과의 교감이 왕성하게 진행되는 무대다.

나는 오랫동안 이러한 시대의 도래를 꿈꿔왔다. 1985년 동양의 대표적 신화서 『산해경山海經』을 처음 번역했을 때 학문에 무익한, 이상한 작업을 했다는 비아냥을 들었지만 괘념치 않았으며 교조적 이념과 리얼리즘이 만연했던 시절, 백일몽에 취한 현실도피자로 간주되었어도 서럽지 않았다. 사라진 신들이 언젠가 귀환할 것이라는 예감이 나를 굳건히 지탱했던 힘이었다. 이토록 오래 염원해왔던 신화, 그 신화는 이제 다시 인간과 자연, 인간과 기계가 조화롭게 공존해야 할 새로운 미래와 조우하고 있다.

이 책은 나의 학문적 작업, 곧 엄숙한 신화학 연구와는 다른 차원에서 오랜 기간 신화의 도래를 열망하며 자유롭게 혹은 때때로 수행된 신화적 글쓰기의 산물들을 거둔 것이다. 나는 실증주의의 그늘에 가려진 상상력의 이성과 감성을 넘나드는 힘에 대해 말하고 싶었고, 흐르는 듯 세상을 지배하는 이미지의 제국에 대해 말하고 싶었으며, 스토리야말로 이념에 앞서 우리를 존재케 하는 기반일 뿐 아니라 실상 우주는 원자가 아니라 스토리로 구성된 것이라는 점을 말하고 싶었다. 그리고 궁극적으로 이 모든 것들의 원천이 신화에 있으며 이 때문에 신화가 미래 사회의 정신적 동력이 될 수 있다는 사실을 글쓰기로 보여주고자 했다.

신화의 시대가 도래하여 세상엔 판타지적 사유가 넘쳐나지만 여전히 실증주의의 미몽迷夢에 갇혀 현실을 재단하는 사람은 많고 신화와 디지털적 상황이 결합된 이 기묘한 시대의 문화를 읽어낼 나름의 독법을 지닌 사람은 드물다. 나는 2007년, 『사라진 신들과의 교신을 위하여』를 출간하여 동양신화에 바탕한 신화비평을 선보였다. 그로부터 15년이 지난 오늘, 교신을 시도했던 신들이 과연 얼마나 돌아왔는지는 알 수 없다. 다만 나는 우리의 사회, 문학, 예술, 문화산업 등 각 방면에서 그들의 귀환을 확인하고 읽어내는 작업을 계속해왔고 그 결과물이라 할 『사라진 신들의 귀환』을 이제 세상에 묻는다. 여기서 '사라진 신들'이란 넓게는 근대 이후 이성과 과학의 지배권에서 밀려난 신화적 존재 일반을 가리키고 좁게는 그 안에서도 그리스 로마 신화 중심주의에 의해 구축驅逐된 동양의 신들을 의미한다.

이 책에 담긴 의미를 너무 거룩하게(?) 말한 것 같다. 그러나 독자들은 신화의 웅심雄深한 의미를 일상의 담화와 같은 비근卑近한 예화, 이를테면 수필, 칼럼, 논평, 서평, 대담 등의 다양한 형식을 통해 맛보게 될 것이다. 다양한 형식에는 다양한 주제의 신화 내용들이 담길 터인데 그것들은 오히려 학술논문보다도 신화의 편재성遍在性을 더 잘 드러내고 신화로 가득찬 이 세상을 어떻게 읽어낼 것인지에 대해 적절한 시사를 줄 것이다.

이 책은 모두 5장으로 구성되어 있다. 제1장 「신화란 무엇인가?」에는 2개의 절이 있는데 제1절 '신화의 의미와 기능'에서는 신화의 일반적 개념과 정의 그리고 그것이 지닌 사회, 문화적 기능 특히 상상력, 이미지, 스토리와 관련된 문화산업적 효용에 대해 서술했다. 제2절 '동양신화의 귀환'에서는 이른바 '사라진 신'의 차원에서 동양신화에 주목하고 주로 중국신화를 중심으로 동양신화 귀환의 문제를 다루었다. 아울러 서양신화와 대비되는 동양신화의 특성에 대해서도 설명했다. 제2장 「신화와 4차 산업혁명 시대」에서는 앞서의 상상력, 이미지, 스토리 논의를 이어 '이토록 오래된' 신화가 4차 산업혁명 혹은 메타버스의 '새로운' 시대와 어떻게 조우하며 왜 시대의 양식이 되는지 정신적, 실용적 차원 양 방면에 걸쳐 설명하고 동양신화를 중심으로 AI 시대에 대한 신화적 독법을 제시했다. 제3장 「신화로 읽은 세상」은 제1절 '우리의 삶, 우리의 문화'와 제2절 '슬프고 안타까운 일들'로 이루어져 있는데 이 장에서는 신화적 안목으로 다양한 사례들을 분석하거나, 혹은 다양한 사례들 속에 담긴 신화적 의미를 탐색하여 평범한 일상 속의 신화를 보여주고자 했다. 제4장 「신화로 읽은 책들」에서는 『산해경』을 비롯한 신화 관련 책들을 신화학자의 관점에서 논평을 했고 마지막 제5장 「신화로 이야기하기」에서는 학생, 기업인, 작가, 학자, 예술가, 기자 등 각 분야 인물들과의 신화 관련 대담을 기록했다. 육성을 듣는 듯한 생동적인 대화를 통하여 위의 글들보다도 더 쉽게 신화의 의미와 효용을 전달하고 있는 것이 이 장의 특징이다. 독자들은 이론과 실제가 주밀하게 배치된 장과 절의 글들을 통하여 신화의 개념, 내용뿐만 아니라 그 정신이 어떠한 것인지 잘 이해할 수 있게 될 것이다. 그리고 신화가 오늘의 시대정신을 얼마나 잘 선취하고 있는지, 그래서 미래에 대비하여 왜 신화적 마인드를 체득해야 하는지 실감하게 될 것이다. 아울러 지구의 동과 서 양방향의 한 축을 이루는 동양의 신화에 대한 확실한 파악을 통해 상상력의 균형을 기하고 기존의 그리스 로마 신화 위에 참신하고 기발한 동양신화를 더하여 상상력의 업그레이드를 실현하길 바란다. 모쪼록 독자 제현諸賢이 이 시대를 헤쳐나갈 영감을 신화에서 얻기를 희망하며 내 안에서 오래 웅숭그렸던 생각들을 이제 밝은 세상에 보낸다.

끝으로 이토록 아름다운 그리고 신비한 아우라까지 발하는 격조 높은 책을 만들어준 문학동네 편집부 여러 선생님들의 노고와 정성에 깊은 감사를 드린다. 문학동네는 15년 전 사라진 신들과의 교신을 이루어주었는데 이번에는 그들의 귀환을 도와주었다. 뜻밖에도 웹툰 〈이토록 보통의〉의 캐롯 작가님은 내게 이 책 서문의 제목을 정하는 데 영감을 주었다. 감사의 마음을 전한다. 아울러 외로운 신화의 길에 아는 듯 모르는 듯 함께해준 강호의 기인이사

奇人異士들께도 심심한 고마움을 표한다.

모두 신화를 이루시길!

2022년 만추晩秋

사정동천砂井洞天에서

옥민沃民• 정재서 삼가 씀

• 「大荒西經」, 『山海經』, "有沃之國, 沃民是處…… 鸞鳥自歌, 鳳鳥自舞, 爰有百獸, 相群是處, 是謂沃之野."

◈ 1장 ◈

신화란 무엇인가?

1) 신화의 의미와 기능

창조적 상상력의 원천, 신화

1. 상상력, 이미지, 스토리

신화는 원시인류의 세계에 대한 이해와 삶의 지혜를 담은 신성한 이야기이다. 원시인류는 신화를 상징이나 동화와 같은 형태로 표현했기 때문에 오늘날의 입장에서 보면 황당하기 짝이 없는 옛날이야기 같기도 하다. 특히 이성과 실천이 중시되던 시대에 신화는 쓸모없거나 심지어는 인간을 나태하게 하는 백일몽으로 간주되기도 했다.

아마 7080세대들은 그들의 청소년 시절을 기억하고 있으리라. 당시 만화방에 갈 때 얼마나 부모님의 눈치를 보아야만 했던가? 만화를 보면 공부 못한다고 꾸중을 들었지만, 요즘은 만화로 공부까지 해결하려 할 정도로 인기다. 영화를 보러 가는 것은 더욱 위험스러웠다. 극장에 자주 가면 불량 학생 된다는 경고를 들어야만 했기 때문이다. 그러나 이제 영화는 어엿이 국민 교양으로서의 몫을 다하고 있다. 그때의 아이들은 옛날이야기 듣는 것을 좋아했지만 어른들은 옛날이야기를 좋아하면 가난해진다고 만류했다. 하지만 오늘날에는 옛날이야기를 많이 알고 있는 것이 성공에 유리하다. 현대 문화산업에서 옛날이야기야말로 가장 중요한 재료이기 때문이다. 이러한 극적인 변화는 무엇을 의미하는가? 과거에는 상상력과 이미지 그리고 스토리를 억압했다. 그러나 오늘날 우리는 이 세 가지를 가장 필요로 하는 시대에 살고 있다. 이 세 가지의 가장 원초적인 모습을 간직한 것이 신화다. 그래서 신화에 대한 관심이 부쩍 커지고 있다.

2. 신화의 중요한 기능들

상상력과 이미지 그리고 스토리의 3요소를 지니고 있는 신화가 현대사회에 대해 미칠 수 있는 중요한 영향으로는 어떠한 것들이 있을까? 첫째로, 신화는 인간의 정체성을 찾게 해준다. 극도로 과학이 발달한 이즈음 우리는 바야흐로 정체성의 위기를 실감하고 있다. 유전공학의 발달로 복제인간의 탄생이 머지않았다고도 하고 인공지능이 높은 수준에 도달하면 영화 〈매트릭스〉에서처럼 사이보그나 로봇이 활약하게 될 날이 곧 도래할 것이라고도 한다. 이들 복제인간, 사이보그, 로봇 등과 인간을 구분할 수 있는 차이는 과연 무엇일까? 신화는 원시인류가 벌거숭이로 자연 앞에 직면했을 때의 모습을 우리에게 전해준다. 따라서 우리는 신화를 통해 인간의 원초적인 모습을 확인하고 그 고유한 가치를 깨달을 수 있다. 어딘가를 찾아가다가 길을 잃으면 우리는 반사적으로 처음 출발했던 곳으로 되돌아와 다시 길을 찾아가게 되는데, 정체성 위기의 이 시점에서 신화에 대한 열띤 관심은 이와 같은 행동과 다름없다.

둘째로, 신화는 민족이나 집단의 유대와 결속을 도모하게 해준다. 신화는 기본적으로 원시시대에 한 집단이 공유했던 생각을 담은 이야기다. 원시인류는 신화를 통해 사상과 감정을 공유하고 일체감을 형성했던 것이다. 신화의 이러한 기능은 지금도 살아 있다. 예를 들어 우리는 개천절이 되면 불현듯 단군신화를 떠올리며, 우리 모두 단군 할아버지와 곰 할머니의 자손으로 동일한 배달겨레라는 일체감에 젖는다. 물론 한국이 점차 다문화, 다민족 사회로 접어들면 더 높은 차원에서의 결속을 위해 이러한 단일민족 신화도 변화가 불가피하게 될 것이다.

셋째로, 신화는 자연에 대한 친화적 감수성을 회복시켜준다. 신화시대에 인류는 자연의 품속에서 조화롭게 살았다. 자연은 인류 생존의 모태이자 따라야 할 법도였다. 신화 속에는 인류와 자연의 공존 관계가 잘 표현되어 있다. 가령 반인반수半人半獸의 괴물은 오늘날 징그럽게 여겨지지만 원시인류는 자연과 인간의 공존을 동물과 인간이 한 몸 속에 있는 것으로 나타냈던 것이다. 과학이 발달하면서 인류는 자연을 무자비하게 착취하고 파괴했다. 그 결과 이제는 자연의 반격으로 환경 위기에 직면하면서 인류의 존립마저 위태롭게 되자 다시 자연과의 관계를 회복하려는 노력, 즉 생태주의 운동이 전개되고 있다. 이 시점에서 신화는 메마른 우리의 기계적 심성에 자연에 대한 따뜻한 감수성을 불어넣어줄 수 있을 것이다.

3. 신화와 창조적 상상력

앞에서 현대사회에 대한 신화의 중요한 기능 세 가지를 들었지만, 사실 인류의 전 역사를 통하여 신화가 행사해온 가장 큰 기능은 바로 창조적 상상력이라고 할 수 있다. 신화에 담긴 무한한 상상력은 지금까지 우리의 의식과 문화를 지배하고 있다고 해도 과언이 아니다. 한 가지 예를 들어보자. 이카로스는 아버지 다이달로스와 함께 미노스 대왕의 미궁에서 탈출하기 위해 밀랍을 녹여 새 깃털을 이어붙인 날개를 몸에 단다. 그는 미궁을 날아서 탈출했으나 자만한 나머지 태양 가까이 올라갔다가 밀랍이 녹아 추락하고 만다. 인류의 비행을 향한 이러한 상상은 후일

안토니 반 다이크, 〈다이달로스와 이카로스〉, 1615~1625, 온타리오 미술관 소장.

릴리엔탈의 글라이더 비행과 실패로 이어지고 결국 라이트 형제에 의해 실현된다. 아울러 이카로스의 비행 신화는 상상 속에 삶의 지혜를 함축하고 있다. 즉 적당하면 이득이 되지만 과도하면 해가 된다는 '이해利害의 양면성'에 대한 깨달음이 그것이다.

신화적 상상력은 사상, 문학, 예술뿐만 아니라 현대 과학에도 큰 영향을 미치고 있다. 예를 들어 미국의 한 저명한 과학 잡지는 요즘 만들어진 첨단 과학 기기 대부분의 아이디어가 수십 년 전에 유행했던 공상과학소설에서 이미 첫 선을 보인 것들이라는 통계자료를 내놓기도 했다. 신화적 상상력이 현대 과학기술을 통해 실현되고 있는 셈이다. 이 밖에도 신화적 상상력을 활용한 예는 주위에서 흔히 발견된다. 2007년 중국이 달을 향해 발사한 우주선의 이름은 '창어'였다. '창어'는 우리 발음으로는 '항아姮娥'이고 중국신화에 나오는 유명한 여신의 이름이다. 원래 항아는 영웅 예羿의 아내였는데, 남편이 얻어온 불사약을 훔쳐 먹고 달로 달아나서 그곳의 여신이 되었다고 한다. 미국의 유인 우주선 아폴로에서 이미 그러한 선례가 있었지만 그 외에도 신화에서 이름을 취한 발명품, 상품 등은 헤아릴 수 없이 많다. 가령 미국의 지대공 미사일 중에 '허큘리스'라는 것이 있다. 허큘리스는 그리스 신화의 힘센 영웅 헤라클레스의 미국식 발음이다. 아마 이 이름처럼 그 미사일의 강력한 파워를 표현해주는 단어도 없을 것이다. 신화는 우리의 무의식 속에 각인되어 있는 원형과도 같은 것이어서 신화적 명명은 친근하고 쉽게 대상의 속성을 전달해줄 뿐만 아니라 완벽하게 미화하는 효과까지 있다. 이 점을 생각할 때 이름을 통해 자신을 널리 알리려는 광고야말로 거의 신화적 행위라고 볼 수 있다.

현대 자본주의 사회에서 기업은 인간의 욕망을 합리적, 기술적으로 추구하는 대표적 조직이다. 그렇다면 기업이 추구하는 욕망이 얼마만큼의 보편성을 지니고 있으며 그 행위가 공동체의 이상과 어떻게 조화를 이룰 수 있을지가 기업 성패의 관건이 될 것이다. 이러한 의미에서 보편적 욕망의 조화로운 달성을 추구하는 신화의 지혜는 기업의 바람직한 발전에 대해 많은 것을 시사해줄 수 있을 것이다. (2008)

문화의 원천, 신화

1. 원본 불변의 법칙 — 신화

심리학자 카를 융은 원시인류가 경험했던 태초의 사건은 무의식 속에 원형으로 각인되고 다시 그 원형들이 모여 집단무의식을 이룩하는데, 이 집단무의식이 신화의 주요 내용이라고 했다. 원시인류의 욕망과 꿈이 담긴 신화, 즉 집단무의식은 수천 년의 시간이 흘러가도 매 시기마다 새로운 옷을 갈아입고 나타날 뿐 그 본질적인 내용에는 변함이 없다. 이렇게 보면 신화는 문화의 원천이므로 우리가 문화를 이해하고자 하면 근본적으로 신화를 꼭 알아야 한다는 결론에 이른다. 따라서 서양문화를 깊이 알기 위해서는 서양신화의 대표 격인 그리스 로마 신화에 대한 지식이 있어야 하고, 동양문화를 깊이 알기 위해서는 동아시아 대륙의 신화인 중국신화에 대한 조예가 있어야 한다.

가령 그리스 로마 신화에서 도출된 인류의 본성에 대한 몇 가지 가설들은 오늘날의 서양 문화뿐만 아니라 다른 지역의 문화를 설명하는 데에도 중요한 역할을 한다. 실수로 아버지를 죽이고 어머니와 결혼한 비극의 주인공 오이디푸스의 신화에서 유래한 오이디푸스 콤플렉스, 제 잘난 맛에 여인들의 구애를 거절하다가 벌을 받아 자기애에 빠져 꽃으로 변한 나르키소스의 신화에서 나온 나르시시즘 등은 잘 알려진 가설들로서 오늘날에도 문학, 예술 등의 문화현상을 해석하는 데에 더없이 긴요하다.

이제 신화를 통해 후대의 철학, 사상, 문학 등을 읽어봄으로써 신화의 인류 문화에 대한 근원적 지위를 확인해보기로 하자.

2. 신화로 문화 읽기

하늘, 땅 등 세계의 창조, 그리고 인간과 사물의 탄생에 대한 이야기인 창조신화에는 인류의 근본적인 사유가 많이 담겨 있어서 후세의 철학과 문학 등에 깊은 영향을 미쳤다. 중국신화의 경우를 예로 들어보자.

태초에 지구가 혼돈 상태에 있었다는 신화는 세계적으로 널리 분포되어 있다. 가령 중국신화에서는 형체 없이 어둑어둑했다고 하고, 제주도 무가에서는 하늘과 땅이 뒤섞여 사방이 캄캄했다고 하며, 성경에서는 혼돈과 어둠이 태초의 세계를 지배했다고 말한다. 다시 중국신화에서는 혼돈 속에 밝은 기운과 어두운 기운 두 가

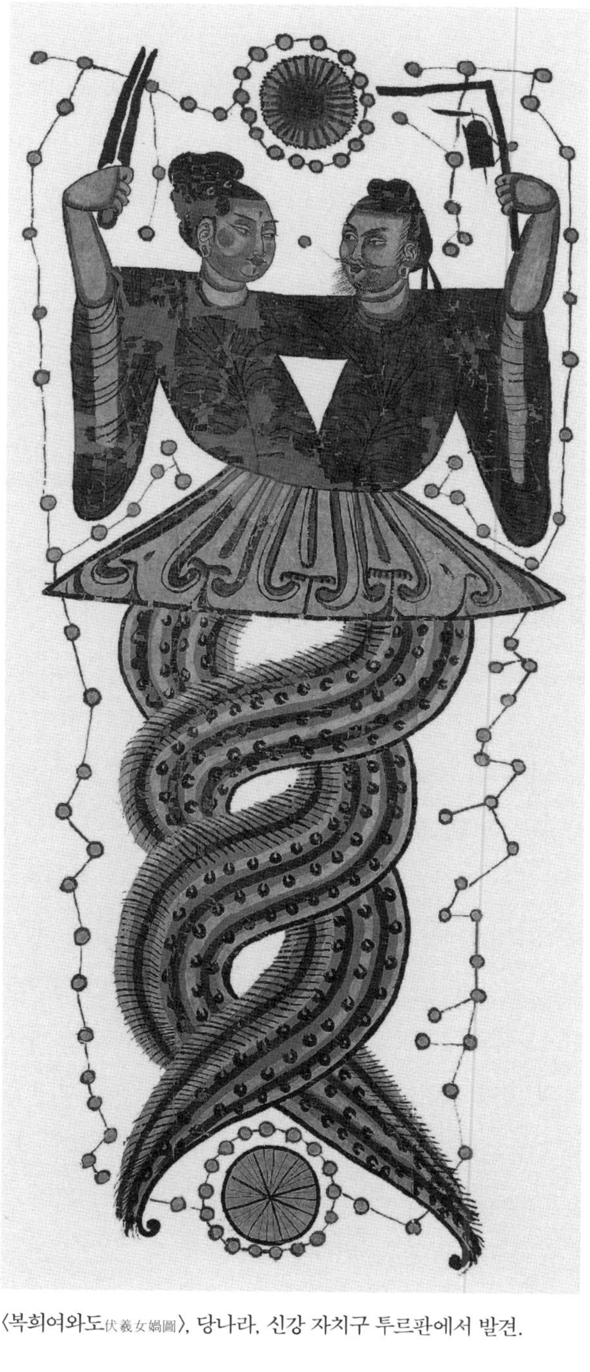

〈복희여와도伏羲女媧圖〉, 당나라, 신강 자치구 투르판에서 발견.

지가 뒤섞여 있다가 이것이 나중에 구분되면서 하늘과 땅이 만들어졌다고 말한다. 중국신화의 이러한 내용은 나중에 동양철학의 유명한 우주론인 태극太極 이론으로 발전한다. 태극은 우주의 근본을 설명하는 도상인데 빨강과 파랑의 부분은 혼돈 속의 두 가지 기운, 즉 양기陽氣와 음기陰氣를 표현하고 있는 것이다. 이 두 가지 기운이 금金, 목木, 수水, 화火, 토土의 다섯 가지 기운, 즉 오행五行으로 나누어지고 결국 음양과 오행의 기운 및 작용 원리에 따라 인간과 만물이 생성, 존재하게 된다는 것이 동양철학의 기본 이론이다.

다음으로 인류 재탄생의 시조가 된 중국의 복희, 여와女媧 남매의 결혼 신화가 후대의 전설과 문학에 어떻게 원형적으로 작용했는가를 살펴보면 흥미롭다. 복희와 여와 남매는 대홍수로 인해 모든 사람이 죽자 극적으로 살아남아 나중에 결혼하여 인류의 대를 잇게 된다. 이 신화에서 중요한 요소는 홍수와 근친상간의 모티프다. 물은 생식, 생명을 상징하는데 홍수는 물의 과잉상태다. 이 과잉상태는 생식능력인 성의 과잉상태, 즉 근친상간과 상관된다. 조선시대에 충주 지방에서 유행한 '달래강 전설'의 내용은 이렇다. 부모 없이 고아가 된 두 남매가 농사를 지으며 살아가고 있는데 어느 여름날 밭으로 가다가 소나기를 만난다. 소나기를 맞아 옷이 흠뻑 젖어 몸의 곡선이 드러난 동생을 뒤에서 보고 오빠는 성적 욕망을 느끼게 된다. 말도 안 될 일이라고 자책감에 시달리던 오빠가 스스로 목숨을 끊는다는 비극적인 전설이다. 다시 황순원의 소설 「소나기」를 보자. 잘 알다시피 마치 오뉘 같은 두 소년 소녀가 개울가에서 만나 호감을 느낀다. 함께 놀다가 소나기를 만난 후 스킨십(?)이 이루어질 정도로 친해졌는데, 소녀가 그만 병에 걸려 죽고 만다는 내용이다. 달래강 전설과 「소나기」 모두에서 복희, 여와 남매혼男妹婚 신화에 나타났던 물의 과잉과 성적 과잉, 즉 물과 에로티슴의 신화적 모티프가 재현되고 있음을 알 수 있다.

3. 신화와 현대 문화산업

신화는 단순히 문화의 원형에 그치는 것뿐만이 아니라 다양한 내용의 상상력으로 변형되어 현대 문화산업에서 적극적인 기능을 한다. 오늘날 게임, 애니메이션, 만화, 영화 등 이른바 문화산업은 부가가치가 높은 선진국형 산업이자 향후 국가 경쟁력을 좌우할 유망한 분야로 주목받고 있다. 예컨대, 할리우드에서 만들어진 영화 〈쥬라기 공원〉 한 편의 수입이 당시 1년 동안 한국에서 자동차를 수출해서 벌어들인 돈과 맞먹었다는 속설은 문화산업의 고부가가치를 웅변하는 비유로 자주 회자된다. 그런데 이토록 중요한 문화산업에서 가장 필요로 하는 자원이 신화를 비롯한 옛날이야기다. 현재 성공적으로 문화산업을 수행하고 있는 나라들이 어떻게 신화 자원을 활용하고 있는지 쉽게 확인할 수 있다. 판타지 영화 대작 〈반지의 제왕〉은 옥스퍼드 대학의 고전학 교수 톨킨이 지은 소설을 바탕으로 했는데, 이 작품은 게르만신화에 근거한 것이다. 〈해리 포터〉 시리즈의 작가 조앤 롤링은 불문학 전공자로서 서양의 중세 마법 이야기를 각색해서 소설을 썼고, 그것은 소설뿐만 아니라 판타지 영화로서도 대성공을 거두었다. 이 밖에도 게임 분야에서는 대부분의 국가들이 주로 북유럽신화를 바탕으로 작품을 만들어내고 있다. 일본은 어떠한가? 일본의 문화산업은 자국의 전통 이야기인 요괴담을 활용하여 만화와 애니메이션 분야에서 최고의 지위를 누리고 있다. 애니메이션 걸작 〈센과 치히로의 행방불명〉은 바로 옛날부터 내려오는 요괴담과 요괴 그림을 소재화하여 성공한 케이스이다.

이 모든 사례들을 종합해볼 때, 이제 우리는 신화가 황당하고 케케묵은 옛날이야기라는 인식과 결별하지 않으면 안 될 것이다. 신화는 인류의 본질을 비추어볼 수 있는 거울이자 문화의 원천이며, 우리의 삶을 풍요롭게 해줄 수 있는 소중한 자원인 것이다. (2008)

신화의 상징 의미와 정치성

1. 신화의 상징 의미

우리는 신화의 귀환을 목도하고 있다. 근대의 목표가 탈신화에 있었다면 오늘날 우리는 재신화화의 시대에 진입하고 있는 것이다. 왜 케케묵은 신화가 다시 인기인가? 여기에는 대체로 두 가지 이유가 있다. 첫째는 좀 엄숙한 이유로서 지나치게 기술화, 합리화되어 메마른 우리의 심성에 신화가 따뜻한 생명력과 활성을 부여해주기 때문이고, 둘째는 현실적인 이유로서 최근 번창하고 있는 디지털 문화, 특히 문화산업에서 다양하고 기발한 상상력을 필요로 하기 때문이다. 그렇다면 신화란 과연 무엇인가? 신화에 대한 정의는 학자에 따라 다양하나 대체로 원시인류의 우주와 자연에 대한 인식과 이해 그리고 삶의 원리를 담은 신성한 이야기라는 설명이 기본적으로 받아들여진다. 물론 그들의 인식과 이해는 풍부한 상상력과 감수성을 바탕으로 이루어졌을 것이다. 따라서 신화는 당시 인류에게 있어서는 결코 허무맹랑한 것이 아니라 오늘날의 과학만큼이나 진지하게 받아들여졌던, 세계와 인간에 대한 설명이요 원리였음을 알 수 있다. 이러한 신화는 아득한 시절 인류 공통의 경험의 표현이므로 집단 무의식의 반영이라고 볼 수 있으며 이에 따라 보편성 및 원형성을 지닌다고 말할 수 있다.

실제로 동서양의 신화적 형상들을 비교해볼 때 우리는 그 상상력의 유사성에 놀라게 된다. 염제炎帝 신농神農과 미노타우로스, 이들은 인신우수人身牛首의 형체이다. 주鴸와 세이렌, 이들은 인면조人面鳥이다. 이 밖에도 영소英召와 켄타우로스는 하체가 말인 사람, 저인氐人과 인어는 하체가 물고기인 사람이라는 점에서 서로 닮아 있다. 신화에서는 우리가 생각하는 정상적 모습이 정상이 아니다 싶을 정도로 비정상의 신체 이미지가 넘쳐흐른다. 가령, 동아시아의 가장 오래된 신화집이라 할 『산해경』을 보자. 신중의 신이라 할 황제黃帝는 네 개의 얼굴을 지녔고 용의 화신이며, 혼돈의 신 제강帝江은 얼굴이 없는 대신 여섯 개의 발과 네 개의 날개를 지녔다. 그런가 하면 각 처에 사는 인간들 역시 정상적인 형체를 가진 경우가 드물다. 환두국讙頭國 사람은 날개가 있고 새의 부리를 하고 있으며 기굉국奇肱國 사람은 팔이 하나에 눈이 셋이다. 동식물도 예외는 아니다. 구오산鉤吾山에 산다는 포효咆鴞라는 짐승은 양의 몸에 사람의 얼굴, 호랑이 이빨에 사람의 손톱을 했는데, 어린 아이와 같은 소리를 내고 사람을 잡아먹는다.

『산해경』뿐인가! 서구의 경우 오비디우스가 지은 『변신 이야기』에도 100개의 눈을 가진 아르고스, 머리카락이 올올이 뱀인 고르곤 등 기괴한 모습을 한 수많은 괴물들이 등장한다. 그러나 『산해경』에 비해 『변신 이야기』의 신과 영웅들은 비교적 온전하게 인간의 형상을 지닌 경우가 많다. 이는 『산해경』이 그리스 로마 신화보다 덜 문학화된 원시자료라는 사실을 암시한다.

왜 신화에는 복합적, 잡종적 형상을 지닌 존재가 자주 출현하는 것일까? 라캉은 신화와 환상이 서로 만난다고 말한다. 그것들은 모두 충동pulsions이라는 같은 근원에서 출발했다. 신화와 환상은 설명이 아닌 환기evokation에 의해 의미를 전달하고, 환기는 개념이 아닌 이미지에 의존한다. 신화와 환상의 이미지는 곡면경曲面鏡에 반영되어 굴절된 모습과 같다. 우리는 신화적 존재의 그로테스크한 형상을 이러한 측면에서 생각해볼 수 있을 것이다.

로제 카이와는 신화적 상황을 심리적 갈등의 투사로 해석한다. 이에 따르면 영웅은 인간의 내면 갈등의 투사로 이해될 수 있다. 즉 영웅이란 보잘것없는 자신의 상처받은 영혼을 위대하게 윤색하려는 보상심리의 산물이다. 간난신고를 겪고 죽어서야 신적인 지위에 오른 헤라클레스, 백성을 괴롭힌 열 개의 태양 중 아홉 개를 격추한 예 등이 이러한 영웅의 본보기이다. 반면에 영웅의 위업을 방해하거나 장애가 되기도 하는 존재는 대부분 퇴치되어야 할 괴물로 표현된다. 예컨대 중국의 질서를 깨뜨리고자 반란을 일으켰던 치우蚩尤는 여러 개의 머리와 소 발굽을 지닌 형상이었는데, 이는 파괴적인 충동 혹은 제어할 수 없는 본능을 상징한다. 이러한 관점에서 본다면 영웅 페르세우스가 제거하고자 했던 괴물인 고르곤 세 자매들—메두사, 에우리알레, 스텐노—역시 성욕, 허영심 등 극복해야 할 우리 내면의 욕망이 아닐 수 없다.

신화적 영웅이나 괴물은 이처럼 내면의 갈등과 욕망의 화신으로 표현될 수 있지만 사회적 편견의 반영으로 볼 수 있는 측면도 있다. 에드워드 사이드는 『오리엔탈리즘』에서 상상지리학imaginative geography에 의한 종족적 편견을 이야기한 바 있다. 즉 거리가 차이를 극화劇化시켜 중심주의를 강화시킨다는 것이다. 『산해경』에는 이방의 여러 나라 사람들에 대한 묘사가 많이 있는데 그들 이방인들은 한결같이 기형적인 모습을 하고 있다. 대인국, 소인국 사람을 비롯 가슴에 구멍이 뚫린 관흉국貫胸國, 입에서 불을 뿜는 염화국厭火國, 머리가 하나에 몸이 셋인 삼신국三身國 사람들이 그 예다. 신화시대에 종족적 편견은 없었겠지만, 후대에 신화집을 편찬하는 과정에서 중심과 주변을 차별하는 의식이 스며들어 이방인을 자연 상태의 야만인으로 간주하고 동물적 속성을 부여, 그들을 기괴한 모습으로 묘사했을 가능성이 있다. 그들은 실제로 존재했던 것이 아니라 온전한 중심을 위해 마땅히 그렇게 존재했어야 할 주변의 사람들이었던 것이다.

지금까지 우리는 부정적 이미지의 측면에서 복합적, 잡종적 형상의 상징 의미를 살펴보았지만 이번에는 긍정적 이미지의 측면에서 이 문제를 생각해보기로 하자. 다른 어떤 경우보다도 사람과 동물의 복합 형상은 인간과 자연이 미분화된, 그리하여 생태적 화해를 이루고 살던 신화시대의 정서를 반영한다. 인간은 자연을 경외했고 동물은 보다 자연에 가까웠던 관계로 동물성animality은 인성 이상으로 존중되었다. 동물 토템에 대한 숭배는 인간이 자연과 합일됨으로써 완전성을 기약했던 의도의 산물이다. 이와 같이 인간과 자연의 합일을 상징적으로 추구하는 과정에서 반인반수의 모습이 나타난다. 『산해경』에는 사람의 얼굴 혹은 몸체를 지닌 허다한 신화적 존재들이 등장한다. 이들은 동물끼리의 결합 형태보다는 후대에 출현했지만, 동물과의 결합을 통해 완전성 및 신성으로 인식되었던 자연과 합치되고자 하는 인간의 소망을 표현하고 있다. 이러한 신화적 세계에서는 정상과 비정상의 구분이 철폐되어 모든 존재가 평등한 관계에 놓여 있다. 여기에서 완전성의 추구라는 의미와 관련하여 함께 생각해야 할 것은 동서양 신화에서 자주 나타나는, 남성과 여성 혹은 음과 양의 결합이라 할 양성구유兩性具有적 존재다. 이 존재 역시 완전성의 지향을 상징한다. 한 예로 자신의 꼬리를 물고 있는 뱀인 우로보로스는 연금술에서 완전성을 상징하는 대표적인 동물이다. 카를 융은 이러한 동물이 의식과 무의식의 통합을 상징하는 것으로 보았다. 양성구유는 결국 대극對極을 지양하여 완전한 통합을 이룩하고자 하는 정신의 형상화인 것이다. 이는 신화가 추구하는 기본 정신이기도 하다.

2. 차이의 신화학: 그리스 로마 신화와 중국신화

동서양의 모든 신화가 지니고 있는 공통적인 의미에 대해서 생각해본 후 이제 두 신화의 차이점에 대해서도 생각해보아야 할 것이다. 앞에서 신화의 귀환을 말했지만 사실 엄격히 말하면 서구 신화의 귀환이라고 해야 할 것이다. 그도 그럴 것이 오늘날 신화가 붐을 이룬다고 해도 서점가를 휩쓸고 있는 것은 그리스 로마 신화와 『반지의 제왕』 『해리 포터』 시리즈 등 서구의 상상력과 관련된 책들이지 동아시아의 신화는 적막하기 그지없다. 다시 말해 신화의 세계도 여전히 서구 중심적인 것이다. 신화에 대한 기존의 연구는 그리스 로마 신화를 세계 신화의 표준으로 삼아 출발했다. 그런데 특정한 지역의 신화를 근거로 다른 많은 지역의 신화와 문화를 재단하려 한다면 그것은 불공평하고 편파적일 수밖에 없다.

이러한 측면에서 서구의 그리스 로마 신화와 쌍벽을 이루는 동아시아의 중국신화에 대한 우리의 이해는 더욱 절실하다. 중국신화에 대한 이해는 일차적으로 우리 문화뿐만 아니라 동아시아 문화의 뿌리를 찾기 위해서이지만, 서구 중심의 신화 지식에서 벗어나 상상력의 균형을 회복하기 위해서라는 점에서도 그 의의와 가치를 찾을 수 있다.

그렇다면 중국신화는 어떠한 모습인가? 우리는 사실 그리스 로마 신화보다 친숙해야 할 중국신화에 대해 더 잘 모르고 있지 않은가? 중국은 단일한 민족 구성체가 아니므로 이때의 중국은 민족 개념이 아닌 국가, 지역 개념으로 이해하여야 한다. 즉 우리가 중국신화를 말한다면 그것은 한국신화나 일본신화처럼 단일한 민족신화를 의미하는 것이 아니라 중국이라는 광활한 지역에 살고 있는 다양한 민족들의 신화 총체를 의미하는 것이다. 중국 대륙에는 오늘날 중심민족인 한족을 비롯 만족, 몽고족, 위구르족, 회족, 장족 등 55개의 소수민족이 살고 있다. 다시 말해 중국신화란 한족을 비롯 모든 소수민족 전체의 신화를 총칭하는 것이다. 그러나 범위를 좁혀서 말한다면 중국 총인구의 93퍼센트를 차지하고 있는 한족 사이에서 구전되어오거나 문헌상으로 전해져오는 신화만을 지칭할 수도 있다. 그러나 그러한 한족신화일지라도 고대부터 다양한 주변민족 신화의 영향을 흡수하여 이루어진 것이기 때문에 단일민족신화의 개념으로 말하기는 어렵다. 고대의 중국문명은 오늘날 우리가 생각하는 것처럼 한족 중심의 통일된 형태가 아니라 다양한 지역문명이 대등하게 공존하고 있는 형태였다. 근래의 고고학적 발굴 결과에 따르면 중국문명은 우리가 상식적으로 알고 있었던 것처럼 황하 유역에서 기원하여 그 문명이 변방으로 파급되었던 것이 아니라 요녕遼寧이나 장강長江 유역 등 변방의 여러 지역에서도 일찍부터 발달한 문명이 있어서 다원적으로 여러 지역문명이 결합한 형태라는 사실이 밝혀졌다. 따라서 이러한 고대 문명을 반영하는 중국신화는 특정한 민족의 신화에 그치지 않고 다양한 지역 및 주변민족 신화의 총체로서 파악해야 할 것이다. 이렇게 본다면 중국신화는 중국사람들의 신화일 뿐 아니라 넓게 동아시아인 공유의 신화로 보아도 좋을 것이다.

따라서 우리가 중국신화에 접근할 때 그리스 로마 신화를 표준으로 한 선입관을 가지면 안 된다. 우선 중국신화는 그리스 로마 신화처럼 장편의 완전한 서사체계를 이루고 있지 않다. 중국신화는 다양한 종족, 다양한 문명의 산물이기 때문에 독립된 단편들의 결합체와도 같다. 그리하여 서사에 일관성이 없는 경우가 많다. 다음으로 중국신화는 비교적 원시의 소박한 형태를 많이 간직하고 있다. 가령 인간과 동물의 복합 형상을 인식하는 태도에서 중국신화는 그리스 로마 신화와 많이 다르다. 그리스 로마 신화에서는 이미 인간이 중심이다. 따라서 신들의 형상도 완전히 인간을 닮아 있고 반인반수적 존재는 사악한 괴물이기 십상이다. 가령 인신우수인 미노타우로스, 인면조인 세이렌 등은 모두 사람을 잡아먹거나 유혹하는 괴물이다. 이에 반해 중국신화의 반인반수적 존재는 대개 신성하거나 초능력을 지녔다. 가령 인신우수인 염제 신농은 농업과 의약을 발명하여 인류에게 큰 공헌을 한 훌륭한 존재다. 중국신화에서 동물성을 보다 긍정하는 것은 그만큼 원시신화적 성격을 많이 보존하고 있다는 뜻이 된다.

그러나 앞서 얘기했듯이 중국신화는 단일한 한 국가, 한 민족의 신화에 그치지 않는다. 따라서 우리는 중국신화의 상술한 특성들을 오늘의 중국에 한정하지 않고 동아시아 문화 공통의 견지에서 파악할 필요가 있다. 중국신화, 그것은 유일한 저자의 '작품work'이 아니라 상호텍스트화된 '원전text'인 것이다.

3. 세계화 시대 신화 읽기의 의미

신화는 상상력에 바탕한, 우주와 자연에 대한 인식과 이해를 담은 서사라고 앞에서 말하였다. 신화는 고대인의 상상력의 산물로서 그들의 우주관이나 인간관 등을 반영하고 있는 것이긴 하지만, 실제로 신화는 인류 역사와 함께 꾸준히 변화하고 새롭게 만들어진다. 따라서 신화를 통해 우리는 고대인의 사유뿐만 아니라 후대인의 세계관에 대한 이해의 폭을 넓힐 수 있게 된다.

그러나 우리는 그동안 너무 서구문화를 중심으로 사유하고 생활하는 방식에 젖어 있었다. 신화도 그리스 로마가 표준이고 익숙하며 동아시아신화는 오히려 잘 모르는 형편이다. 따라서 서구문화 반대편의 중요한 한 축을 이루는 동아시아 문화의 중요한 원천인 중국신화를 잘 알아야 세계 문화를 균형 있게 이해할 수 있다. 다음으로 우리는 중국신화의 다양한 지역적, 종족적 특성을 통하여 중국문명의 기원이 결코 한족 중심의 일원론적인 것이 아니고 다양한 주변문화의 교류에서 비롯되었다는 사실을 알게 됨으로써 중국 나아가 동아시아 문명에 대한 보다 평등하고 호혜적인 관점을 갖게 될 것이다. 아울러 우리는 그동안 중국 및 동아시아 문명을 파악함에 있어서 유교와 같은 지배적 사조에 치중해왔는데, 중국신화에 대한 이해를 통해 중국 및 동아시아의 민속, 종교, 문화, 예술 등에 막대한 영향을 미친 상상력의 뿌리를 확인할 수 있게 될 것이다. 마지막으로 중국신화에 대한 이해를 통해 우리는 지나친 합리주의와 과학만능주의에 기울어진 메마른 감성을 풍부하게 하여 보다 바람직한 방향으로 인성을 도야시킬 수 있을 것이다. 나아가 신화가 갖는 보편성을 통해 인류에 대한 평등의식과 애정을 더욱 증진시킬 수 있을 것이다.

정통과 이단, 현실과 비현실, 정상과 변종의 경계가 무너지고 있는 이 시대에 우리는 과거의 기형적인 괴수 미노타우로스의 새로운 부활을 예감한다. 바로 이 무렵 신화 읽기는 우리에게 과거를 말해줄 뿐만 아니라 오늘의 문화에 대해서도 각별한 시사를 줄 수 있을 것이다. 더욱 중요하게도 신화가 주는 영감은 진부한 매너리즘으로부터 일탈하는 동력이 된다. 왜냐하면 신화는 라캉이 말했듯이 "내가 생각하지 않는 곳에 내가 존재하는" 것과 같은 방식으로 여전히 우리의 삶을 지배하고 있기 때문이다. (2007)

영웅신화가 주는 교훈

1. 영웅이란 무엇인가?

신화에는 여러 가지 내용이 있다. 가령 창조신화는 태초에 이 세계와 인류가 어떻게 창조되었는가에 대한 이야기이고 영웅신화는 영웅이 모험과 투쟁 끝에 보물을 얻거나 나라를 세우는 이야기이며 자연신화는 태양, 달, 별 등의 천체와 비, 바람, 우레 등의 기상 현상을 신격화한 이야기다. 그런데 창조신화와 자연신화의 주역은 초월적인 신들로서 완전히 인간을 뛰어넘는 엄청난 능력을 지닌 존재들이지만 영웅신화의 주역은 말 그대로 영웅으로서 보통 사람보다 뛰어난 능력을 지녔지만 결함도 있는 인간이다. 바로 이 점이 영웅신화의 매력이다. 영웅은 신처럼 완벽한 존재가 아니다. 결함이 있음에도 자신의 능력을 최대한 발휘하여 신적인 경지에까지 이를 수 있는 존재이기 때문에 우리는 매력을 느끼는 것이다. 다시 말해서 집을 나서서 악당과 싸우고 괴물을 퇴치하여 나중에 공을 이루고 돌아오는 영웅의 행로는 사회에 나가 험한 세파에 시달리면서 성장해나가는 우리네 인생살이와 근본적으로 닮아 있다. 우리가 영웅신화를 들을 때 깊이 공감하고 재미있어 하는 것은 이 때문이다.

2. 동서양의 영웅신화

동서양에는 수많은 영웅신화가 있다. 그중 가장 대표적인 영웅신화의 예를 들어 살펴보기로 하자. 서양의 영웅신화로서 널리 알려져 있는 것은 헤라클레스 신화다. 최고신 제우스와 인간 여자 사이에서 태어난 헤라클레스는 무적의 힘을 지닌 영웅으로 유명하다. 그는 갓난아기 적에 독사를 잡아 죽였고 성장해서는 사자를 잡아 그 가죽을 머리에 쓰고 다녔다. 그러나 제우스의 정처正妻 헤라의 증오에 의해 광기가 발작하여 아내와 아들을 죽이고 속죄를 위해 미케네의 에우리스테우스 왕이 제시한 열두 가지 난제를 해결해야만 했다. 열두 가지 난제란 머리가 아홉 개

헤라클레스 석상, 로마시대,
기원전 1세기~기원후 2세기 제작 추정.

달린 히드라와 같은 괴물을 죽이는 것, 금뿔이 달린 수사슴이나 식인 암말 같은 동물을 생포해오는 것, 여왕의 허리띠나 황금사과와 같은 보물을 가져오는 것, 지옥을 지키는 머리 셋 달린 개를 끌고 오는 것 등 세상에서 가장 어렵다는 일들이었다. 이 모든 일들을 헤라클레스는 군말 없이 수행했다. 그리고 그 과정에서 그는 또 다른 모험을 겪는다. 가령 황금사과를 얻으러 코카서스를 지나가게 될 때 인류에게 불을 갖다준 죄로 형벌을 받고 있던 프로메테우스를 풀어주고, 식인 암말을 데리러 가는 도중에 자신을 환대해준 아드메토스 왕을 위해 죽음의 신과 씨름하여 이미 죽은 왕비를 무덤에서 구해오기도 한다. 이후 그는 데이아니라라는 여자와 재혼하게 되는데 그녀는 헤라클레스가 다른 여자에게 관심을 갖지 않도록 마인馬人 켄타우로스의 피를 바른 옷을 그에게 입혔다. 예전에 켄타우로스가 데이아니라를 희롱하다가 헤라클레스에게 죽임을 당했는데 그가 죽어가면서 데이아니라에게 자신의 피가 남편이 한눈팔지 못하게 하는 사랑의 묘약이라고 거짓말을 했던 것이다. 사실상 켄타우로스의 피는 맹독이어서 헤라클레스는 결국 중독되어 죽고 만다. 그러나 죽어서 하늘로 올라간 헤라클레스는 헤라와 화해하고 그녀의 딸 헤베와 결혼하여 올림푸스의 신이 된다. 헤라클레스는 인간으로서의 한계에 겁 없이 도전한 영웅이었다. 그의 이러한 행위는 신과 운명의 횡포에 도전하고 싶은 그리스인들의 욕망을 구현하고 있다고 볼 수 있다.

동양의 영웅신화로서 익히 알려진 것은 예 신화다. 예는 활을

소운종蕭雲從, 『천문도天問圖』에 실린 예의 모습, 청나라.

잘 쏘는 용사였다. 성군으로 유명한 요堯 임금 때의 일이었다. 어느 날 하늘에 해가 열 개나 동시에 떴다. 가뭄이 들어 곡식이 타죽고 백성들이 못살겠다고 난리가 났는데 용사 예가 나섰다. 그는 열 개의 태양을 향하여 활을 쏘았고 그중 아홉 개를 떨어뜨렸다. 이제 태양들로 인한 소동은 진정되었다. 그러나 가뭄을 틈타 여러 괴물들이 뛰쳐나와 백성들에게 해를 끼치고 있었다. 예는 다시 모험 길에 나서 코끼리도 삼킨다는 큰 구렁이라든가, 끌 같은 이빨을 지닌 괴물, 태풍을 일으키는 큰 새, 난폭한 멧돼지 등을 죽이거나 생포했다. 지상의 이 모든 어려운 일들을 수습한 후 예는 불사약을 얻으러 곤륜산의 여신 서왕모를 찾아갔다. 서왕모는 예의 공적을 치하한 후 불사약을 흔쾌히 주었다. 그런데 문제는 예의 아내 항아에게서 일어났다. 그녀는 남편 예가 사냥 나간 사이에 불사약을 혼자 다 먹어버렸던 것이다. 항아는 불사약을 훔쳐 먹고 하늘로 올라갔지만 벌을 받아 두꺼비로 변하여 달에 몸을 숨겼다. 한편 예는 절망했지만 다시 마음을 가다듬고 제자들을 모아 활쏘기를 가르쳤다. 제자 중에는 방몽逢蒙이라는 제법 활을 잘 쏘는 자가 있었는데 스승 예를 죽이고 일인자가 되려는 흉악한 마음을 품었다. 어느 날 예가 사냥 갔다 돌아올 때 방몽은 길목에 숨었다가 복숭아나무 몽둥이로 스승 예를 때려죽이고야 말았다. 예가 비참하게 죽자 백성들은 그의 공적을 기려 그를 귀신의 우두머리 신으로 섬겨 제사를 지냈다고 한다. 귀신의 우두머리인 예가 복숭아나무 몽둥이로 맞아죽었기 때문에 모든 귀신들은 복숭아나무를 무서워한다. 그래서 지금도 제사상에는 복숭아를 놓지 않는다.

3. 영웅신화의 패턴과 의미

헤라클레스 신화와 예 신화를 중심으로 영웅신화의 패턴을 생각해보면 영웅은 모두 집을 떠나 모험을 하고 돌아오는 출발-모험-귀환의 구조를 취하고 있음을 알 수 있다. 이러한 구조는 실상 우리네 삶의 과정과 다름없다고 앞에서 말한 바 있다. 그런데 우리의 삶은 사회 속에서의 실제적인 삶도 있지만 내면의 정신적인 삶도 있다. 이와 마찬가지로 영웅의 모험은 땅 위의 현실에서 벌어지는 일이기도 하지만 우리 내면의 성장과정을 보여주는 것이기도 하다. 영웅이 사악한 괴물을 처치하거나 요마와 투쟁하는 일은 우리가 보다 성숙한 인간이 되기 위해 마음속의 과도한 욕망, 부적절한 생각 등을 극복하려 애쓰는 일에 비유될 수 있다. 영웅이 모험 끝에 보물을 얻거나 나라를 세우는 이야기는 우리가 미성숙한 마음을 다스려 온전한 정신적 경지에 도달한 것의 표현일 수 있는 것이다.

다시 헤라클레스 신화와 예 신화를 비교해보면 몇 가지 공통점이 얻어진다. 첫째, 영웅은 항상 사회와 대중 속에서 성장한다. 그는 공동체의 안전과 행복을 위해 개인의 이익을 포기하고 기꺼이 위험을 무릅쓴다. 바로 이러한 정신 때문에 영웅은 당대는 물론 후세까지 길이 추앙된다. 둘째, 두 영웅의 말로가 비참했듯이 대부분의 영웅은 그 뛰어난 능력으로 인해 신적인 지위에까지 올랐다가 비극을 맞는다. 그 이유는 분수를 모르는 교만 혹은 그로 인한 방심 때문이다. 예컨대 아킬레우스는 무패의 용사였으나 생각지도 않게 발뒤꿈치에 화살을 맞아 죽게 되고 아가멤논은 트로이를 정벌했으나 아내의 정부에게 죽임을 당한다. 셋째, 대부분의 영웅신화에서 여성은 부정적인 존재로 그려진다. 여성은 영웅을 망치거나 영웅에 의해 이용당하고 버려지는 존재로 간주된다. 이것은 공적 인물인 영웅과 사적 영역에 있는 여성이 충돌할 때 희생당하기 쉬운 존재가 여성이기 때문이다. 아울러 여성을 폄하하는 가부장적 의식이 영웅신화에 많이 침투되어서 그러하기도 하다. 영웅이야말로 가부장의 위대한 화신이기 때문이다.

시대가 바뀌었어도 우리는 영웅을 갈망한다. 특히 어지러운 세상, 힘든 때일수록 영웅의 출현을 바라게 되지만 사리사욕을 추구하는 거짓 영웅은 많아도 진정 공동체의 이상을 위해 헌신하는 참된 영웅은 찾아보기 힘들다. 게다가 겸허하고 차별 없는, 공평무사한 마음을 지닌 영웅임에랴. 그러나 영웅은 먼 데 가서 찾을 필요가 없다. 영웅의 길은 우리 내면의 길이기도 하다고 말하지 않았던가? 신화시대의 영웅은 한 사람으로 표현되었을지 모르지만 이 시대의 영웅은 우리 모두이다. 우리 각자가 마음속 영웅의 길을 따라 내면을 도야할 때, 그것은 개인을 바꿀 뿐만 아니라 궁극적으로는 사회를 바꾸고 세계를 바꾸게 될 것이다. 우리 모두 스스로 지닌 '영웅 본색'을 발휘할진저! (2008)

신화 귀환의 의미

지난 세기 우리의 주된 화두가 '역사란 무엇인가'였다면, 이제 우리는 역사의 이면에서 인류를 움직여온 '신화의 힘'에 대해 성찰해야 할 시점에 이르렀다. 생각하는 주체로서의 자아에 대한 데카르트의 선언 이후 세계는 직선적인 발전을 신봉하는 근대주의의 흐름 속에 통합되었다. 그러나 20세기에 이르러 인간 이성 및 그에 근거한 과학 기술에 대한 전적인 의존은 환경 문제, 인간성의 상실 등 심각한 폐해를 드러내기 시작했다. 이에 따라 근대 세계가 추구했던 계몽주의, 합리주의, 과학주의 등에 대한 부정과 해체가 거론되었으며 모든 지배 담론들이 그 권위를 의심받기에 이르렀다. 반면, 이 중심의 힘에 의해 줄곧 억눌려왔던 감성, 직관, 불확정성, 상대성의 이론들이 주목받게 되었다. 신화의 도래는 바로 이러한 시대적 분위기에 힘입은 바 있다.

현대가 직면한 가장 시급한 문제는 생태계의 파괴를 포함하는 환경 문제이다. 환경 문제의 해결에 있어서 전면적으로 부각된 학문이 바로 생태학이다. 생태학은 생명과 환경, 생물과 생물 사이의 관계 속에서 생물에 접근하는 특징을 가지고 있다. 이 지점에서 유기체적인 세계를 그리고 있는 신화의 세계관은 생태학의 기본 관점에 완전히 부합한다. 신화에서는 인간을 둘러싼 세계가 인간 자신의 몸과 유기적으로 연결되어 있다고 생각한다. 즉 사람이 병이 들면 세계 또한 병이 드는 것이다. 이러한 유기체적 세계관은 신화적인 사유 속에서는 보편적으로 발견된다. 근대주의의 사유 체계 속에서 신화와 과학은, 한쪽은 비이성과 무지를, 다른 한쪽은 이성과 지식을 대변하는 상대항으로 인식되어왔다. 그러나 탈근대의 사유 속에서는 과학조차 신화와의 협력을 거부하지 않는다. 뉴턴 역학을 기반으로 한 고전과학은 상대성이론, 양자역학 등에 의해 그 확실성에 대한 궁극적인 추구를 포기하게 되었다.

상술한 경향 속에서 특히 비전문 분야 대중들의 많은 관심을 받고 있는 것이 바로 카오스Chaos이론이다. '초기 조건에의 민감성'이라는 개념으로 주로 설명되는 이 가설은 신화를 통해 우리에게 익숙한, 세계 이전의 세계, 질서 이전의 질서인 카오스, 즉 혼돈을 환기시킨다. 신화적인 세계 속에서 인간과 그의 지각은 대상과의 미분리를 가장 큰 특징으로 갖는다. 신화 속에서 태초의 인간은 아무것도 지금과 같은 형체를 가지고 있지 않은 상태를 경험한다. 그것이 카오스다. 그 안에는 모든 것이 있지만 아무것도 분명하지 않으며, 아무것도 없지만 모든 것이 창조될 수 있는 근원적인 힘이 내포되어 있다. 이것은 분명 결정된 미래가 있지만, 그것을 예측할 수는 없다고 하는 카오스이론의 원리와 맞닿아 있는 것이다.

디지털이 보편화되면서, 아날로그 시대의 확고부동한 경계들이 무너지고 있다. 그것은 유기체와 무기체의 경계를 허물고, 현실과 비현실의 경계를 모호하게 하고, 시간과 공간의 감각을 뒤섞는다. 이러한 조작 가능한 세계에 대한 전망은 가상현실이라는 새로운 환경을 제시하고 있다. 컴퓨터 속의 가상현실은 시간과 공간을 초월하여 상상 가능한 모든 것을 실제와 다름없이 재현해낼 수가 있다. 인간이 초월을 경험한다는 점에서 그것은 신화가 지니는 환상성과 그 맥락을 같이한다. 이에 따라 수많은 신화적 모티프들과 이미지들이 이 가상현실의 공간 속에 투사된다.

지금까지 우리는 근대 이후의 세계인 탈근대의 사조 속에서 다시금 그 모습을 드러내고 있는 신화의 존재를 확인해보았다. 그러나 이러한 신화의 귀환을 낙관하기 전에 우선 생각해보아야 할 문제가 있다. 그것은 다름아닌 신화가 갖는 정치성의 문제이다. 앞서의 긍정적인 징후들에도 불구하고 신화는 결국 집단의 꿈인 만큼 그것은 이데올로기와 결합할 때 뜻하지 않은 방향으로 가공할 위력을 발휘한다. 나치와 일본제국주의와 같은 전체주의의 이상은 물론이고 교조적 마르크스주의의 유토피아적 미래상도 사실은 신화적 상상력의 소산이다. 따라서 우리는 신화의 긍정적 기능뿐만 아니라 신화와 이데올로기의 야합이 낳을 수 있는 부작용에도 주의를 기울여야 한다. 우리가 모처럼의 신화 도래를 대중적 열광으로 맞이하기에 앞서 보다 더 신화의 본질에 천착해야 할 필요가 있는 것은 이 때문이다. (2010)

2) 동양신화의 귀환

잃어버린 동양신화를 찾아서

신화란 무엇인가? 신화는 우리의 가장 원초적인 모습을 간직한 이야기다. 그렇기 때문에 신화는 인류 문화의 뿌리요 근원이라 할 수 있다. 그러나 신화도 지역이나 종족에 따라 내용 및 특성에서 차이가 있다. 가령 동양신화와 서양신화는 모두 인류의 원초적인 모습을 이야기하고 있다는 점에서는 비슷하지만 특별히 어떤 내용을 어떻게 이야기하고 있느냐 하는 점에서는 다를 수 있다. 마치 인류가 식욕이라는 본능은 공통적으로 지니고 있지만 어떻게 그것을 해결하느냐에 따라 한식, 양식, 중식, 일식 등 저마다 요리법이 다른 것과 같은 이치다. 따라서 서양문화를 이해하려면 서양신화를 알아야 하고 동양문화를 이해하려면 동양신화를 알아야 한다.

그러나 이 당연한 이치가 오늘 우리의 현실에서는 받아들여지지 않고 있다. 시내 대형 서점을 가보면 요즘 신화가 인기라고 해서 신화 코너가 따로 있지만 정작 코너를 가득 채우고 있는 것은 서양신화 책이며 아동용 서양신화 만화책이 천만 부 이상 팔려나갔다지만 동양신화 쪽은 적막하기 그지없다. 그뿐인가? 우리는 오히려 서양신화를 통해 우리 문화를 이해하는 데에 익숙하다. 가령 오이디푸스 콤플렉스는 지중해 연안이라는 특정한 지역에서 전승되던 신화를 바탕으로 고안된 심리가설이지만 이러한 신화 모티프가 잘 나타나지 않는 한국, 중국 등 동양의 문화 현상을 해석하는 데에도 보편적으로 활용되고 있다. 반면 우리는 자신의 신화라 할 동양신화에 대해 무지하다. 예를 들어 고구려 고분벽화를 보자. 그곳에 등장하는 기기묘묘한 모습의 신들과 괴상한 짐승들에 대해 설명할 수 있는 사람이 몇이나 되는가? 그리스 로마 신화의 영웅 헤라클레스나 미의 여신인 아프로디테(혹은 비너스)에 대해서는 잘들 알지만, 동양신화의 영웅 예나 생명의 여신인 서왕모에 대해서도 과연 알고들 있는지 의심스럽다. 이 신들은 불과 100년 전만 하더라도 그리스 로마 신화의 신들만큼이나 우리 귀에 익숙했던 신들이었다.

이러한 전도된 현상은 앞으로 더욱 심해질 것이다. 게임, 영화, 애니메이션 등 문화산업이 번창하고 있는 이 시대에 서양신화를 바탕으로 한 판타지 작품이 전 세계를 휩쓸면서 우리의 상상력을 장악할 것이기 때문이다. 이것은 두려워할 만한 현상이다. 문화의 근원이 되는 신화의 내용을 서양신화로만 채운다면 우리는 앞으로 서양문화를 아무런 저항 없이 받아들이게 될 것이다. '상상력의 제국주의'라 부를 이러한 현상은 결코 과장이 아니다. 우리가 지금 얼마나 서양신화를 표준으로 모든 것을 생각하고 있는지 한 예를 들어보자. 인어는 서양에만 있는 것이 아니라 동양에도 있다. 동양신화에는 '저인氐人'이라고 부르는 인어 아저씨가 대표 인어이다. 어려서 안데르센 동화에 익숙한 우리는 예쁜 인어 아가씨가 인어의 전부인 것으로 알고 있다. 우리의 상상력은 서양신화를 표준으로 이처럼 편향되어 있다.

앞으로 상상력이 중요하다고들 한다. 그러나 정작 상상력의 내용을 무엇으로 채울 것인지에 대해서는 고민들이 없다. 세계화 시대를 살아가기 위해 서양 문화의 원천인 서양신화를 몰라서는 안 될 것이다. 그러나 자기 문화의 원천, 즉 동양의 신화를 도외시하고 남의 신화를 표준으로 살아가는 이 전도된 현실이 과연 바람직한 것인지 한번 생각해보아야 할 것이다. 어려서부터 우리는 편식이 몸에 좋지 않다고 배워왔다. 이제 우리는 정신을 위한 '상상력의 편식'을 걱정해야 하지 않을까? (2007)

동양신화는 귀환하고 있는가?

어렸을 적에 할머니께 옛날이야기를 조르다가 흔히 듣는 말이 있다. "얘야, 옛날이야기 좋아하면 가난해진다." 귀여운 손주에게 재미있는 이야기 해주고 싶은 심정이야 굴뚝같지만 체력에 한계가 있고 초저녁 잠 많은 노령이다보니 이런 말씀이 나오는 것이다. 하긴 요즈음에는 과외하랴 지친 손주 붙들고 굳이 한밤중에 옛날이야기 해주는 할머니도 없을 것 같긴 하지만 말이다. 그런데 산업화, 근대화 시대에 나왔음 직한 이 말씀은 피곤한 할머니의 넋두리로 듣기에는 뜻밖에도 깊은 함의를 지닌다. 발터 벤야민이 애도한 '이야기하는 기술의 종언'을 상기시키는 이 말씀은 사실상 근대라는 시기 감성적 영역 즉 상상력-이미지-스토리 등에 대한 억압에서 유래한 것으로 보이기 때문이다.

할머니의 이 말씀은 오늘날에 이르러 완전히 설득력을 상실했다. 지금은 옛날이야기 좋아하면 가난해지기는커녕 부자가 되기 십상이다. 이혼 후 어려운 상황에 처했던 조앤 롤링이 켈트신화의 마법 이야기를 〈해리 포터〉 시리즈로 잘 풀어내서 거부가 된 것을 보아도, 〈포켓몬 고〉가 동양신화의 고전 『산해경』에 등장하는 괴물들을 캐릭터로 소환해서 소위 대박을 친 것만 보아도 옛날이야기는 이제 부와 지근거리에 있다.

바야흐로 스토리의 시대가 도래한 것이다. 문화산업을 필두로 스토리는 이제 모든 영역에서 맹위를 떨치고 있는데 그것은 마치 우리가 걸쳐야 하는 의복처럼 모든 인간과 사물의 외양과 품격, 심지어 내용까지 좌우하는 관건이 되었다. 이러다보니 과거의 이야기 전승에서 중요한 역할을 담당했던 할머니의 존재가 새삼 부각되어 목하目下 정부는 상당한 예산을 들여 수천 명의 이야기할머니 양성 프로젝트를 실행하고 있을 정도다. 손주에게 옛날이야기 좋아하면 가난해진다고 엄포 놓던 시절과 얼마나 큰 상위相違인가!

미셸 마페졸리는 개인주의에 기반한 현대사회가 퇴조하고 감성 혹은 정서를 공유하는 대중, 즉 고대의 부족과 같은 성격을 지닌 사회가 등장했음에 주목한다. 우리가 목격하고 있는 그 사회는 막스 베버의 이른바 탈주술disenchantment의 시대 이후에 등장한 재주술re-enchantment의 사회다. 롤프 옌센은 이러한 입장을 계승하여 미래의 기업을 부족에 비유한다. 그리고 부족 정신의 중요한 것으로서 감성, 연대감 등을 들고 이러한 것들이 상품 매체를 통해 스토리로서 구현되어야 할 것을 강조한다.

여기서 유념해야 할 것은 재주술의 시대에 감성의 영역이 부활하면서 귀환한 것은 스토리뿐만이 아니라는 사실이다. 스토리 홀로 존재, 작동해온 것이 아니라 마치 삼위일체의 관계처럼 항시 상호 연동하는 중요한 작용기제가 있으니 그것은 다름아닌 상상력과 이미지다. 상상력-이미지-스토리 이 세 가지를 감성 활동의 성삼위聖三位로 불러도 좋으리라. 이 삼총사는 모두 근대 합리주의 및 이성주의에 의해 불온시되어 억압과 배제의 고초를 겪었다는 점에서 공동의 운명을 지녔다. 가령 근대 시기에는 스토리만 할머니한테 타박을 받은 것이 아니라 상상력과 이미지도 천덕꾸러기 취급을 받았다. 기억하는가? 만화 많이 보면 공부 못한다고 혼나고, 극장 자꾸 가면 깡패 된다고 야단맞던 일을. 모두 상상력과 이미지에 대한 불신의 시대에 생겼던 일들이다.

상상력-이미지-스토리를 하나의 통합체로 인식할 때 우리의 생각은 자연스레 이들 삼총사의 모태인 신화로 향한다. 인류가 최초로 떠올린 생각이 담겨 있고, 그와 동시에 맨 처음 이미지와 스토리를 출현시킨 신화야말로 상상력-이미지-스토리의 원형이 아니겠는가? 무엇보다도 신화는 가장 오래된 스토리, 스토리 중의 스토리다. 따라서 상상력-이미지-스토리 복권의 이 시대에 신화의 귀환은 너무나도 자연스러운 현상일 것이다. 아닌 게 아니라 질베르 뒤랑은 이미 '신화의 귀환'을 선언한 바 있고 이에 따라 과학과 산업화를 추구했던 근대를 '프로메테우스의 시대'로, 교류와

A세트

테세우스에게 처단되는 미노타우로스를 그린 모자이크 벽화, 로마시대.

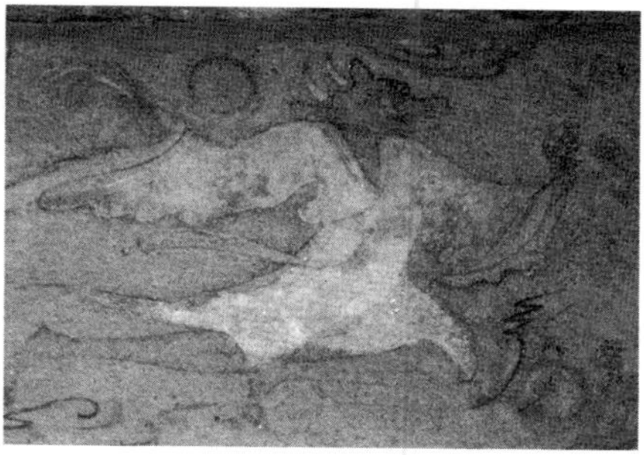

고구려 5회분 5호묘 벽화에서 발견된 염제 신농의 모습.

B세트

장응호蔣應鎬, 『산해경회도山海經繪圖』에 실린 저인국 사람의 모습, 명나라.

존 윌리엄 워터하우스, 〈인어〉, 1900, 영국 로열 아카데미 컬렉션 소장.

소통이 일상화된 오늘 이 시대를 '헤르메스의 시대'로 명명한 바 있다. 합리주의, 실증주의의 예속으로부터 바야흐로 신화는 해방된 것이다. 앞서 예거했듯이 요즘 들어 우후죽순처럼 쏟아져나오는 스토리 옹호, 예찬의 숱한 언설들은 바로 그 좌증左證이라 할 것이다. 그런데 당연시된 이 현상에 대해 심문해볼 하등의 필요도 없는 것일까? 다음 두 세트의 동서양 신화 이미지는 우리로 하여금 '신화의 귀환' 현상을 재고해볼 여지를 갖게 한다.

A 세트는 인간과 자연 간의 관계성에 의한 동서양 신화의 차이를 보여준다. 인간을 중심으로 모든 것을 서사했던 그리스 로마 신화에서 반인반수의 미노타우로스는 사악한 식인 괴물로 간주됨에 비하여 인간과 자연의 합일을 추구했던 중국신화에서 미노타우로스와 똑같은 인신우수의 형체를 한 염제 신농은 오히려 완전한 존재인 신으로 숭배받았다. 신농은 농업과 의약을 가르쳐준 고마운 신이다. 두 신화에서 동물은 똑같이 자연을 표상하지만 반인반수에 대한 인식은 이처럼 극단적이다. 특히 혼종성을 거부하는 인간의 순혈주의적, 배타적 속성의 기원은 그리스 로마 신화에 있음을 알 수 있다.

B 세트는 인간의 환경, 설화적 토양의 차이로 인한 동서양 인어 스토리의 상이한 양상을 보여준다. 서양에서는 지중해를 중심으로 한 해양문화의 발달, 그리고 대양으로의 장구한 항해 등의 환경에서 인어는 고독한 항해자인 남성의 성적 욕망을 투사하기 적합한 예쁜 여인으로 묘사된다. 반면 상대적으로 이러한 문화적 성

향이 현저하지 않은 중국대륙에서 인어는 전통사회의 일반적인 관례에 따라 남성으로 대표된다.

세계관, 문화적 환경 등의 차이에 따라 스토리의 원조인 신화도 이처럼 상반되기까지 한 모습을 보임에도 불구하고 우리는 A 세트의 신농을 접한 순간 "뭐 이런 괴물이 다 있어" 하고 신성神性을 인정하지 않을 것이며 B 세트의 인어 아저씨 저인을 보자마자 "별 이상한 인어 다 보겠네" 하고 황당해할 것이다. 왜냐하면 이들이 반인반수는 괴물이고 인어는 예쁜 여자여야 한다는 우리의 상상력-이미지-스토리에 대한 통념을 배반했기 때문이다. 그렇다면 그러한 통념은 어떻게 형성된 것인지 심문하지 않을 수 없다.

브루스 링컨은 근대의 신화학이 인도유러피언, 즉 서양 인종의 기원을 탐색하고 그것을 재구성하는 데 열중해왔으며 이러한 경향이 민족주의, 제국주의 등의 욕망과 긴밀한 상관관계에 있음을 논증한 바 있다. 미르체아 엘리아데 역시 플라톤 이래 서양의 철학자들이 내린 신화에 대한 정의가 모두 그리스 로마 신화 분석을 토대로 삼고 있으며 그것이 보편타당하지 않음을 지적한 바 있다. 다시 말해 우리가 지녔던 통념의 이면에는 그리스 로마 신화라는 '표준'에 입각한 상상력-이미지-스토리의 제국주의가 엄존하고 있었던 것이다.

그렇다면 뒤랑이 선언한 '신화의 귀환'은 유보되어야 한다. 우리는 그것이 과연 누구의 귀환인지 물어야 한다. 스토리의 흥기에 고무되어 다량으로 생산된 옹호와 예찬의 설법들도 그들의 논리에 중대한 결락이 있음을 인지해야 한다. 진화생물학이든 감성주의든 협력 이론이든 그 어떤 이론으로도 아직 귀환하지 못한 채 괴물 취급을 받고 있거나 황당한 웃음거리로 전락한 동양의 신화를 스토리의 시대에 걸맞게 합리화할 수 없다.

동양신화는 귀환하고 있는가? "봄은 왔으되 봄 같지 않다春來不似春"더니 스토리의 시대는 도래했건만 동양의 신화는 아직 귀환하지 않았다. 과거 이성과 합리성을 추구했던 근대 산업화 시대에는 인간 중심의 그리스 로마 신화가 적합했고 그 소임을 다했지만 인간과 사물이 교감, 공존하고 상상력-이미지-스토리 등 감성 능력이 복권된 4차 산업혁명 시대에는 오히려 동양신화의 역할이 기대된다. 과연 반인반수의 신농이 괴물의 지위에서 벗어나 인간과 자연의 조화로운 합일, 융복합과 대통섭의 표상으로 이 시대의 신화적 아이콘이 될 날은 언제인가? (2017)

동서양 신화, 어떻게 다른가?

유럽의 시골에 갔을 때 엄청나게 큰 호박을 보고 "아! 요정이 신데렐라를 위해 호박에 마술을 걸어 마차를 만들어준다는 스토리가 여기서 나왔구나" 하고 고개를 끄떡인 적이 있었다. 우리도 호박이 있긴 하지만 주로 애호박을 즐겨먹는 상황에서(늙은 호박도 먹긴 하나 엄청나게 크진 않다) 마차를 상상하기란 어림없어 보였다. 또 도시마다 쿠키, 사탕 등 각종 과자가 발달한 것을 보고 "그러고 보니 『헨젤과 그레텔』에서의 과자로 만든 마녀의 집 스토리가 여기서 나왔구나" 하는 생각이 절로 들었다. 글쎄, 어쩌다 한과를 먹는 우리 현실에서 그것으로 집을 짓는다는 상상 역시 어려울 것 같았다. 물론 피상적인 관찰로 성급하게 스토리의 발생을 논단하는 것은 경솔한 일일 수 있다. 유럽문화에 대한 심후한 통찰도 사실 결여되어 있다. 다만 오해를 무릅쓰고 이러한 사견을 말하고자 하는 것은 스토리 혹은 상상력의 풍토성을 강조하기 위해서이다.

언젠가 〈마법의 성〉이라는 노래가 모두의 마음을 동화의 세계로 빠져들게 한 적이 있었다. 선율도 아름다웠지만 마법에 걸려 성에 갇힌 공주를 구한다는 가사 또한 심금을 울렸다. 노래를 듣고 있노라면 남자들은 용감한 왕자나 기사가 된 것 같았고 여자들은 마법에 걸린 예쁜 공주라도 된 기분에 사로잡혔으니 말이다. 그러나 애석하게도 중세 봉건제가 성립된 적 없는 우리 역사의 풍토에서 영주가 다스리는 그림 같은 성은 애당초 존재하지 않았고 따라서 거기에 사는 왕자와 공주의 로맨스도 있을 리 없었다. (중앙집권이 덜했던 삼국시대 때에나 겨우 호동왕자와 낙랑공주, 서동과 선화공주 등의 로맨스가 나온다.) 그러니까 실체가 없는 그림자 같은 스토리임에도 우리는 한껏 도취되었던 것이다.

물론 이와 같은 생각에 대해서는 무슨 생뚱맞은 시비냐는 힐난이 있을 수 있다. 문학, 예술의 시공을 넘어선 감동의 보편성을 들어 부적절한 견해라고 말할 수도 있겠고 글로벌 시대에 문화민족주의가 가당키나 한 것인가 하는 비판이 있을 수도 있겠다. 그러나 이 모든 반박이 이유 있음에도 이제는 최소한의 문화적 저항마저도 사라졌다는 생각에 어딘가 공허한 느낌을 금치 못한다면 그것은 편협한 감상에 불과한 것일까?

사태는 글로벌 시대에 들어서 강대국의 문화산업이 번영을 구가하면서 더욱 심각해질 수 있다. 할리우드 문화산업, 즉 디즈니는 이제 〈백설공주〉만을 고수하지 않는다. 글로벌 시대의 마케팅 전략에 걸맞게 〈흑설공주〉나 〈황설공주〉까지 제작해야 전 세계 인종의 소비자를 겨냥할 수 있다. 이렇게 해서 나온 것이 중국의 잔 다르크라 할 '목란木蘭'을 애니메이션으로 각색한 〈뮬란〉이다. 그런데 〈뮬란〉이 동양의 풍토성을 제대로 반영했을까? 천만의 말씀이다. 그것은 어디까지나 중국의 '목란'이 아니라 미국의 '뮬란'인 것이다. 병든 아버지를 위해 남장하고 종군하여 공을 세웠다는 효녀 목란의 모습은 애니메이션 〈뮬란〉에서 백인 남성들이 애호하는 일본 게이샤 이미지로 뒤바뀌고 동양의 신수神獸인 용은 에디 머피의 호들갑 떠는 목소리로 더빙된 까불이 반려동물로 전락된다.

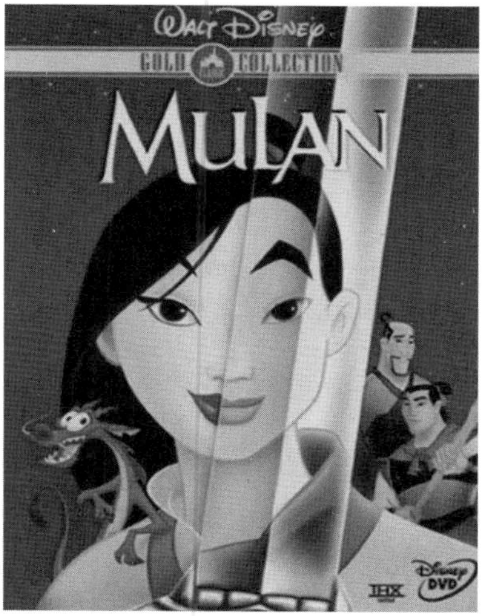

애니메이션 〈뮬란〉 포스터.

다시 말해 할리우드 문화산업은 타자의 정체성을 용인하지 않는다. 스토리 혹은 상상력의 제국주의는 제1세계의 문화산업을 통해 '미국식' 내지 '서양식' 획일화의 위력을 유감없이 발휘한다. 그리하여 효녀 목란은 할리우드를 우회하여 돌아와 도리어 우리에게 게이샤 이미지로 각인된다. 〈뮬란〉의 뒤를 이어 제작된 애니메이션 〈쿵푸 팬더〉가 처음 상영되었을 때 중국의 지식인들이 대거 반발

왕기王圻, 『삼재도회三才圖會』에 실린 반고의 모습, 명나라.

했던 것 역시 할리우드가 타자의 문화정체성을 왜곡한다는 사실, 바로 그러한 이유에서였다.

스토리와 상상력이 특정한 지역, 특정한 종족의 그것으로 획일화되는 것은 바람직하지 않다는 생각, 더군다나 수많은 지역, 다양한 종족의 문화가 교차하고 횡단하는 이 시점에서 정치, 경제적 권리만큼이나 스토리와 상상력의 세계도 자유로워야 한다는 생각이 온당한 것이라면, 세계화의 대세를 따라가는 한편 획일화에 대한 문화적 저항의 자세를 견지하는 것을 국수주의나 편협한 문화민족주의로 비난할 수는 없을 것이다. 이러한 입장에서 스토리와 상상력의 원조인 신화를 통해 동서양의 공통적인 원형 심상은 물론 통약通約될 수 없는 차이점을 사유해보고 상대방 문화에 대한 공존적, 호혜적 차원의 이해를 추구하는 것은 의미 있는 작업이라 할 것이다.

가령 동서양의 창조신화는 양자의 세계관, 기본 관념을 보여주는 중요한 자료이다. 주목해야 할 것은 동서양의 일부 창조신화가 거인의 신체가 변화하여 이 세상을 창조했다는 이른바 '거인신체화생' 모티프를 공유하고 있다는 점이다. 인도의 푸루샤로부터 게

르만의 이미르에 이르기까지 인도-유러피언 계통의 거인신화에서는 다른 신들이 거인을 살해한 후 신체를 절단하거나 해체하여 산과 강, 숲 등 세상을 창조한다. 반면 혼돈 속에서 태어난 중국의 거인 반고는 몇만 년을 혼자 살다가 자연사한다. 죽음 후에 그의 몸은 각 부분이 저절로 산과 강, 숲 등으로 변화한다. 두 신화의 차이는 흥미롭다.

첫째, 창조의 동력이 서양은 살해이고 동양은 자연사라는 점이다. 여기서 우리는 서양의 경우 외부적 충격에 의한 반응으로 발전이 일어난다는 이른바 충격-반응 이론Impact-Response Theory 혹은 변증법적 사유의 맹아를 엿볼 수 있다. 서양의 학자들이 근대의 충격에 동양의 국가들이 어떻게 반응하느냐에 중점을 두고 역사를 설명하려 했던 태도나, 카를 마르크스가 인도를 밀폐된 관 속의 미이라에 비유하면서 관 뚜껑이 깨져 외부의 신선한 공기가 들어가야 변화가 일어난다고 영국의 식민 지배를 불가피한 것으로 간주했던 것은 바로 이러한 창조신화의 관념을 그대로 계승한 것이다. 한편 창조의 동력을 자연사에서 찾고 있는 동양은 인위적, 외부적인 충격을 가하지 않더라도 저절로 변화가 이루어질 수 있다는 내재발전론 혹은 작위하지 않고 자연의 순리에 따른다는 무위자연無爲自然 사상의 단초를 보여준다. 둘째, 창조의 방식이 서양은 절단을 통해 세상을 만들어내는 것이고 동양은 통째로인 몸 상태에서의 변모이다. 여기서 우리는 서양의 분석적 사고와 동양의 전일적, 통합적 사고의 차이를 엿볼 수 있을지도 모른다.

중국의 거인신체화생신화인 반고신화는 삼국시대 오吳나라 무렵에 이르러서야 비로소 기록된 것으로 보아 본래 중국에 없던 이야기였는데 인도 쪽으로부터 흘러들어온 것으로 추측된다. 그렇다면 처음 전래되었을 때는 서양의 경우처럼 거인을 살해하여 세상을 창조하는 이야기였을 것이다. 그러나 그러한 내용은 동양의 사고나 관념에 맞지 않아 귀에 거슬렸을 것이고, 그래서 점차 동양의 정서에 맞게 고쳐져서 오늘날 전해지는 것과 같이 자연사의 이야기 형태로 조정되었을 것이다.

다소 거친 분석이지만 최소한 우리는 동서양 신화가 풍토, 종족 등의 차이로 인해 출발부터 각자의 고유성을 지녔음을 알 수 있다. 그리고 이러한 고유성은 하나로 통합되어야 할 것이 아니라 세계를 읽는 다양한 관점으로 존중되어 스토리와 상상력을 풍요롭게 만드는 원천이 되어야 할 것이다. 앞서 말했듯이 오늘날 제1세계의 문화산업은 이들 신화적 다양성을 왜곡하여 특정한 지역과 종족의 고유성으로 획일화시키는 데에 앞장서고 있다. 예컨대 그리스 로마 신화와 〈해리 포터〉 시리즈 종류의 영화, 애니메이션, 게임 등에 줄곧 탐닉한 어린이는 언젠가 용을 나쁜 동물이라고 생각할지 모른다.(벌써 그런 아이들이 있다!) 서양신화에서 용은 사악한 괴물로서 영웅에 의해 처단되어야 할 존재이기 때문이다. 어른들은 용꿈을 꾸면 여전히 복권 사러 갈 생각을 하지만 이 아이들이 어른이 되어 용꿈을 꾸면 복권 사러 갈까? 아마 가지 않을 것이다. 대신 재수 없다고 할지 모른다. 이는 너무 슬픈 일이 아닐 수 없다. (2017)

동양의 여신으로 본 여성 원형

1. 여신 — 잃어버린 여성의 자존심과 능력

신들의 세계에서 주도권을 쥐고 있는 것은 대부분 남신들이다. 가령 그리스 로마 신화의 최고신이 제우스이고 중국신화에서의 가장 큰 신이 황제인 것처럼 말이다. 그러나 신화학자들은 본래 신화에서의 주인공은 여신이었을 것이라는 점에 대체로 동의한다. 여기에는 두 가지 이유가 있다. 첫째, 인류 사회의 최초 형태는 모계사회였고 여성이 중심이었을 것으로 추정된다. 모계사회는 씨족의 큰 할머니를 우두머리로 삼고 여성 씨족원으로 이루어진 사회였다. 이 시절에 섬겼던 최고의 신은 당연히 여신이었을 것이다. 둘째, 인류 초창기 문화에서 가장 중요한 것은 생산력이었다. 특히 농업 생산력은 인류의 생존을 좌우하는 관건이었다. 그래서 당시에는 생식 숭배가 성행하여 여성의 생식능력, 땅의 생산능력 등이 숭배되었고 이에 따라 땅과 여성의 생식, 생산능력을 동일시한 땅의 여신 즉 대지모신大地母神이 신앙의 중심에 있게 되었다. 이러한 두 가지 이유에서 초기 원시시대에 주도권을 쥐었던 신들은 여신이었을 것으로 추정할 수 있다.

그렇다면 최고의 지위를 누렸던 여신들이 남신들에게 자리를 내주게 된 것은 언제부터일까? 그것은 모계사회에서 부계사회, 즉 남성 중심의 가부장 사회로 인류 사회가 변천하면서부터다. 이때 여신들은 과거의 독립적인 위치에서 남신들에게 종속된 위치로 격하된다. 가령 그리스 로마 신화에서의 헤라, 아프로디테 등은 원래 제우스와는 별개로 각 지역을 대표하는 여신들이었으나 그리스 로마 신화가 남신 중심으로 다시 편성되면서 각각 최고신 제우스의 아내 혹은 딸로 변모한다. 중국신화에서도 이러한 현상이 뚜렷하다. 가령 여와는 세상을 창조한 고고한 지위의 여신이었으나 나중에 남신 복희의 누이동생으로 변모하며, 서왕모 역시 곤륜산의 고유한 여신이었으나 후일 동왕공東王公이라는 남신의 아내로 신분이 바뀐다.

오늘날 여성학에서는 이러한 여신 지위의 변화에 주목한다. 여신을 우리와 동떨어진 존재로 보는 것이 아니라 우리의 여성에 대한 인식을 투영한 존재로 볼 때 신화에서의 독립된 지위를 지닌 여신은 가부장제에 의해 왜곡되지 않은 여성의 온전한 모습을 지녔다고 생각되기 때문이다. 이렇게 본다면 우리는 신화 속의 여신으로부터 잃어버린 여성의 자존심과 능력을 찾아볼 수 있을지 모른다.

2. 동양의 여신—여와와 서왕모

여신을 말하라 하면 흔히 헤라라든가 아프로디테 등 서양 여신을 먼저 머리에 떠올릴 정도로 그리스 로마 신화는 우리에게 상식이 되어 있다. 그러나 우리에게는 불과 100년 전까지만 해도 지금의 서양 여신들처럼 귀에 익숙한 여신들이 있었다. 한 세기 사이에 우리는 자신의 신화를 거의 잊고 만 것이다. 헤라와 아프로디테만큼이나 유명하고 인기 있었던 동양의 여신들에 대해 알아보자. 그녀들은 창조와 생육의 여신 여와와 죽음과 생명의 여신 서왕모다.

『천지인귀신도감天地人鬼神圖鑑』에 실린 여와의 모습.

여와는 태초부터 있었던 위대한 여신이었다. 아득한 옛날 여와는 지상에 초목과 동물만 있는 것을 보고 인간을 만들 생각을 했다. 그녀는 진흙으로 정성스레 사람을 빚었다. 그랬더니 그것들이 저절로 움직여 돌아다니는 것이 아닌가? 지상에 사람이 가득차자 여와는 사람 빚기를 멈췄다. 그러나 만들어놓은 진흙 인간이 죽어버리면 그다음이 문제였다. 여와는 인류의 대가 끊이지 않도록 남녀가 결혼하는 제도를 만들었다. 그리고 자신은 중매의 여신이 되었다. 사람과 짐승이 평화롭게 더불어 살던 어느 날 지구에 큰 변동이 왔다. 갑자기 하늘에 구멍이 뚫려 불덩어리가 쏟아져내리고, 땅이 흔들리고 무너지는 것이 아닌가? 여와가 기껏 만들어놓은 인간들은 살 수가 없다고 아우성이었다. 자비심 많은 여와는 오색의 돌을 찾아 그것들을 잘 다듬어 하늘로 가지고 올라가 뚫어진 곳을 기웠다. 다음에 여와는 거대한 자라 한 마리를 잡아 네 개의 발을 잘랐다. 자라의 넓고 큰 몸을 지탱해온 그 발들은 튼튼해서 무거운 것을 괴기에 좋았다. 여와는 네 개의 자라 발을 땅의 네 귀퉁이에 세워 대지를 안정시켰다. 이제 사람들은 불덩어리 세례를 받지도 않고 땅속으로 꺼져들어가지도 않게 되었다. 이렇게 여신 여와는 자신이 창조한 인간들을 위하여 끝까지 수고를 마다하지 않았다. 사람들이 다시 평화롭게 사는 것을 보고 여와는 안도의 한숨을 내쉬었다. 그러고는 용이 끄는 수레를 타고 하늘로 올라갔다고 한다.

서왕모는 여와보다 좀 늦게 출현한 여신이다. 서왕모는 대륙의 서쪽 끝에 있는 곤륜산에 살고 있었다. 그녀는 처음에는 마귀할멈 같은 무서운 생김새에다 전염병과 형벌 등을 맡아보는 살벌한 여신이었다. 그런데 나중에는 불사약을 지닌 아름다운 생명의 여신으로 신의 성격이 바뀌게 된다. 이것은 우리의 무의식에 내재된 삶과 죽음에 대한 욕망의 양면성 때문이리라. 서왕모는 요지瑤池라는 호숫가에 궁궐을 짓고 살았고 반도원蟠桃園이라는 복숭아나무 밭을 가지고 있었다. 반도원의 복숭아는 한 개만 먹으면 1만 8000년까지 살 수 있다고 했다. 언젠가 동방삭東方朔이라는 사람이 이곳에 몰래 들어와 몇 개를 훔쳐 갔는데 그는 아주 오래 살아 '삼천갑자 동방삭'이라는 말을 남겼다. 임금이든 영웅호걸이든, 많은 사람들은 서왕모가 불사약을 지니고 있다는 소문을 듣고 그녀를 만나보고 싶어했다. 주周나라의 목왕穆王은 서쪽으로 여행을 한 끝에 마침내 곤륜산에 도달하여 서왕모를 만났고 큰 환대를 받았다. 둘은 사랑에 빠져서 주목왕은 고국으로 돌아갈 생각조차 잊었다고 한다. 그러던 어느 날 오랑캐가 국경을 침범했다는 급보를 접하고 주목왕은 서왕모와 애끓는 이별을 했다. 주목왕은 돌아온다고 약속했지만 결국 둘은 다시 만나지 못했다. 이후에도 서왕모는 많은 사람들로부터 사랑을 받았고 중국뿐만 아니라 조선에서도 인기 있는 여신이었다. 허난설헌과 같은 여성 시인은 특히 서왕모를 좋아해서 그녀

왕기, 『삼재도회』에 실린 서왕모의 모습, 명나라.

에 관한 주옥같은 시를 남기기도 했다.

3. 여신의 의미 그리고 현대적 재탄생

동양의 두 여신이 오랜 세월 사랑을 받아온 것은 이들의 속성에 변하지 않는 의미와 가치가 있어서일 것이다. 여와 신화에서 주목해야 할 것은 여성의 창조와 치유의 능력이다. 일반적으로 신화에서 남신이 전쟁, 살육과 같은 파괴적인 일을 수행한다면 여신은 생식, 생산과 같은 창조적인 일과 더불어 파괴된 것을 치유, 보완하는 일을 담당한다. 여와는 인류를 창조하는 데에 그치지 않고 그것이 지속되도록 결혼제도를 만들고 깨어진 자연을 재건하기 위해 온 힘을 다한다. 그리고 이러한 일들은 그녀 개인의 독자적인 힘에 의해 이루어진다. 우리는 여와 신화로부터 여성이 본래는 의존적, 종속적이 아니라 독립적, 창조적 존재이었음을 깨닫게 된다.

여와 신화가 여성의 사회활동에서의 주체적 능력을 보여주고 있다면 서왕모 신화는 내면적 영역에서의 깊은 잠재력을 보여준다. 서왕모가 불사약을 지녔다는 사실은 그녀가 생명의 근원임을 암시한다. 따라서 서왕모는 모든 사람이 찾아가서 다시 힘을 얻어가지고 돌아오는 생명의 샘과 같은 존재다. 인간에게는 자기가 태어난 자궁 혹은 고향 같은 곳으로 돌아가 쉬고 싶어하는 본능이 있는데 이것을 모태회귀母胎回歸 본능이라고 한다. 여성에게는 독립적, 창조적 능력과 더불어 마치 자연과도 같이 만물을 품에 안고 편안히 휴식을 취하게 해주는 포용의 힘이 있다. 서왕모는 천주교에서의 성모 마리아와 불교에서의 관음보살처럼 우리에게 안식을 주고 궁극적으로는 생명의 길로 인도하는 여신이었던 것이다.

여와와 서왕모 신화가 보여주는 여성의 원초적인 모습은 현대에 이르러서도 재현될 필요가 있다. 요즘 예쁘고 날씬한 외모의 여성을 '여신'으로 부르지만 진짜 여신의 본질과는 거리가 있는 것 같다. 항상 창조적인 자세로 당당하게 활동하는, 그러면서도 따뜻한 자애로 모든 것을 감싸안는 포용력을 지닌 여성 리더라면 현대에 새롭게 태어난 여신으로 보아도 좋지 않을까? (2008)

동양의 비너스, 항아

춘원 이광수의 농촌 계몽소설 『흙』을 보면 다음과 같은 대목이 나온다.

> 정선은 숭이가 가정교사로 있는 윤참판집 딸이다. 정선은 몸이 가냘프고 살이 투명할 듯이 희고 더구나 손은 쥐면 으스러져버릴 것같이 작고 말랑말랑한 여자다. 그는 숙명에서도 첫째 둘째를 다투는 미인이었다. 물론 정선은 숭에게는 달 가운데 사는 항아다.

이광수는 당시 독자들의 가독성을 염두에 두고 가난뱅이 청년 허숭이 감히 넘볼 수 없는 미인 정선에 대해 "달 가운데 사는 항아"라는 표현을 했다. 그런데 지금 우리 독자들은 이 말을 실감나게 받아들일까? 아마 항아가 누구인지조차 모르는 독자들이 많을 것이다. 불과 100년 전 까지만 해도 이 땅에서는 신화 속의 가장 예쁜 여인을 비너스가 아니라 항아라고 생각했다. 즉 항아는 미인의 대명사였다.

『백미도百美圖』에 실린 불사약을 훔치려는 항아의 모습.

동양의 비너스라 할 항아는 원래 활 잘 쏘는 영웅 예의 아내였다. 어느 날 남편 예가 둘이 먹을 불사약을 구해와 아내 항아에게 맡기고 잠시 외출했을 때 그녀는 욕심이 나서 혼자 다 먹어버렸다. 그랬더니 몸이 둥둥 떠올라 하늘로 향해 가다가 달로 숨어버렸다는 것이 그 유명한 '항아분월姮娥奔月' 이야기다. 항아가 달에 도착해보니 계수나무 한 그루와 약을 찧고 있는 옥토끼 두 마리밖에 없어서 너무 쓸쓸했다. 그런데 최고 미인 항아가 달에서 고독하게 지내고 있다는 신화는 문인들의 상상력을 엄청 자극했다. 시인들은 앞을 다투어 항아의 미모를 예찬하거나 그녀에 빗대어 고독한 여인의 신세를 노래했다.

예컨대 당唐나라의 이상은李商隱은 여성 수도자의 외로운 심정을 "항아는 응당 불사약 훔친 것을 후회하리, 푸른 바다 푸른 하는 밤마다 외로워라姮娥應悔偸靈藥, 碧海靑天夜夜心"(「항아」)라고 읊었다. 소설에서도 항아는 단골로 등장했다. 청淸나라 이여진李汝珍의 『경화연鏡花緣』을 보면 항아가 백화선자百花仙子를 핍박하여 하계로 떨어뜨리는 것이 소설의 발단이 되고, 김시습金時習의 「취유부벽정기醉遊浮碧亭記」에서는 항아가 절망에 빠진 고조선의 기씨녀箕氏女를 보살펴준다. 이외에도 고소설이나 판소리 같은 데서 여주인공의 미모를 형용할 때 '월궁의 항아'라든가 '달나라의 선녀' 같다는 표현이 수도 없이 나온다.

항아는 나중에 과거 시험을 준비하는 선비들의 우상이 되기도 했다. 선비들은 달 속의 항아가 합격자를 위해 계수나무 가지를 꺾어준다고 상상했는데 이것을 '절계折桂'라고 했다. 그러나 항아의 신세도 기구했다. 유교 사상이 동양사회를 지배하게 되면서 사람들(특히 남자들)은 남편을 배신한 항아를 그냥 두지 않았다. 급기야 항아가 벌을 받아 흉물스러운 두꺼비가 되어 달에 살고 있다는 악의적인 버전이 생겼다. 고구려 고분 벽화의 달 속에 두꺼비가 그려진 것은 이 때문이다. 서양에서는 시대마다 비너스가 다르게 그려진다. 비너스는 각 시대의 여성에 대한 욕망의 총체였다. 항아 역시 단순한 미인이 아니라 이처럼 당대의 욕망을 반영한다. 바야흐로 세상이 바뀌어 항아의 이미지도 변신중이다. 중국에서는 사라진 여신을 호출하여 달 탐사 우주선을 '항아 1, 2, 3호'로 명명했다. 우리의 상상력이 그리스 로마 신화의 지배를 벗어나 항아가 최고 미인으로 다시 등극할 날은 언제쯤일까? (2014)

◈ 2장 ◈

신화와 4차 산업혁명 시대

4차 산업혁명 시대에 신화를 생각한다

다시 물질이 돌아왔다. 도처에서 물질의 근원적 힘을 구가하는 시대가 도래한 것이다. 인공지능, 빅데이터, 사물인터넷, 가상현실 등으로 수식되는 이른바 4차 산업혁명 시대에는 과학과 기술이 우리의 상상을 초월할 정도로 발달하여 바야흐로 물질이 압도하는 세계가 전개될 것이다. 이 시대에 대한 예후는 어떠한가? 고기술-고임금 직업과 저기술-저임금 직업 간의 격차가 커져서 심각한 사회 불균형을 초래할 수도 있다는 견해(클라우스 슈밥)로부터 로봇이 인간의 고유 영역을 공유함에 따라 인간 의미에 대한 집단 정체성의 위기가 올 것이라는 견해(일라 레자 누르바흐시) 등에 이르기까지 일부 부정적인 전망들이 없는 것은 아니나 대부분 낙관적인 진단을 내리고 있다. 가령 스티븐 핑커는 폭력, 절대빈곤 등의 감소와 질병퇴치 등을 이룩한 과거 과학의 업적에 의지하여 오늘의 과학이 성취할 미래를 유토피아에 준하는 세계로 전망한다. 아울러 향후의 세계를 놓고 스티븐 핑커, 알랭 드 보통 등 대표적 지식인들이 논쟁을 벌인 멍크 디베이트의 결과는 70퍼센트의 청중이 낙관론을 지지하는 것으로 결판이 났다.

이처럼 압도적인 데다가 급변하기까지 하는 과학의 위력에 인문학은 일찌감치 투항 혹은 영합하는가 하면 어렵게 활로를 모색 중이기도 하다. 가령 이야기하는 본능은 거울뉴런의 시뮬레이션 작용으로 이해되고 중용의 철학은 쾌감 호르몬의 한시적 효과에서 비롯한 생존 방식으로 간주된다. 도스토옙스키의 초인적 서사도, 성인 공자의 근엄한 도덕론도 진화생물학의 설명 범주를 벗어날 수가 없다. 생물학자 에드워드 윌슨의 구상대로 인문학 역시 과학으로 통섭될 운명에 놓인 것인가? 과연 그런가? 뇌에서 분비되는 쾌감 호르몬 도파민은 우리를 한순간 사랑에 눈멀게도 하지만 일정한 기간이 지나면 눈꺼풀에 씌운 것을 벗겨놓아 제정신(?)으로 돌아가게 한다. 절세미인과 신혼의 단꿈도 잠깐, 몇 년 후 그녀를 볼 때의 쾌감 호르몬 지수가 거실의 소파를 볼 때와 별 차이 없어지는 것은 이 때문이다. 그렇다면 동서고금의 성현들이 줄기차게 주장해온바, 지나친 탐닉을 경계하는 절제와 중용의 미덕이란 결국 쾌감 호르몬의 작용에 잘 적응하여 보다 안정된 삶을 유지하려하는 생물학적 선택으로 밖에 설명될 수 없는 것인가?

그럴 수도 있다. 그러나 과학이 발달하여 이제야 비로소 고대의 인문학적 지혜를 이해할 수 있는 수준에 도달했다고 말해야 옳지, 성현의 말씀도 기껏 호르몬 작용에 불과했다고 일축하는 것은 본말의 전도이다. 아울러 인문학적 지혜는 과학으로 환원되지 않는 외연적 의미를 함축한다. 공자는 중용의 철학에 따라 "즐겁되 음란하지 않고, 슬프되 마음 상하지 않아야樂而不淫, 哀而不傷" 할 것을 가르쳤다. 고대 동양에서 이러한 감정의 조절은 현실에서 어떻게 구현되었는가? 그것은 자연과의 합일에서 이루어졌다. 정경교융情景交融! 우리의 마음은 자연 경물과 만날 때 조절된다. 기쁨이든 슬픔이든 극단적인 감정은 자연을 대하면서 담백해지기 마련이다. 고대 동양에서는 인간의 마음을 자연에 한번 담갔다가 꺼낼 때 순화된다는 지혜를 일찌감치 터득했던 것이다. 동양의 문학, 예술은 바로 이러한 천인합일天人合一의 경지를 정점으로 추구한다. 과학이 쾌감 호르몬의 설명 차원을 넘어서는 상술한 인문학적 함의에 도달하기엔 시기상조다.

그럼에도 4차 산업혁명 시대를 견인하는 과학, 기술의 눈부신 발달이 우리의 이목을 집중시키고 찬탄을 불러일으키고 있는 것은 엄연한 현실이다. 그런데 과학만능주의와 그로 인한 일말의 두려움과 더불어 장밋빛 미래가 환상처럼 펼쳐지는 이 시점에서 우리는 데자뷔의 느낌에 사로잡힌다. 다시 말해 과학이 모든 것을 해결해주리라는 낙관론, 미래에 대한 유토피아적 전망이 풍미했던 19세기 과학혁명과 같은 상황이 지금 재현되고 있는 것이다. 이성-과학-기술공학-진보-미래는 19세기의 마법적 표현 양식이었는데(뤼시앵 보이아) 지금과 별로 달라 보이지 않는다. 이 시기에는 모든 것을 물리-역학으로 설명할 수 있다는 믿음하에 물질이 정신을 대체하고 인간을 일종의 기계로 인식했다. 보라! 오늘날과 얼마나 닮았는가? 인간의 상상력은 세계를 구조화시킬 뿐만 아니라 시대를 초월하여 반복되는 원형이 되기도 한다.

그런데 너나없이 과학의 성과에 도취되어 있을 뿐 중요한 결락이 있음을 깨닫지 못하고 있다. 물질이 개벽되니 정신도 개벽된다는 원불교의 가르침도 있듯이 과학이 도약하면 그것에 상응하여 우리의 의식도 변화되어야 하지 않을까? 모든 것이 업그레이드되고 있는데 정신만 제자리에 있으면 과학은 더욱 통제할 수 없는 길로 가고야 말 것이다. 여기서 정신도 물질처럼 진화, 발달하는 것으로 오해하지는 말자. 새 술은 새 부대에 담아야 하듯이 4차 산업혁명이 도래했다면 그것에 걸맞은 마인드를 갖춰야 한다는 말이다. 당연히 이에 대한 고민이 필요한데, 그것은 바로 쇄신된 인문학적 지혜에 대한 요청이 아닐 수 없다.

사실 4차 산업혁명의 첨단에서 벌써 이러한 문제의식이 심각하게 대두되고 있다. 로리 개럿은 합성생물학 분야에서 생명과학의 이중용도 연구, 생물안전, 생물보안에 대해 일관된 규정이나 정의가 전혀 없음을 우려한다. 이중용도 연구란 예컨대 암모니아 생산 방법이 비료 산업을 촉진시켰으나 화학무기 제조에 악용되었던 것처럼 이해의 양면성을 지닌 연구를 말한다. 한편 일라 레자 누르바흐시는 로봇이 점차 우리의 윤리적, 법적 틀 구조를 시험하게 될 미래에 직면하고 있음에도 엔지니어, 프로그래머, 디자이너 등 로봇공학 분야의 종사자들을 위한 윤리, 인권, 보안 등의 교육과정이 마련되어 있지 않은 현실을 걱정한다. 과학혁명 초기에 메리 셸리는 인조인간의 위험성을 다룬 소설 『프랑켄슈타인』을 써서 영혼 없는 과학만능주의의 폐해를 냉엄하게 지적한 바 있다. 셸리의 소설적 상상력은 여전히 오늘에도 유효한 교훈적 시사를 담고 있다.

어쨌든 이 모든 견해는 궁극적으로 4차 산업혁명 시대에는 인간과 사물에 대해 지금까지와는 다른 새로운 마인드가 필요하다는 생각으로 귀결된다. 그렇다면 이 새로운 마인드의 정체는 무엇인가? 다가올 시대는 마치 인드라망처럼 인간과 사물이 상호의존 관계 속에 있고 인간과 기계 등 이타성을 지닌 존재들이 교감하고 공존하는 세계로 점쳐진다. 이러한 현상은 인공지능과 사물인터넷의 발달로 더욱 가속화될 것이다. 우리는 이미 그 세계에 진입했다. 물질은 죽은 존재가 아니다. 십수 년간 몰았던 승용차를 폐차장으로 보낼 때 나는 애도했다. 스티브 잡스가 뛰어난 것은 이러한 세계의 도래를 선취하여 제품에 적용했기 때문이다. 그는 애플사 제품이 갖추어야 할 요건으로 인간성과 인문학 그리고 테크놀로지를 들었는데, 상품 기계가 우리와 교감할 수 있도록 따뜻한 감성을 불어넣고자 했다.

교감 능력과 더불어 다음 시대의 마인드를 차지할 인문학적 능력은 무엇인가? 그것은 상상력과 이미지 그리고 스토리의 능력일 것이다. 기계가 인간의 수족을 완벽히 대신할 때 인간이 그나마 독창성을 발휘할 수 있는 영역은 상상력일 것이고 4차 산업혁명 시대에 인생과 기업의 성패를 가를 정도로 아이디어의 비중이 커질 것이라는 생각은 이미 다수 학자들의 공론이다. 다음으로 이미지. 우리 모두는 진작부터 이미지에 포위된 삶을 살고 있다. 급증하는 이미지 대폭발의 시대에 그것의 장악과 활용 능력의 중요성에 대해서는 재론이 필요치 않을 것이다. 마지막으로 스토리의 능력인데 유발 하라리는 인류 전 시대를 통하여 허구의 서사를 상상하는 능력이 얼마나 중요한지를 그의 저작 두 권을 통하여 지속적으로 강조한 바 있다. 그는 인류를 지탱해온 각종 이데올로기, 종교 등을 모두 상상의 스토리로 간주한다. 스토리의 능력은 인류가 존속하는 한 그 중요성이 감쇄되지 않을 것이다. 롤프 옌센은 비록 기업과 시장에 치중하고 있긴 하나 정보사회 다음에 스토리의 사회가 올 것이라고 진단하며 그 사회를 '꿈의 사회Dream Society'로 규정한다. 그에게 스토리는 다음 시대 인간의 존재 방식이기까지 하다.

위에서 제시한 교감, 상상력, 이미지, 스토리에는 일관된 공통점이 있는데 이들 모두 이성보다 감성 영역에 속하는 능력들임을 알 수 있다. 나아가 이들은 한 가지 근원 서사로 귀납되는데, 그것은 바로 신화다. 신화는 인간이 사물과 대화했던 시기의 산물로서 여전히 풍부한 교감 능력을 지니고 있다. 뿐만 아니라 우리가 맨 처음 떠올린 생각과 형상이 담겨 있어 상상력과 이미지의 원천이기도 하다. 아울러 가장 오래 살아남은 이야기로서 모든 스토리의 원형이라 할 수 있다. 이렇게 볼 때 신화야말로 4차 산업혁명 시대의 마인드를 예비하기 위해 주목해야 할 인류의 유산이 아닐 수 없다. 이른바 포스트휴먼의 시대로 가는 도상에서 인간 정체성의 위기를 실감하는 이즈음 신화는 더욱 그 빛을 발한다. 우리가 길을 잃었을 때 출발점으로 되돌아가 다시 길을 찾아가듯이. (2017)

4차 산업혁명 시대의 상상력, 동양신화를 말하다

일찍이 '신화의 귀환'을 선언하여 시대의 정신을 선취했던 학자는 상상력 연구의 대가 질베르 뒤랑이었다. 그는 제우스의 전령 헤르메스의 신화적 특성에 착안하여 교류와 소통이 일상화된 오늘을 '헤르메스의 시대'로 규정한 바 있었다. 그렇다면 임박한 4차 산업혁명 시대는 누구의 시대로 명명하는 것이 좋을까? 아마 뒤랑이 그래왔듯이 그리스 로마 신화에서 적임자를 찾는다면 사람의 몸에 소머리를 한 미노타우로스가 될 것이다. 인간과 동물의 복합체인 반인반수는 인간과 자연, 인간과 사물 나아가 인간과 기계 등 인간과 모든 이타異他적 존재의 공존을 상징할 뿐만 아니라 현재 가속화되고 있는 이질적인 것들 사이의 결합, 즉 서로 다른 기술과 기술에서 넓게는 과학과 인문학의 융복합까지 표상하기 때문이다.

그러나 미노타우로스를 시대의 아이콘으로 삼기에는 걸림돌이 많다. 무엇보다도 인간이 표준인 그리스 로마 신화에서 반인반수는 괴물이었다. 게다가 그는 수간獸姦으로 태어난 식인괴물로서 인간에 의해 처단될 운명의 소유자가 아니었던가? 그렇다면 차세대 정신의 상징으로 삼을 만한 바람직한 반인반수는 누구인가? 그는 인간과 자연의 합일을 완전한 것으로 추구했던 동양신화의 반인반수 신농이 될 것이다. 끔찍한 식인괴물 미노타우로스가 아니라 호모사피엔스의 순혈주의에 물들지 않은 몸으로 농업과 의약을 가르쳐주었던 고마운 반인반수 신농이야말로 4차 산업혁명 시대의 진정한 아이콘인 것이다. 여기에서 나아가 우리는 행복한 반인반수 신농을 낳았던 동양신화 전반의 의미와 가치를 4차 산업혁명 시대의 주요한 마인드와 관련하여 살펴볼 필요가 있다. 과연 동양신화는 근대를 지배했던 그리스 로마 신화의 상상력을 대신하여 차세대 상상력의 대안이 될 자질을 지니고 있는가?

우선 물질, 기계적 존재와의 교감이 일상화되는 시대에 물활론物活論의 부상은 필연적이다. 물질은 살아 있다! 물질은 자기조직하고 반응한다. 과거 인간이 표준이었던 시대에 물질 곧 무생물은 죽어 있는 것으로 생각하는 것이 상식이었으나 앞으로는 그렇지 않을 것이다. 몇 년 전 DDP에서 열렸던 〈브릴리언트 메모리즈〉 전에서 작가들은 폐기된 자동차에 대한 주인의 애틋한 심정을 다양하게 표현했다. 그것은 결코 기계를 종전처럼 죽은 물질로 보는 것이 아니라 살아 있는 것으로 보는 마음에서 자발적으로 우러난 감정이었다. 그것은 다가올 물활론 시대의 징후였다. 물활론은 모든 사물이 살아 있기에 소통할 수 있다는 주술적 사유의 기반이 된다. 신화는 이러한 생각들로 가득차 있다. 태양을 표면온도 6000도, 내부온도 1500만 도의 과학적 실체로만 인식하면 결코 교감할 수 없다. 그러나 뜨거운 태양 이면의 근원적 실체를 위대한 신으로 생각할 때 우리는 그것과 감정을 교류할 수 있다. 원시인류는 이처럼 태양, 달, 바람, 비 등 수많은 자연현상을 살아 있는 존재로 간주하고 교감을 시도했다. 우리는 근대 이후 탈주술의 시대에 접어들면서 이미 이러한 교감능력을 상실했고 사실 그것이 그대로 오늘에 가능한 것도 아니다. 다만 신화시대의 물활론적 사유가 물질, 기계적 존재와의 교감이 요청되는 향후 시대에 메마른 우리의 심성을 윤택하게 해줌으로써 적응능력을 향상시켜줄 수 있을 것이다. 신화는 그대로가 아니라 시대마다 항상 새로운 옷을 갈아입고 나타나기 때문이다. 물론 주술적 교감능력은 동양신화뿐만 아니라 그리스 로마 신화를 포함한 모든 고대신화가 풍부히 지니고 있는 자질이다. 이러한 공통의 자질을 넘어 그리스 로마 신화와 대비되는 동양신화의 고유한 의미와 가치는 어디에 있는가?

그리스 로마 신화가 인간을 표준으로 삼은 나머지 동물을 비롯한 자연계에 대해서도 군림하는 자세를 취한 것에 대해서는 이미 언급한 바 있다. 기계적 존재와의 교감은 물론 동물에 대해서도 그것의 자생적 가치와 권리를 인정하고 나아가 인간과 자연의 조화로운 관계를 추구하는 향후 시대에서는 인간만이 유일한 존재라는 관념은 더이상 성립하기 어렵다. 인간에 대한 이러한 인식은 동양의 창조신화에 보인다. 혼돈 속에서 태어난 거인 반고가 죽을 때 온몸의 각 부분이 해와 달, 땅, 숲, 강으로 변하는데 몸속의 기생충은 인간으로 화한다. 또다른 계통의 동양신화에서는 여신 여와가 동식물들을 창조하는 와중에 '심심해서' 황토로 인간을 빚어낸다. 그녀는 처음에 일일이 손으로 사람을 빚어내다가 나중에 피곤해지자 새끼줄에 진흙을 묻혀 휘둘렀다. 그랬더니 떨어져나간 흙물들이 사람으로 화했다고 한다. 아주 무성의하게 인간을 창조한 것이다. 이태백은 이를 두고 다음과 같이 읊었다. "여와가 진흙으로 장난을 쳐 어리석은 인간을 만들어냈다네女媧戲黃土, 團作愚下人." 동양신화에서는 인간의 탄생이 다른 피조물과 구분되는 중요한 사건이라는 인식이 별로 없으며 그리스 로마 신화나 히브리신화처럼 불을 갖다주거나 한껏 번성하여 동식물을 지배하라는 등 자연계에 군림할 수 있는 특권을 부여하지도 않는다. 인간 역시 다른 사물과 마찬가지로 자연의 일부인 것이다. 동양신화에서 인간은 결코 유아독존의 존재가 아니었다.

인종적 편견을 극복해야 하는 것은 작금의 과제인데 이제는 다른 인종은 물론 인공지능, 사이보그, 유전자 복제인간 등 이른바 포스트휴먼에 속하는 수많은 타자와 공존해야 하는 시대가 도래할 것으로 예견된다. 이러한 상황에서 호모사피엔스의 순혈성을 견지하는 그리스 로마 신화, 그리고 그 정신을 이어받아 주체를 강조하는 서구 근대의 휴머니즘적 인간관은 이후에도 여전히 유효할까? 주체를 확립하기 위해서는 필연적으로 타자에 대한 억압이 수반되었다. 인간 주체를 확립하기 위해 자연이, 서구 주체를 확립하기 위해 비서구가 배제되어온 것은 역사적 현실이었다. 서구의 이야기 전통에서 이방인, 외계인 등의 타자는 항상 위협적인 존재로 간주되어 적대시와 배척의 대상이 아니었던가? 중세의 박물지에 그려진 이방인들의 끔찍한 모습을 보고 움베르토 에코는 "정상적인 서구인을 위해 비정상적인 이방인이 필요했던 것"이라고 꼬집는다. 동양신화에도 많은 이방인들이 등장한다. 그리고 그들의 모습도 서구 박물지의 이방인 못지않게 기형적이다. 그러나 그들에 대한 신화적 묘사를 읽는 우리의 느낌은 과거 서구에서 이방인들에 대해 가졌던 감정과는 많이 다르다. 『산해경』에는 머나먼 지역의 사람들에 대한 기록이 적지 않다. 가령 관흉국貫胸國 사람들은 가슴에 구멍이 뚫려 있다. 그들의 시조가 슬픈 일로 제 가슴을 칼로 찔러 죽었기 때문이다. 그러나 이 나라 사람들은 예의범절이 분명했다. 지체 높은 사람이 행차를 할 때면 아랫것들이 그분의 가슴 구멍에 장대를 꿰어 가마에 태우듯 모셔갔다고 하니 말이다. 섭이국聶耳國

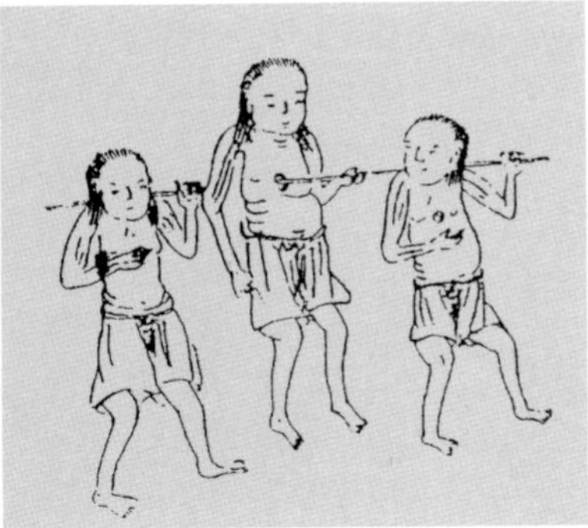

왕불王紱, 『산해경존山海經存』에 실린 관흉국 사람의 모습, 청나라.

사람들도 이상한 모습의 인종이었다. 그들은 귀가 엄청나게 크고 무거워서 항상 두 손으로 두 귀를 받쳐들고 다녔다. 하지만 그 큰 귀가 아주 유용할 때도 있었다. 그들은 취침할 때 한쪽 귀는 요로 깔고 다른 한쪽 귀는 이불로 덮고 잤다고 한다. 이외에도 거인들이 사는 대인국, 난장이들이 사는 소인국, 눈이 하나밖에 없는 사람들의 일목국一目國, 날개 달린 사람들의 우민국羽民國, 여자들의 나라인 여인국女人國 등 수많은 기이한 나라들에 대한 이야기가 있다. 『산해경』에서의 이들에 대한 묘사는 중화주의적 입장에서 변방의 인종들을 희화화戲畫化시킨 혐의가 없지는 않으나 적대감이나 배타적 감정은 찾아보기 힘들다. 오히려 우리는 이들 괴상한 인종들조차 자신들의 기이한 정체성을 간직한 채 이른바 사해동포四海同胞의 일원으로 인간과 자연이 하나가 된 세계의 구성에 참여하고 있음을 느낀다. 평론가 김현은 이러한 『산해경』의 신화세계에 대해 "아름다운 시보다도 더 많은 꿈을 꾸게 한다"고 소회를 피력했다.

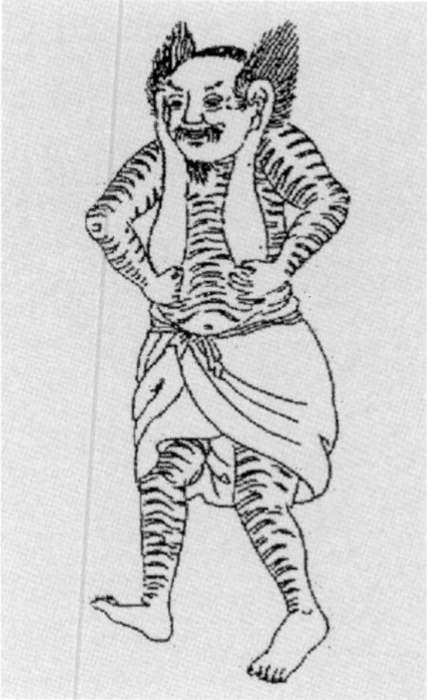

『변예전邊裔傳』에 실린 섭이국 사람의 모습, 청나라.

지금까지 검토한 결과를 요약해보면 동양신화에는 사물과의 풍부한 교감능력은 물론 그리스 로마 신화에서는 찾아보기 힘든 동물, 자연에 대한 인간의 겸허한 자세 및 이방인과 타자에 대한 호혜적 공존의식이 담겨 있어 임박한 4차 산업혁명 시대 상상력의 대안으로 손색이 없음을 알 수 있다. 바야흐로 물질이 개벽되니 정신도 개벽되어야 하는 이 시점에서 동양신화의 화려한 귀환을 꿈꾸어본다. 복!• 복! 신농이여! (2017)

• '복復'은 고대 동양의 초혼招魂 의례에서 망자의 혼이 돌아오라고 외치는 말.

동양신화로 AI 시대를 읽다•

인공지능AI, 빅데이터, 사물인터넷, 가상현실 등 새로운 시대를 리드하는 여러 과학 기술 중에서 가장 기대와 우려를 자아내는 분야는 아마 인공지능일 것이다. 이미 알파고와 인간 고수와의 대국을 통해 인공지능의 가공할 능력을 톡톡히 실감한 탓도 있겠으나, 향후 더욱 발전된 인공지능이 그간 인간이 누려온 독보적 지위를 위협할 것이라는 생각은 성급한 억측이라는 견해도 있지만 나름 근거가 없는 것도 아니다. 일설에 의하면 1950, 60년대의 공상과학 소설에 처음 등장했던 신기한 발명품들의 대부분이 현재 이미 실

• 이 글의 일부 내용은 졸저 『사라진 신들과의 교신을 위하여』(문학동네, 2007)에 실린 논문 「사이보그 서사의 기원, 역사 그리고 비교학적 성찰」에서 전재된 것임을 밝혀둔다.

현되었다고 한다. 확인해보지 않았지만 우리의 경우도 7080세대의 어린 시절 이목을 사로잡았던 산호 화백의 『라이파이』, 고우영 화백의 『짱구박사』 등 고전적 만화에 등장했던 현란한 과학기기들이 지금은 거의 구현되었을 것이다.

이렇게 보면 과학이 앞서가는 것이 아니라 상상력이 앞서가면 과학이 그것을 뒤쫓아가는 형국임을 알 수 있다. 수십 년 전부터 지금에 이르기까지 인간과 인공지능 간의 투쟁을 주제로 한 소설이 끊이지 않고 생산되는 것을 보면 인공지능에 대한 우려를 억측으로만 볼 수 없는 이유가 존재하는 것이 아닐까? 신화는 우리의 온갖 상상력의 원천이다. 이는 과학은 물론 우리의 모든 행위를 촉발하는 상상력의 근원을 신화에서 찾아볼 수 있다는 말에 다름아니다. 과연 가장 오래된 이야기인 신화는 미래의 인간, 이른바 포스트휴먼 시대의 공민인 인공지능에 대해 어떻게 말하고 있는가?

『노자』 『장자』와 더불어 대표적 도가 문헌의 하나인 『열자列子』에는 다음과 같은 신화가 실려 있다. 주목왕이 긴 여행을 떠나 불사의 여신 서왕모를 만나고 돌아오는 길에 언사偃師라는 뛰어난 장인을 만났다. 주목왕이 솜씨를 보여달라고 하자 이튿날 언사가 자신이 제작한 어릿광대 한 명을 데리고 왔는데 진짜 사람과 똑같았다. 어릿광대는 주목왕이 시키는 대로 걷고 뛸 뿐만 아니라 음악에 맞춰 노래를 부르고 장단에 맞춰 춤을 추었다. 그런데 연기가 끝날 무렵 어릿광대가 임금 곁에서 관람하던 예쁜 후궁에게 윙크를 하는 것이 아닌가? 속았다고 생각한 주목왕은 대노하여 장인 언사를 죽이려 했다. 놀란 언사는 황급히 어릿광대를 잡아다 해체해 보였다. 그것은 가죽, 나무, 아교, 물감 등으로 만들어진 인형이었는데 내장은 사람과 똑같이 오장육부가 있었다. 장인의 솜씨에 감탄한 주목왕은 그에게 큰 상을 내렸다.

이 신화의 메시지는 장인의 솜씨에 있는 것이 아니라 인형이 후궁에게 윙크를 했다는 데에 있다. 왜 작자는 인형이 인간이 시키는 대로만 행동하지 않고 스스로의 의지로 딴짓을 할 수 있다고 생각했을까? 더구나 인형은 딴짓을 함으로써 주인의 생명을 위험에 빠뜨렸다. 『열자』에 담긴 신화가 인조인간에 대해 말하고자 하는 바는 이것이다. 테크놀로지는 믿을 수 없다는 것, 그것은 인간의 통제를 벗어날 수도 있다는 것이다. 동양 인문주의의 개조 공자는 인조인간의 제작에 대해 더욱 강력히 경고한다. "처음 인형을 만든 자는 아마 후손이 없을 것이다始作俑者, 其無後乎." 인형은 인간의 이미지를 본뜬 것인데 공자는 이미지가 실재를 대신하는 힘을 지녔음을 간파하고 그 위험성에 대해 후손이 없어질 것이라는 무시무시한 발언을 한 것이다. 오늘날 우리가 인공지능에 대해 갖고 있는 두려움의 배후에는 아마도 이와 같은 신화적 상상력이 깔려 있는지도 모른다.

테크놀로지에 대한 불신은 그리스 로마 신화의 경우도 예외는 아니었다. 이카로스 이야기가 좋은 예다. 언사만큼이나 뛰어난 장인인 다이달로스는 아들 이카로스와 함께 미노스의 왕궁을 탈출하기 위해 정교한 날개를 제작한다. 마침내 다이달로스 부자는 날개를 부착한 후 힘차게 날아올라 왕궁을 탈출했다. 그러나 이카로스는 비행의 기쁨에 도취되어 아버지의 경고를 무시했다. 그는 한껏 높이 날다가 날개를 접착한 밀랍이 태양열에 녹아 추락사하고 말았다. 몸에 날개를 달고 비상한 다이달로스 부자는 인간과 기계 장치의 결합체라는 점에서 사이보그의 원조인 셈이고 넓게 보아 인공지능과 같은 포스트휴먼의 범주에 속한다 하겠다. 그런데 이 신화 역시 테크놀로지의 위험성을 경고한다. 이른바 이카로스 패러독스가 그것으로 '이해의 양면성'이라는 의미에서 테크놀로지는 적당히 사용하면 인간에게 득이 되지만 그것이 도를 넘으면 해가 된다는 교훈을 담고 있다.

『도상삼국지圖像三國志』에 실린 제갈량의 모습.

다시 동양권으로 돌아가서, 공자의 경고 이후 위험한 인조인간 대신 동물로봇을 제작한 사람이 『삼국연의』의 제갈량이다. 그는 사람을 죽여 만두소를 만들던 풍습을 소나 양고기로 대체하여 오늘날의 만두를 창시한 장본인으로 알려져 있다. 그 역시 공자의 뒤를 잇는 인문주의자인 셈이다. 제갈량은 라이벌 사마의司馬懿와 전쟁을 할 때 군량을 운반하기 위해 목우木牛와 유마流馬라는 동물로봇을 제작한다. 그의 목우, 유마는 나무로 만들어졌는데 동력이 무엇이었는지는 알 수 없으나 완연히 살아 있는 동물처럼 산악을 오르락내리락하면서 군량과 짐을 날랐다고 한다. 그러나 공자의 경고에도 불구하고 인조인간 제작에 대한 욕망이 사라진 것은 아니었다. 사람들은 여전히 죽은 자신을 지키기 위해 인형을 만들어 부장했다. 진시황 역시 이 때문에 수많은 군대 인형을 만들었는데 이것이 그 유명한 병마용兵馬俑이다.

그런데 인형보다 더 생동적인 인조인간을 향한 꿈은 도교 전통에서 자신을 완벽한 인간으로 개조하려는 노력으로 통합된다. 도교의 연단술鍊丹術은 초기에는 외부에서 합성한 약물, 즉 단약丹藥을 복용하여 시공을 초월한 능력자인 신선으로 자신을 변모시키고자 했다. 이것을 외단법外丹法이라고 한다. 외단법은 당나라 이후 약물 중독 등의 폐해가 드러나면서 신체 내부에서 호흡수련과 명상으로 완벽한 자아를 만들어내는 내단법內丹法으로 전환된다.

여기서 다시 서양을 살펴보면 그리스 로마 신화 이후 기독교가 지배하면서 인조인간 제작에 대한 인식은 변화를 맞는다. 우리는 「창세기」의 다음과 같은 언급에 주목할 필요가 있다.

> 하나님이 가라사대 우리의 형상을 따라 우리의 모양대로 우리가 사람을 만들고…… 생육하고 번성하여 땅에 충만하라. 땅을 정복하라.

공자의 말씀과 정면으로 배치되는 이러한 발언은 생육하고 번성하여 자연의 주인이 된 인간이 마치 하나님처럼 자신의 형상을 따라 인조인간을 만들어낼 긍정적 소지를 제공한 듯하다. 중세 이후 서양 역시 동양의 연단술과 흡사한 연금술을 통하여 평범한 사람을 완벽한 인간으로 개조하고자 노력한다. 그러나 서양에서는 도교의 단약에 해당되는 엘릭시르Elixir를 합성하는 데에 몰두했을 뿐 동양의 내단법처럼 관점을 신체 내부로 돌리지 않았다. 그 결과 약물 합성 작업에 치중했던 서양 연금술이 과학의 발달로 연계되었음은 주지의 사실이다. 동양의 내단법으로의 전환과 서양 연금술의 외단적 경향은 근대 과학으로의 방향 설정을 가름짓는 중요한 분기점이었던 것이다. 동양의 내단법이 신체 내부에서 완전한 자아를 만들어내는 데에 집중하는 동안 서양에서는 근대 이후 급속도로 발달한 과학이 신체 외부에 "우리의 모양대로" 인조인간을 만들어낼 단계에 이르렀다. 유발 하라리는 인간 자신도 기술에 힘입어 신적인 인간, 곧 호모 데우스가 될 것이라고 추측한다. 오늘의 과학 기술을 대부분 예견한 공상과학의 상상력은 여전히 인공지능의 예후를 불길하게 진단한다. 아닌 게 아니라 대다수의 낙관론에도 불구하고 로봇이 등장하면 인간 의미에 대한 집단 정체성의 위기가 올 것이라는 인문학적 견해도 만만치 않다. 인공지능의 발전이 피할 수 없는 대세라면 인간이 여전히 정체성을 지키면서 로봇과 사이좋게 공존 혹은 제어할 수 있는 대안은 무엇인가?

정신과 물질의 이원 구분, 그 구분의 한쪽을 극단으로까지 밀어

영화 〈매트릭스〉 1의 한 장면, 1999.

붙여온 오늘의 과학, 그것이 낳은 문제를 극복하고자 한다면 그동안 소홀히 했던 신체 내부에 대한 집중 곧 정신의 고양이 필요한데, 그 궁극적 모습은 과학과 내면세계의 유기적 결합으로 나타날 것이다. 공상과학의 상상력은 이러한 경지까지도 예측한다. 영화 〈매트릭스〉에서 주인공 네오는 명상, 기공 등의 내면 수행에 의해 업그레이드된 정신을 기계 장치와 결합하여 극강한 인공지능 집단을 궤멸시킨다. 〈스타워즈〉의 경우도 그러했듯이 물질이 지배하는 시대에 우리를 구원하는 것은 아이러니하게도 정신의 힘인 것이다.

아마도 우리는 이처럼 영혼과 물질이 통합된 이상적 사회의 풍경을 근대 여명기 중국의 유토피아 사상에서 재발견하게 될지도 모른다. 청말淸末의 거유巨儒 강유위康有爲의 『대동서』에서는 미래에 도래할 이상사회를 다음과 같이 그리고 있다. "대동세에는 사람들이 걱정하는 바가 없어서 편안함과 즐거움이 극에 달해 오직 오래 살기만을 생각한다…… 마지막 단계에서는 빛과 전기를 타고 기氣를 조절해서 지구를 벗어나 다른 별로 가게도 된다. 이것은 대동세의 극치이며 인류의 지혜가 또 한번 새로워지는 때이다." 과연 우리는 다가오는 초과학의 시대에 갱신된 지혜의 소유자로 거듭날 수 있을 것인가? (2017)

상념의 영화, 〈바이센테니얼 맨〉

바야흐로 융복합의 시대라 한다. 학문, 기술뿐만 아니라 인종이나 공간, 시간 속에서도 소통과 통합을 추구하는 시대에 진입한 것이다. 그런데 가장 오래된 이야기인 신화에는 이러한 발상의 원형이라 할 갖가지 잡종, 변종의 존재들이 당연한 듯이 출현한다. 이른바 현대의 신화인 영화 역시 가끔 묵시록처럼 인류의 미래를 예견케 해주는 것 같아 섬뜩하기마저 하다.

사실 〈바이센테니얼 맨〉은 거창하게 필자의 인생에 큰 의미를 부여한 그런 영화는 아니다. 논문에 골머리를 앓다 우연히 제목을 보고 기분전환용으로 보게 된 영화다. 그러나 요즘 쏟아지고 있는 사이보그나 로봇 등 흔한 SF영화 중의 하나로 단순히 생각했던 이 영화가 필자의 마음을 끌게 된 것은 다른 이유에서였다. 먼저

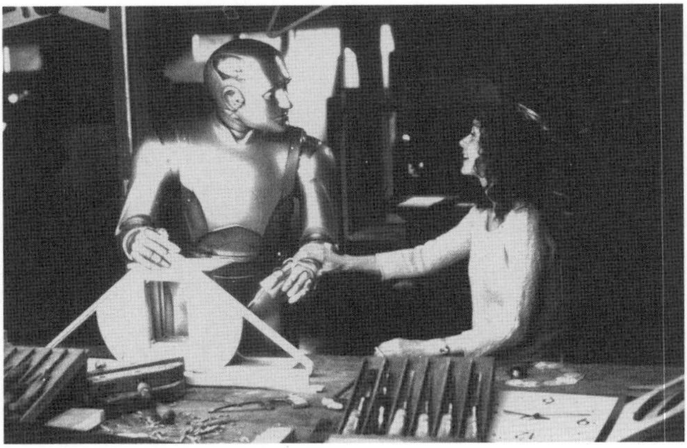

영화 〈바이센테니얼 맨〉의 한 장면, 2000.

간단히 줄거리를 살펴보면 다음과 같다.

주인공 앤드루는 가사를 도와주기 위해 하인으로 제작된 로봇이다. 그런데 제작 과정의 실수로 이 로봇은 인간처럼 감정과 생각을 지니게 되었다. 주인집 가족들과 좋은 일, 궂은일을 함께하던 앤드루는 급기야 딸과 친밀한 사이가 된다. 세월이 흘러 주인집 가족들은 하나둘 늙어 죽지만 로봇인 앤드루는 여전히 그 모습이다. 앤드루는 할머니를 빼닮은 손녀딸 포샤와 다시 사랑에 빠지게 되고 둘은 마침내 결혼에 이른다. 둘은 행복했지만 문제는 아내 포샤가 늙어서 죽게 될 때까지 앤드루는 로봇 그대로였던 점이다. 앤드루는 사랑하는 포샤와 함께 죽고 싶으니 동력을 끊게 해달라고 법원에 청원하고 법원은 전례 없는 로봇과 인간의 사랑을 인정하여 청원을 받아들이고 둘은 행복하게 최후를 맞는다.

신화에서부터 인간은 이류異類와의 결합을 시도해왔고 현대에 이르러 물질과의 결합이 가속화되고 있다. 인간의 몸 자체에도 이미 각종 기기가 탈부착의 형태로 공존하고 있어 점차 사이보그화되어가고 있으니, 앞으로는 필연적으로 기계를 떠나 존재할 수 없는 상황에까지 이르게 될 것이다. 영화 〈크래쉬〉에서 두 남녀는 기계와의 교감 없이는 섹스를 하지 못한다. 그들은 자동차가 충돌하는 순간 절정감을 맛본다. 이제는 인간의 마음속에 기계의 마음이 깃들고 기계 속에도 인간의 마음이 스며드는 시대가 되었다. 사실 우리는 일상에서 이미 이것을 경험한다. 십수 년 이상 몰던 차를 폐기할 때의 심정이 어떠한가? 오랜 기간 동고동락했던 차에 대해 마냥 무심할 순 없는 것이 또한 인간의 감정이다. 우리는 이제 기계와 교감을 하는 것이다!

인간뿐인가? 영화는 인공지능을 장착한 기계도 인간과 교감을 하게 될 것이라고 예고한다. 영화 〈터미네이터2〉에서 미래로부터 온 사이보그 T-101은 임무를 완수하고 용광로에 뛰어들기 직전, 정들었던 소년 존 코너에게 눈물의 의미를 알 수 있을 것 같다고 고백한다. 〈바이센테니얼 맨〉은 이러한 정서를 이어 기계와 인간이 완벽히 교감하는 경지를 훌륭히 묘사해낸 영화이다. 과거에 인간은 자연과의 합일을 추구했지만 앞으로 이와 더불어 기계와의 합일을 이루어내지 못하면 행복하지 못할 것이다.

여기에서 인문학의 새로운 고민이 생겨난다. 과연 인간은 어디까지가 인간이고 어디부터가 기계인가? 인간과 기계의 합일 시대에 새로운 인문학은 어떻게 설정되어야 할 것인가? 그것은 인간과 기계까지 포함한 내용일까? 그렇다면 과연 인간의 정체성은 무엇인가? 이 지점에 이르러 다시 옛 신화를 돌이켜볼 필요가 있을 것이다. 왜냐하면 우리는 신화에서 잃어버린 인간의 원형을 찾아볼 수 있기 때문이다. 〈바이센테니얼 맨〉은 이러저러한 상념의 세계로 필자를 이끌고 간 간단치 않은 영화였던 것이다. (2012)

◈ 3장 ◈

신화로 읽은 세상

1) 우리의 삶, 우리의 문화

붉은 악마로 환생한 치우

우리는 모두 주술에 걸려 있는 듯하다. 축구를 좋아하는 사람은 물론 그렇지 않았던 사람조차도 모두가 하나 되어 열광의 도가니에 빠져 있기 때문이다. 주술에는 남을 이롭게 하는 좋은 주술과 남을 해치는 나쁜 주술이 있다. 우리는 물론 좋은 주술에 걸려 있다. 비록 게임에는 승부가 있지만 결과적으로는 모든 보는 이의 눈과 마음을 즐겁게 하고 행사의 내용을 풍성하게 해주기 때문이다. 그렇다면 우리 모두를 매료시키는 이 주술의 정체는 무엇인가? 첫째는 선수들의 활약이다. 점점 발전하는 기량, 그리고 멋진 플레이는 우리의 넋을 빼놓게 하기에 족하다. 다음으로는 관람객들의 열렬한 응원이다. 한국에서 월드컵이 열렸을 당시 우리 모두의 마음을 하나로 뭉치게 했을 뿐 아니라 전 세계의 시선을 집중시킨 이 거대한 동력의 분출, 그것 역시 불가사의가 아닐 수 없다. 선수들의 눈부신 기량은 축구 전문가가 분석해야 할 일이겠지만, 우리 스스로도 놀라고 있는, '붉은 악마'로 대표되는 응원 문화를 어떻게 설명해야 할까?

사람마다 붉은 악마를 보는 느낌과 주목하는 측면이 다르겠지만 나는 '붉은'이 주는 색감과 '악마'가 주는 어감에 우선 흥미를 느낀다. '붉은' 색감은 우리의 원초적인 본능을 자극하기도 하지만, 동양에서는 원래 나쁜 기운을 몰아내는 데에 활용된다. 부적을 붉은 주사朱砂로 그리는 것은 이 때문이다. '악마'의 어감은 우리 스스로 악마가 됨으로써 더 이상 무서울 것이 없다는 용기를 불어넣어준다. 왜냐하면 악마 이상으로 두려운 것은 없기 때문이다. 그러나 붉은 악마에는 이러한 풀이 말고도 그 이면에 진짜 주목해야 될 내용이 있다. 그리고 그 내용이야말로 붉은 악마의 마력과 신비를 푸는 열쇠가 될 것이다.

산동성 기남沂南에서 출토된 화상석畵像石에서 발견된 치우의 모습.

모두가 보면 알겠지만 붉은 악마 응원단이 들고 있는 깃발이 태극기만은 아니다. 응원석 앞에 걸려 있거나 휘두르기도 하는 대형의 도깨비 얼굴을 그린 깃발이 있다. 이 도깨비 얼굴의 정체는 무엇인가? 그것은 동양의 아득한 신화시대의 영웅 치우다. 붉은 악마 응원단은 홈페이지에서 그들의 상징으로 치우를 선택하게 된 이유를 밝히고 있다. 『환단고기桓檀古記』와 같은 재야 사서를 인용하여 치우가 고대 한민족의 강력한 임금이었고 그 투혼의 이미지를 취했노라고. 여기서 『환단고기』라는 책이 신빙성이 있느냐 없느냐를 따지는 것은 의미가 없다고 본다. 중요한 것은 붉은 악마 응원단을 상징하는 치우의 이미지가 과연 어떤 것인가? 하는 점이다.

사실 치우는 중국신화에 등장하는 영웅이다. 치우는 중국의 동방에 거주하던 구려九黎라는 종족의 군장이었다. 그의 형제는 72명이나 되었는데 모두 구리로 된 머리, 쇠로 된 이마를 하고 모래와 돌을 밥으로 먹었다고 한다. 그들의 용감하고 강인한 성품을 표현한 것이다. 치우의 생김새는 여덟 개의 팔다리에 둘 이상의 머리를 지녔다는 설도 있고 사람의 몸, 소의 발굽에 네 개의 눈과 여섯 개의 손을 지녔다는 설도 있다. 치우는 강력한 군사력을 지니고 있었는데, 결국 당시 서방에서 세력을 키웠던 황제 집단과 중원의 패권을 두고 충돌하게 된다. 이 황제는 후일 중국인의 조상이 된다. 탁록涿鹿이라는 땅에서 벌어진 동서방 양 진영의 큰 전쟁에 모든 신들이 참여하는데 치우 편에는 풍백風伯, 우사雨師 등이 가세한다. 이들은 단군신화에 등장하는 신들이다. 치우는 처음에는 아홉 차례나 승리했으나 막판에 패배하여 황제에게 사로잡혀 죽는다(이것은 중국 측의 일방적인 주장이라는 설도 있다). 그러나 치우는 이후 전쟁의 신으로 부활했다. 후세에 전쟁을 치르는 사람들은 그의 강렬한 투쟁 정신을 숭배하여 그에게 제사를 드려 승리를 기원했던 것이다. 치우는 또한 은나라 때에 도철饕餮이라는 무서운 괴물의 모습으로 청동기에 새겨져 귀신이나 사악한 기운을 쫓아내는 역할을 하기도 했다. 신라 시대의 도깨비 얼굴을 새긴 귀면와鬼面瓦를 이러한 전통을 이은 것으로 보기도 한다.

호남성 악양岳陽에서 출토된 청동 준罇에서 발견된 도철의 모습, 은나라.

이렇게 보면 과거 동방의 영웅이었던 치우의 투혼과 사악한 기운을 쫓는 이미지가 오늘의 붉은 악마에게 그대로 계승되어 힘을 발휘하고 있음을 알 수 있다. 응원하는 모든 사람들을 신들리게 했던 형언할 수 없는 기운, 그것은 우리의 내면에 잠재되어 있던 고대 영웅의 넋이 아니었을까? 신화가 사라진 시대에도 우리는 마음만 모으면 언제든지 영웅을 소환할 수 있다는 사실을 이번에야 깨달았다. 우리 모두 주술을 걸자! (2004)

선달그믐날 밤의 추억

어렸을 때 선달그믐날 밤이 되면 할머니가 아이들에게 당부하는 말이 있었다. 즉 "애들아, 잠자면 안 된다. 잠자면 아침에 눈썹 희어진다"라는 말이었다. 그 말대로 잠을 안 자는 아이도 있었겠지만 대부분의 아이들은 조금 버티다가 졸려서 결국 자게 된다. 그런 아이들한테는 할머니나 누나가 눈썹에 밀가루를 발라놓는다. 아침에 일어나면 가족들이 눈썹 희어졌다고 놀려댄다. 거울을 보니 정말 그렇게 된 것 같아 낙담했던 기억이 있다.

고려 시대 이전부터 오랫동안 전해 내려왔던 이 습속은 도교의 사명司命 신앙으로부터 유래한 것이다. 도교에서는 사람이 죄를 짓고 그 죄가 쌓이면 죽는다는 전제하에 조왕신竈王神과 삼시충三尸蟲이 우리의 죄를 해마다 천상에 보고해서 인간이 죽음을 면치 못

『정통도장正統道藏』에 실린 삼시충의 모습, 명나라.

한다고 설명했다. 조왕신은 부뚜막 신, 곧 부엌의 신으로 집안에서 생기는 모든 일을 알기 때문이고 삼시충은 모든 사람의 뱃속에 있는 기생충과 같은 존재인데 우리가 몰래 저지르는 소소한 잘못까지 다 알고 있기 때문이다. 여기에서 흥미로운 존재는 삼시충이다. 전해오는 그림을 보면 세 마리의 기생충인데 두 마리는 흉측한 괴물 모습이고 한 마리는 사람처럼 생겼다. 이놈들은 회충, 요충처럼 실물의 기생충이 아니라 눈에 보이지 않는 무형의 존재들이다. 이놈들의 궁극적인 목적은 자신들의 숙주인 인간이 죄를 많이 짓고 빨리 죽어서 그 제삿밥을 얻어먹는 데에 있었다. 그래서 이놈들은 인간이 가급적 죄를 많이 짓도록 뱃속에서 우리의 감정을 부추기고 충동질했다. 옛사람들은 우리가 어떤 때 참지 못하고 욱하고 성을 내거나 일을 저지르는 경우 그것을 뱃속에 있는 삼시충의 소행으로 생각했다. 다시 말해 삼시충은 우리를 충동하여 죄를 짓도록 하는 것이다.

집안의 모든 죄를 알고 있는 조왕신과 숨겨놓은 모든 잘못을 알고 있는 삼시충은 경신일庚申日이나 섣달그믐날에 하늘로 올라가 그동안 우리가 지은 죄를 고해바쳐 수명을 깎도록 한다. 특히 삼시충은 사람이 잠들 때 몸속에서 빠져나갈 수 있었다. 영악한 우리 인간은 바로 이 점을 알고 섣달그믐날 밤에 잠을 자지 않았다. 그러면 삼시충이 천상에 올라갈 수 없고 죄를 고해바칠 수 없게 되어 수명이 깎이지 않는다고 생각했던 것이다. 삼시충은 인간의 잘못이 주로 충동에 의해 저질러진다고 파악한 데서 생겨난 존재다. 옛사람들은 일찍부터 충동이 인간 행위에 미치는 중요성을 실감하고 이러한 신화적 스토리텔링을 통해 스스로의 마음을 다잡고 매사에 조심하고자 했던 것이다. 아이들에게 잠을 자지 않도록 하는 습속에도 은연중 욕망을 억제하고 인내하는 힘을 길러주기 위한 의도가 있었으리라.

오늘도 우리는 집을 나서자마자 각종의 충동에 휩싸인다. 특히 한국에서는 운전대를 잡으면 제아무리 성인군자라도 어느 순간 제어할 수 없는 충동에 사로잡힌 자신을 발견하기 십상이다. 한국에서의 운전은 단순한 교통행위가 아니라 자신의 전존재와 인격을 건 자존심 싸움이라고 해도 과언이 아닌 상황 속의 행위다. 많은 사람들이 매번 순간을 참지 못하고 본의 아닌 거친 언동을 한 후 자괴감에 빠지게 되는 것은 그놈의 삼시충 아니 충동 때문이다. 정말 "모래야, 나는 얼마나 작으냐?" 하는 김수영의 시구가 그렇게 실감나게 다가올 수가 없다. 살인, 강도, 성폭행 등 강력범죄의 직접적 동기에 대한 통계는 대부분의 경우 순간적, 우발적 충동이 범행으로 이어졌다는 것을 보여준다. 아울러 최근 층간 소음, 사소한 언쟁 등이 살인으로 번진 일련의 사건들은 우리의 심성이 그 어느 때보다 충동에 취약한 상태에 놓여 있는 것이 아닌가 하는 우려를 낳고 있다. 물론 이러한 상태는 단순히 심성만의 문제가 아니라 심층적으로는 장기간의 경제 불황, 양극화 등 바람직하지 못한 사회 상태로부터 기인한 바 크겠으나 충동 조절이 이제 개인의 문제를 떠나 사회적 문제가 된 것은 분명하다. 출판계의 힐링 서적 붐은 우리 마음의 취약한 현실을 반증하는 것이 아닌가? 이러한 시점에서 충동을 삼시충이라는 뱃속의 기생충으로 상징화하고 구성진 스토리를 만들어서 그놈을 제어하는 기술을 은연중 아이들에게 가르쳤던 고인古人들의 지혜가 새롭게 음미된다. 상징화는 신화시대부터 충동을 다스려온 가장 검증된 방법이다. (2013)

처음처럼 다시 시작하는 새해맞이

다사다난했던 한 해를 뒤로하고 새해를 맞이할 때처럼 시간의 주기성을 잘 느끼게 해주는 경우도 없는 듯싶다. 그러나 사실 시간은 일회적으로 흘러가버린다. 고인들은 이 점을 잘 통찰했다. 가령 공자는 시냇가에서 "가는 것이 이와 같구나! 밤낮을 가리지 않고逝者如斯夫, 不舍晝夜"(「자한子罕」, 『논어』)라며 시간의 흐름을 냇물에 빗대어 한탄했고('끊임없는 노력'을 강조한 것이라는 다른 해석도 있다), 이백은 역시 대시인답게 "시간은 영원한 나그네光陰者, 百代之過客"(「춘야연도리원서春夜宴桃李園序」)라고 그 속성을 문학적으로 표현했다.

시간이 물처럼 흘러가버린다는 생각은 인간의 삶이 짧고 부질없다는 느낌을 불러일으킨다. 그래서 장자는 "사람이 천지간에 살아가는 것이 백마가 좁은 틈을 지나가는 것처럼 순간일 뿐이다人生天地間, 如白駒過隙, 忽然而已"(「지북유知北遊」, 『장자』)라고 설파했고, 『삼국지』의 영웅 조조는 "인생이 그 얼마인가? 비유컨대 아침 이슬人生幾何, 譬若朝露"(「단가행短歌行」)이라고 비감하게 노래했다.

그러나 시간은 정말 빠르기만 한 것일까? 남조南朝 송나라의 유의경劉義慶은 다음과 같은 설화를 전한다. 한나라 때의 유신劉晨과 완조阮肇는 천태산天兌山에 들어갔다가 길을 잃었다. 한참을 헤매다 두 명의 미인을 만나 즐겁게 반년을 살았는데 집 생각이 나서 돌아왔더니 7대손이 맞이하더라는 이야기이다.(『유명록幽明錄』) 그러니까 산속의 반년이 속세의 200년쯤에 해당되는 셈이다. 이런 종류의, 이른바 "신선놀음에 도끼 자루 썩는 줄 모른다"는 식의 이야기 유형은 세계적으로 분포되어 있다. 설화학에서는 이를 '립 밴 윙클Rip Van Winkle'형 스토리라고 부른다. 립 밴 윙클은 미국 작가 워싱턴 어빙의 소설 이름이자 그 주인공이다. 공처가인 립 밴 윙클이 산속에 들어갔다 술에 취해 깨어보니 엽총은 썩어 있고 20년이 지나갔다는 이야기다.

시간은 이처럼 차원에 따라, 혹은 처한 환경에 따라 그 속도가 다르게 느껴진다. 예컨대 악전고투하고 있는 권투선수에게 1라운드는 한 시간 이상처럼 느껴질 수도 있지만 관전하는 사람에게는 3분이란 짧은 시간에 불과하다. 이렇게 보면 기실 인생이 짧다는 한탄은 우리의 과도한 욕망 때문이지 시간 그 자체의 길이와는 무관한 것일 수 있다. 하지만 길든 짧든, 한번 흘러가버리고 마는 시간의 파괴력은 변함이 없다. 그 어떤 단단한 것도 파괴하고 마는 시간의 위력은 가공하다. 영화 〈인터스텔라〉는 그 극강한 시간의 파괴력에도 마멸되지 않는 혈육 간의 사랑을 그려내어 감동을 자아냈다.

영리한 인간은 오래전부터 파괴적인 시간을 극복할 수 있는 효과적인 방법을 고안해냈다. 바로 일회적인 시간을 주기적으로 인식하는 일이다. 한 해가 시작되는 첫날을 우주가 생겨났던 태초의 순간으로 상상하고 그 순간을 재현함으로써 우리는 해마다 새롭게 태어날 수 있다. 세계 각 민족의 다양한 신년 의례와 민속은 여기에서 기원한다. 다시 새해가 왔다. 얼룩진 과거는 흘려보내고 처음처럼 힘차게 삶을 시작해야 할 때다. (2015)

별에서 온 그대와의 사랑, 낯설지 않다

18세기 무렵에 작성된 「천하도」라는 고지도를 보면, 땅보다 우리의 마음을 보는 것 같다. 이 지도에서는 당시 중국과 조선의 중심부는 실제 지리 상황이지만 사방의 먼 곳은 모두 이상한 인종들이 사는 나라로 그려져 있다. 이를테면 여자들만 사는 여인국, 이가 검은 사람들이 사는 흑치국, 외눈박이들만 사는 일목국, 인어들이 사는 저인국 같은 나라들로 배치되어 있는 것이다. 에드워드 사이드는 이러한 현상을 두고 거리가 차이를 극화시키는 '상상지리학'이라고 명명했다. 동진東晋의 유명한 신비주의자로 『수신기搜神記』의 저자인 간보干寶의 다음과 같은 언급은 상상지리학이 틀리지 않은 가설임을 입증한다.

중국에 성인이 많은 것은 조화로운 기운이 교류해서이고 먼 곳에 괴물이 많은 것은 이상한 기운 탓이다中土多聖人, 和氣所交也. 絶域多怪物, 異氣所産也.

중화주의의 기미가 보이는데 유럽도 마찬가지였다. 중세의 박물지나 여행기를 보면 유럽 이외의 세계는 개머리를 한 인간, 흡혈 인간 등 온갖 괴인들로 가득하다.

그러나 이들 이방인을 대하는 태도에 동양과 서양은 차이가 있다는 느낌을 받는다. 동양에서는 이상한 존재들이 그다지 위협적으로 인식되지 않는다. 변방의 인종들은 비록 생김새가 기괴하긴 하나 사해동포의 일원으로 간주된다. 반면 그리스 로마 신화에서 키클롭스, 아마조네스 등의 종족들은 한결같이 위험스러운 존재였다. 르네 지라르는 고대 서양에서 이방인은 희생양이 되기 십상이었다고 말한다. 이러한 비교를 우주의 이방인인 외계인에까지 확대해보면 어떨까? 서양의 경우 일부 예외가 없는 것은 아니지만 〈에일리언〉 〈브이〉 같은 영화에서 보듯이 괴물이고 적대적인 외계인이 지구를 침략하거나 멸망시키려고 한다는 생각이 우세하다. 동양은 어떠한가? 한대漢代에 생겨나 지금까지 중국인들이 좋아하는 「동영우선董永遇仙」 설화를 보면 효자 청년 동영이 아버지의 장례비가 없어 부잣집 종으로 들어가자 직녀성이 내려와 아내가 되어 열심히 베를 짜서 빚을 갚아주고 도로 하늘로 올라간다. 동양에는 이처럼 외계에서 온 사람과의 미담이 많다.

영웅과 미인은 대부분 죄를 지어 별에서 지상으로 적강謫降한다. 강감찬 장군의 이야기도 그 한 예다. 송나라의 사신이 고려에 와서 장군에게 절을 하며 "문곡성文曲星이 중국에서 오래 안 보여 어디 갔나 했더니 여기 계셨군요"라고 했다는 유명한 설화가 그것이다. 문곡성은 학문을 관장하는 별이다. 서양도 점성술이 있지만 동양의 별에 대한 신앙 곧 성수星宿 신앙은 이처럼 유별나다. 인기 드라마 〈별에서 온 그대〉를 두고 서양 언론이 별에서 온 외계인과 사랑을 나누는 황당한 얘기에 온 중국이 들썩인다고 다소 의아해했다고 한다. 그러나 중국이나 한국에서 '별에서 온 그대'는 역사적으로 부지기수다. 이상할 것 하나도 없다. 〈대장금〉이 삼강오륜이라는 한중 양국의 유교적 공감대를 바탕으로 성공을 거두었다면, 〈별에서 온 그대〉는 성수 신앙이라는 도교적 집단무의식에 호소하여 대중적 감동을 이끌어낸 것이라고나 할까? (2014)

건국신화가 지금도 중요한 까닭

한 해의 여러 국경일 중에서 10월의 개천절이 주는 느낌은 남다르다. 삼일절이나 광복절처럼 근대의 특정한 역사적 사건을 기념하는 것이 아니라 아득한 옛날의 신화적 기억을 되살리게 하는 날이기 때문이다. 이 기억은 뚜렷한 실체가 없는 것 같지만 우리에게 묘한 울림으로 다가와 나름의 중요한 작용을 한다. 우리는 평상시 아무 생각 없이 지내다가도 개천절이 되면 문득 단군신화를 떠올린다. 즉 환웅천왕이 홍익인간의 뜻을 펴고자 하강했고 웅녀가 국조 단군을 낳아 최초의 우리나라가 탄생했던 일을 상기한다. 그러곤 새삼 우리가 곰 할머니의 자손이고 같은 겨레라는 일체감에 젖게 된다(물론 이러한 순혈주의적인 생각은 다문화시대인 오늘 수정되어야 하겠지만). 바로 이것이다. 건국신화는 집단에 정체성을 부여하고 나아가 공동체의 결속을 촉진하는 기능이 있다. 베네딕트 앤더슨은 신문, 소설 등의 서사가 구성원들에게 동시성을 조성하여 근대국가 성립에 일조했다고 보았는데 그 역할을 고대에는 신화가 했던 것이다.

고대국가뿐만이 아니다. 근대국가에도 신화는 필요하다. 미국은 건국의 역사가 짧아 신화가 웬 말이냐고 할지 모르지만 엄연히 있다. 다름아닌 국부 조지 워싱턴에 관한 일화가 미국의 건국신화인 셈이다. 우리 귀에도 너무 익숙한, 워싱턴이 어렸을 적 아버지가 아끼는 벚나무를 도끼로 훼손했으나 정직하게 말해서 칭찬받았다는, 그 이야기를 듣노라면 찍힌 벚나무 옆에서 어린 아들의 머리를 쓰다듬는 아빠의 장면이 떠오르면서 부지중 '미국은 정직함을 숭상하는 나라구나, 역시 청교도 정신이 살아 있는 나라로다' 하는 식의 상념이 미국의 국가 이미지를 장식하게 된다. 그러니까 워싱턴 신화는 미국이 주장하고자 하는 건국이념과 정체성을 제대로 표현하고 있는 것이다. 롤랑 바르트는 이러한 상념의 과정을 '2차 기호체계'라고 명명하면서 신화는 곧 이데올로기의 체계라고 주장한 바 있다.

중국의 건국신화는 어떠한가? 고대의 황금시대라고 하는 요순 시절에 관한 신화를 살펴보자. 이 시대의 지도자들은 다 성인이고 어질어서 요는 순에게, 다시 순은 우에게 왕위를 양보했다. 그 결과 분쟁 없는 태평성대를 이룩할 수 있었다고 한다. 이러한 왕위 계승 방식을 선양禪讓이라고 하는데, 서양의 왕권계승신화와는 큰 차이가 있다. 즉 그리스 신화를 보면 우라노스, 크로노스, 제우스 등이 치열한 골육상쟁을 겪은 후에야 세대교체에 성공하기 때문이다.

그러나 『죽서기년竹書紀年』이나 『한비자韓非子』 등 반유교적, 수정주의적 성향의 고전들을 보면 선양은 유학자들이 만들어낸 허구이고 실상은 고대의 모든 정권교체가 그러하듯이, 피로 얼룩진 폭력이었다는 흔적이 있다. 가령 『죽서기년』의 다음과 같은 언급을 보라.

> 요의 덕이 쇠하여 순에게 유폐되었다. 순은 요를 유폐하고 다시 (그 아들) 단주를 연금시켜 부자가 서로 보지 못하게 했다堯德衰爲舜所囚. 舜囚堯, 復偃塞丹朱, 使父子不得相見也.

우리나라의 증산교 경전에서도 요의 아들 단주丹朱의 한이 사무쳐 모든 재앙의 근원이 되었다는 이야기를 하고 있어 요-순의 왕위 계승이 결코 순탄치 않았음을 암시한다. 그럼에도 지금까지 동양에서 고대의 태평성대, 이상적인 시대를 떠올릴 때 요순시절을 운위하는 것을 보면 건국신화의 힘, 그 이데올로기의 위력이 얼마나 심원한지 알 수 있다. (2014)

칼보다 빛난 이순신의 감수성

이번 추석의 달은 유난히 큰 슈퍼문이었다고 한다. 많은 사람들이 모처럼 큰 달을 완상하려고 삼삼오오 늦은 밤까지 공원이나 산기슭을 배회하는 것을 보았다. 우주선이 여러 번 착륙하여 황량한 달의 실체를 수없이 공개했음에도 여전히 사람들이 달에 대해 낭만적인 감정을 품고 있다는 사실이 흥미롭다. 아득한 옛날에 달을 느끼고 숭배했던 마음이 본능처럼 우리 마음속에 자리잡고 있는 것은 아닐까? 그러나 최근 유행하는 젊은이들 노래엔 달은커녕 어떠한 자연물도 등장하지 않는다. 가곡을 들어야 가까스로 어릴 적 달밤의 정취를 느낄 수 있다.

등불을 끄고 자려 하니 휘영청 창문이 밝으오. 문을 열고 내어

다보니, 달은 어여쁜 선녀같이 내 뜰 위에 찾아온다……(김태오 작사, 나운영 작곡, 〈달밤〉)

요즘 듣기에 딱 좋은 노래이다.

고대인은 달밤에 낮과는 다른 기운이 지배한다고 생각했다. 태음太陰의 그 기운은 인간과 동물의 감성을 항진시키고 신비한 세계에 빠져들게 하는 주술적 기운이었다. 작가 이병주는 "사실이 달빛에 물들면 신화가 되고, 햇빛에 바래면 역사가 된다"고 하지 않았던가? 낮이 역사 현실이라면 달밤은 신화적 세계인 셈이다. 일본의 동화작가 오가와 미메이의 「달밤과 안경」이라는 작품을 보자. 어떤 할머니가 달밤에 바느질을 하고 있다. 눈이 침침하여 곤란해할 때 안경 파는 고학생이 지나간다. 안경을 사두고 쉬고 있는데 예쁜 소녀가 와서 손을 다쳤다고 호소한다. 할머니가 상처를 치료해 주려고 아까 산 안경을 끼고 다시 보니 소녀가 아니라 날개를 다친 나비였다는 이야기이다. 이 아름다운 동화는 인간과 동물이 하나가 된 달밤의 신화적, 몽환적 분위기를 잘 표현했다.

자고이래로 수많은 시인, 묵객이 달을 노래하고 그려냈다. 그런데 백전불패의 무장인 충무공 이순신이 그들 못지않게 달에 대해 충만한 감수성을 지녔다면 다소 의외일까? 놀랍게도 우리는 『난중일기』에서 달을 두고 쓴 수많은 감상적 글귀를 발견할 수 있다. 그것은 "한산섬 달 밝은 밤에 수루에 홀로 앉아……" 정도의 상식을 훨씬 넘어선다. 2차 견내량해전을 치르기 전 그는 이렇게 썼다.

이날 저녁, 달빛은 배에 가득차고 홀로 앉아 이리저리 뒤척이니 온갖 근심이 가슴에 치밀었다. 자려 해도 잠을 이루지 못하고 닭이 울고서야 선잠이 들었다是夕, 海月滿船, 獨坐轉展. 百憂攻中, 寢不能寐, 鷄鳴假寐.(『난중일기』(노승석 역주), 1593년 5월 13일)

그는 또 이렇게도 썼다.

이날 밤 달빛은 대낮 같고 물결은 비단결 같아 회포를 견디기 어려웠다是夜, 月色如晝, 波光如練, 懷不自勝也.(1593년 8월 17일)

전쟁이 잠시 소강상태였던 때의 글을 보자.

이날 밤 희미한 달빛이 수루를 비쳐 잠을 이루지 못하고 밤새도록 시를 읊었다是夜, 微月照樓, 寢不能寐, 嘯詠永夜.(1595년 8월 15일)

그는 장군인가, 시인인가? 심지어 그는 그 험한 명량해전을 치른 날 밤 해역을 떠나며 이렇게 썼다.

달빛을 타고 다시 당사도로 옮겨서 정박하여 밤을 지냈다乘月移泊于唐笥島, 經夜.(1597년 9월 16일)

아아! 이 감수성이라니! 요즘 고취하고 있는 충무공 리더십의 실체를 다시 생각해보아야 한다. 영화 〈명량〉도 충무공의 이런 면을 보여주지 못했다. 달빛에 겨워 뒤척이는 그 시적, 인문학적 감수성이 사람을 살리고 세상을 구한다. (2014)

성인, 신선, 부처는 시대의 산물

오늘날 자본주의 사회에서는 재산의 많고 적음으로 계층을 구분하는 것이 보편화되어 있으나 아주 먼 고대에는 정신적 수준, 곧 영성靈性의 등급에 따라 계급이 정해졌다. 가령 문명의 초기 단계에서는 제사장이 모든 것을 지배하지 않았던가? 중국 최초의 정복왕조인 은나라의 임금은 사제와 통치자를 겸한 무군巫君이었다. 동양사회에서의 사-농-공-상의 신분 서열도 대체로 이런 관점에서 이해될 수 있다. 고도의 정신능력을 갖춘 이상적 인물인 사士를 정점에 놓은 뒤 그 아래 농-공-상은 편견의 여지가 있으나, 옛날 사람들의 관념(주로 사의 입장)에 의하면 결국 "거짓말을 얼마나 적게 하느냐"에 따라 신분이 결정된 셈이다. 원칙은 이렇고 실제로는 사가 제일 큰 거짓말을 하는 경우가 허다했지만.

영성에 의한 등급을 여전히 고수하고 있는 곳은 종교 분야다. 유교에서는 일반 유자儒者보다 높은 등급으로 현인, 다시 그 위로 아성亞聖과 성인을 설정해놓았다. 가령 성균관 문묘文廟에 배향된 유교 인물들을 보면 최고 성인으로 공자가 있고 그 밑에 안자, 맹자 등 아성이 있으며 다시 그 아래로 주자, 정자 등과 한국의 퇴계, 율곡 등 현인들이 포진하고 있다. 도교에서는 일반 도인이 수련을 잘하면 최고 단계인 신선의 지위에 오를 수 있다. 옛날이야기에 많이 등장하는, 하늘을 날고, 도술이 뛰어나며 불로장생하는 슈퍼맨이 곧 신선이다. 그런데 이 신선도 등급이 있으니 고대의 도인 갈홍葛洪에 의하면 다음과 같다.

> 최상의 인물은 몸을 들어 하늘로 올라간다. 이것을 천선天仙이라고 한다. 다음 가는 인물은 명산에서 노닌다. 이것을 지선地仙이라고 한다. 마지막 수준의 인물은 우선 죽었다가 나중에 허물을 벗는다. 이것을 시해선尸解仙이라고 한다上士擧形昇虛, 謂之天仙. 中士遊於名山, 謂之地仙. 下士先死後蛻, 謂之尸解仙.(「논선論仙」, 『포박자抱朴子』).

신선 전기집을 보면 중국인의 시조 황제는 용을 타고 하늘로 올라간 천선으로 기록되어 있다. 우리나라의 경우 홍만종洪萬宗의 『해동이적海東異蹟』에 30여 명의 신선이 실려 있는데 단군, 동명성왕 역시 천선으로 서술되어 있다. 흥미로운 것은 초기에는 천선이 많다가 후대에는 지선과 시해선이 압도적으로 증가한다는 사실이다. 이것은 지상의 삶에 대한 강렬한 욕구, 피할 수 없는 죽음에 대한 합리화 등에 의해 새롭게 나타난 현상이었다. 비슷한 현상은 기독교에서도 일어났다. 자크 르 고프Jacques Re Goff는 중산층이 비롯되는 13세기 무렵에 내세의 중간 장소로서 천국도 지옥도 아닌 연옥이 탄생했음을 논증한 바 있다. 이러한 사례들로부터 영성의 개념 및 구성도 역사 현실과 무관하지 않음을 엿볼 수 있다.

2014년 8월, 프란치스코 교황이 방한하여 윤지충 등 조선의 순교자 124분을 복자로 추존하는 의식, 곧 시복식諡福式을 거행했다. 가톨릭에서 복자는 성인 전 단계의 존재다. 복자에서 상당한 기간이 경과하고 기적의 사례가 검증되면 성인으로 추존된다고 한다. 우리나라에서는 1984년에 이미 김대건 신부 등 103분이 시성諡聖된 바 있다. 대한민국은 유교의 현인, 도교의 신선 등(불교는 깨달은 분이 너무 많아 생략했지만 수많은 부처들)과 더불어 이제 가톨릭의 성인과 복자까지 다수 배출한 영성 높은 나라가 되었다. 이에 부끄럽지 않게 모두 마음 자세를 가다듬을 일이다. (2014)

소원을 들어준다는 갓바위 돌부처

조선 숙종 연간의 학자 정시한丁時翰은 경상도 영천의 큰 절 은해사銀海寺 말사末寺를 따라 팔공산 일대를 등산하던 중 놀라운 광경을 목도한다. 높은 산정의 커다란 바위에 돌 불상이 새겨져 있는 것이 아닌가?

> 북쪽 벽으로 벼랑을 타고 나가 또 바위틈 사이로 갔다. 그 가장 높은 곳에 2층 누각이 있었다. 올라가 층루에 앉아보니 커다란 바위에다가 돌 불상을 새겨놓았는데 자못 기이하고 교묘했다…… 남쪽으로 동래와 울산을 바라보니 좌우로 300여 리가 모두 시야에 들어왔다. 진실로 반평생에 처음 보는 기이한 풍경이었다緣崖北壁, 又行巖隙間. 最高處有二層樓, 上坐層樓, 則因大巖刻石佛像, 頗奇

巧…… 南望東萊蔚山, 左右數三百餘里, 皆入望中, 眞半生奇觀也.(『산중일기山中日記』, 심경호 옮김)

정시한은 통일신라시대에 조성되어 1000여 년을 호젓이 산속에서 좌정해온 석불을 본 감동을 이렇게 기록했다. 이 석불이 바로 오늘날 한국불교 최고의 기도처로 유명한 팔공산 갓바위의 이른바 '갓바위 부처님'이다.

갓바위 석불은 다시 19세기 무렵 사지寺誌나 읍지邑誌 등에 등장하여 점차 알려진 후 1965년 보물 제431호로 지정되기에 이른다. 이 석불은 "한 가지 소원은 꼭 들어주신다"는 속설과 함께 1년에 수백만 명이 참배하는 성물로 많은 언론, 매체의 주목을 받아왔다. 인근 가톨릭 교구의 한 신부는 이 석불을 유네스코 지정 문화재로 등록해야 한다고까지 주장했다. 갓바위 석불은 요즘 널리 알려지기 전부터 대중들의 열렬한 사랑을 받아왔다. "한 가지 소원은 꼭 들어주신다"는 속설은 정말 도움이 절실한 힘없는 민초들의 입에서 나온 말로 보인다. 그러나 이 석불이 광범한 신앙의 대상이 된 데에는 보다 근본적인 이유가 있다.

팔공산은 신라 때에 중악中岳이라 하여 토착신앙의 근거지였다. 나중에 불교가 전래돼 그 자리에 절과 석불이 들어선 것이다. 이 과정은 배타적이지 않고 조화로웠다. 『삼국유사』를 보면 진표율사眞表律師의 제자 심지心地 화상이 동화사桐華寺를 창건할 때 팔공산의 산신이 나와 함께 협력하여 길지吉地를 찾아 절을 지었다는 이야기가 있다.(「의해義解」, 『삼국유사』 4) 오늘날까지 절에 남아 있는 산신각, 칠성각 등의 전각과 공양간에서 조왕신을 모시는 일 등은 불교와 토착신앙이 사이좋게 공존해왔음을 보여주는 증거다. 갓바위 석불이 높은 대중성을 얻은 보다 깊은 이유는 바로 이 포용성에 있을 것이다.

하지만 수백만 기도객의 귀의처라는 사실에 비하여 산 정상에 있는 석불로 가는 길은 단조롭기 그지없다. 길게 이어진 가파른 계단 길을 남녀노소, 심지어 노약자도 힘겹게 걸어올라가야만 한다. 길옆과 사찰 경내에는 화려한 상가나 건물도 없다. 중국이나 일본의 이름 있는 사찰 풍경과는 대조적으로 지극히 간소하다. 이처럼 소박하고 자연스러운 것이 한국불교 예술의 특징이기도 한데, 바로 여기에서 갓바위 기도객들의 신심信心이 더욱 우러나오는 듯하다. 갓바위 인근에 케이블카를 설치하자던 일각의 논의가 결국 무산된 것을 다행으로 생각한다. 편의성과 상업주의가 결합된 개발 논리가 제발 이곳에서는 펼쳐지지 않기를 바란다. 그것이 천년 석불 '갓바위 부처님'의 신화와 숭엄한 아우라를 지켜내는 길일 것이다. (2014)

유토피아 환상 좇는 인류 열망

인류는 생존 조건이 어려웠던 시절, 주어진 환경을 극복하고자 애쓰는 한편 모든 것이 완전한 이상사회가 어딘가에 존재하리라는 꿈을 꾸었다. 즉 유토피아에 대한 열망을 지녔던 것이다. 중국의 가장 오래된 시집인 『시경』에는 이미 이러한 생각이 엿보인다.

> 큰 쥐야, 큰 쥐야 우리 기장 먹지 마라. 3년 동안 길렀건만 인정사정없구나. 너를 두고 떠나가리, 낙토를 찾아가리. 낙토, 낙토, 거기에서 나는 살리碩鼠碩鼠, 無食我黍. 三歲貫女, 莫我肯顧. 逝將去女, 適彼樂土. 樂土樂土, 爰得我所.(「석서碩鼠」, 『시경』)

이 시에서는 탐관오리의 착취에 견디다못해 살기 좋은 낙원을

원강袁江, 〈해상삼산도海上三山圖〉에 그려진 삼신산의 모습. 청나라.

소망하는 백성들의 마음을 읊고 있다.

근대 중국의 대학자 부사년傅斯年은 「이하동서설夷夏東西說」이라는 유명한 논문에서 상고시대의 중국 대륙은 하족夏族과 이족夷族이 각기 서방과 동방을 지배했다고 주장한다. 이 때문인지 중국신화를 보면 서방 민족과 동방 민족이 꿈꾸었던 유토피아가 각기 다르게 나타난다. 즉 서방에는 곤륜산이, 동방에는 삼신산이라는 유토피아가 있다고 상상했던 것이다. 먼저 서방의 곤륜산은 어떠한 낙원인가? 서쪽 끝에 있는 그곳에는 주수珠樹와 낭간수琅玕樹 등 옥을 열매로 맺는 나무들과 다섯 길이나 되는 거대한 벼가 무성하게 자라고 있다. 곤륜산이 유명했던 것은 이미 얘기했듯 서왕모라는 아름다운 여신이 살고 있기 때문이었는데, 이 여신은 불사약을 지녀서 인기가 높았다. 다음으로 동방의 삼신산에 대해 알아보자. 『사기史記』의 「봉선서封禪書」에 의하면 이 산들은 발해 한가운데에 있는데, 신선들이 황금과 은으로 지은 궁궐에 살고 불사약이 있으며 모든 사물과 짐승들이 다 희다고 했다. 이 삼신산은 봉래蓬萊, 방장方丈, 영주瀛洲라는 세 개의 섬으로 이루어져 있다.

그런데 허황한 상상으로만 여겨졌던 이들 두 낙원에 대해 지대한 관심을 표명했던 두 임금이 있었으니 그들은 바로 진시황과 한무제였다. 진시황은 주술사 서복徐福으로 하여금 대선단을 이끌고 발해부터 우리나라 서해, 남해 전체를 샅샅이 훑어 삼신산을 찾게 했다. 서복 일행은 남해도와 부산 영도(이 섬에 봉래산과 영주동이라는 지명이 현존한다!), 제주도 서귀포를 거쳐 일본으로 갔다고 한다. 비록 삼신산은 못 찾았지만 이로 인해 서해를 통한 동아시아 해상교류가 촉발되었다는 주장이 있다. 한무제는 서왕모의 불사약에 흥미를 보여 장건張騫을 대월지국大月氏國에 파견할 때 곤륜산을 찾아보도록 명했다고 한다. 역시 낙원을 찾지는 못했지만 서쪽 끝 곤륜산에 대한 관심이 실크로드를 개척하게 된 하나의 동기가 되었다는 가설도 있다. 서양에서도 지리상의 발견을 추동했던 원인 중의 하나로 (콜럼버스가 이미 증언했듯이) 황금의 나라 지팡구 등 동양에 대한 환상을 배제할 수 없다. 이렇게 환상도 때로 실제 역사를 만든다. (2014)

신화와 노자로 읽는 남이섬과 탐나라•
—강우현의 디자인 상상력 서설

유사 이래 인류는 언제나 살기 좋은 땅, 이상적인 세계를 꿈꾸어왔다. 그것은 현실에 대한 불만과 보다 나은 세계에 대한 동경이 빚어낸 몽상이었다. 그러나 몽상은 단순히 망상에만 그치지 않았다. 그것은 인류의 진보에 박차를 가하는 힘이 되었다. 즉 인류 발전의 이면에는 유토피아에 대한 상상력이 자리잡고 있음을 알 수 있다.

유토피아Utopia란 무엇인가? 이 말은 16세기 영국의 토머스 모어Thomas More가 처음 사용한 말로서 그리스어 어원으로 풀이해보면 "실제로 존재하지 않는 이상적인 공간"이라는 뜻을 지닌다.

• 저명한 디자이너 강우현 대표는 남이섬 유원지를 설계, 완성한 데 이어 제주도 금악 지역에 이른바 '탐나라 공화국'을 건설한 바 있다.

동양에도 고대부터 낙토樂土, 낙원樂園, 복지福地, 승지勝地, 선경仙境 등 유토피아에 상응하는 단어들이 풍부하게 있는 것을 보면 유토피아에 대한 상상력은 인류 보편의 현상이라고 말할 수 있다.

동양의 유토피아를 지역에 따라 구분하면 크게 산악형과 해도형海島型으로 나눌 수 있다. 산악형의 원조로는 곤륜산을 들 수 있는데 이곳은 그리스의 올림포스산처럼 신들이 거주하는 곳이며 옥으로 된 나무, 근심을 멎게 하는 풀, 불로장생하게 하는 복숭아 등이 자라는 곳이다. 해도형 유토피아의 원형으로는 삼신산三神山을 들 수 있다. 발해에 위치한 봉래蓬萊, 방장方丈, 영주瀛州의 세 섬에는 불사약과 불로초가 있고 황금과 은으로 만든 궁궐이 있다고 하였다.

우리나라에도 이러한 신화를 이어 산악형과 해도형의 유토피아가 상상되었는데 삼신산은 본래 해도형이었으나 산악형과 해도형 모두에 큰 영향을 미쳤다. 즉 백두산, 금강산, 한라산 등을 비롯 지역의 명산이 삼신산으로 간주되기도 하였고 남해도, 영도, 제주도 등을 삼신산으로 생각하기도 하였다. 이러한 유토피아 신화는 문학, 예술 방면에서 수용되어 저명한 작품들을 남겼는데 특히 해도 유토피아에 대한 상상력은 조선 고소설에서 크게 발휘되었다.

허균許筠의 『홍길동전洪吉童傳』에서 홍길동은 뛰어난 재주를 지녔음에도 서얼 출신의 한계 때문에 한을 품는다. 그러나 그는 조선을 떠나 율도硉島라는 섬에 이르러 자신만의 낙원을 건설한다. 여기서 율도는 신분의 한계를 넘어설 수 있는 이상적 공간이다. 이

보길도 세연정洗然亭. 윤선도의 원림園林.

어서 박지원朴趾源의 『허생전許生傳』에서 허생 또한 조선의 백성들을 데리고 섬에 들어가 번영된 공동체를 건설하는데 이는 유교 이데올로기 치하의 조선에서 펼치기 어려운 경제적 이상을 달성한 공간이라 하겠다. 아울러 장한철張漢喆의 『표해록漂海錄』에서도 난파선을 타고 표류했던 사람들이 머물렀던 유토피아 같은 섬이 나온다. 그 섬은 해변에 진주가 깔려 있고 온갖 동식물이 풍부해서 먹을 것 걱정이 없는 곳이었다. 인조 때의 윤선도尹善道는 풍파 많은 벼슬살이를 버리고 남해의 보길도甫吉島에 들어가 실제로 혼자만의 낙원을 이룩하여 오늘날에도 그 흔적을 남기고 있다.

현대 한국에 이르러 우리의 심중에 내재한 이와 같은 섬에 대한 유토피아 상상력을 계승하여 건설된 곳이 남이섬과 탐나라이다. 우선 가평의 북한강에 위치한 무인도 남이섬은 유토피아적 구상이 실천되어 황량했던 섬이 모든 사람의 꿈과 소망이 펼쳐지는 낙

남이섬 전경.

원으로 변모되었다. 이 섬에서 사람들은 유년기의 그리운 추억, 청년기의 애틋한 사랑, 가족 간의 화목한 삶을 재현하거나 음미한다. 물론 동화의 주인공인 아이들은 이 신화적 인공 낙원 안에서 행복을 만끽한다. 바다도 아닌 강 가운데의 섬인 남이섬이 그 흔한 교량 하나 없어서 굳이 표를 사서 배를 타고 들어가야 한다. 유토피아 섬은 쉽게 가서는 안된다. 그곳은 의도적으로라도 속세와는 격절隔絶되어야 한다. 또 그러한 곳은 아무나 가는 곳이 아니다. 선민選民만이 갈 수 있는 곳이다라는 의식을 섬을 찾는 사람들에게 암암리에 심어주고자 한 것이리라.

남이섬이라는 인공 낙원이 건설되고 성공적인 예후가 확인된 뒤 남쪽 끝 멀리 제주도에 이르러 다시 유토피아 상상력이 전개된 곳이 있으니 그곳이 바로 탐나라 공화국이다. 탐나라 역시 남이섬과 마찬가지로 처음엔 황량한 대지로부터 출발했다. 이곳은 파헤

치고, 파헤친 흙과 바위를 나르고, 현무암을 녹이고, 물길과 호수를 만들고, 꽃과 나무를 심고, 집을 짓는 대역사를 통하여 제2의 유토피아로 변모되었다. 탐나라는 여러 측면에서 남이섬과는 다르다. 우선 남이섬이 철저한 자본주의 토대 위의 경영 논리가 적용되는 공간임에 비하여 탐나라는 (아직까지는) 마르셀 모스Marcel Mauss가 얘기한 증여론贈與論에 입각한 호혜적 교환의 장場이다. 이곳에서 사람들은 자신이 소유한 것을 가지고 와 나누고 베푼다. 다음으로 남이섬이 가급적 많은 사람들이 찾아와 즐길 수 있는 다다익선多多益善의 상태를 지향한다면 탐나라는 노자가 말한 소국과민小國寡民 즉 "작은 나라, 적은 백성"의 이상적 경지에 가깝다. 이곳은 찾아오는 사람을 굳이 막지는 않으나 상시 적극적으로 사람을 불러 모으지는 않는다. 끝으로 남이섬이 자본의 논리에 충실한 상업적 공간이라면 탐나라는 낙원으로는 드물게 인문적, 학습적, 체험적 공간의 성격을 띠고 있다. 이곳은 대규모의 도서 수장고守藏庫, 강연장, 공연장, 서원, 예술관 등의 시설을 갖추고 있으며 도처에 배치된 조형물과 구성 공간은 스토리성과 철학성을 지니고 있다.

그럼에도 불구하고 두 개의 인공 낙원이 지닌 공통점은 적지 않다. 첫째, 이미 언급해온 바와 같이 해도 유토피아라는 신화적 상상력에 기반하고 있다는 것, 둘째 노자의 "도는 자연스러움을 본받는다"는 '도법자연道法自然'과 "유와 무는 서로 낳는다"는 '유무상생有無相生'의 철학을 체현하고 있다는 것을 들 수 있다. 예컨대 두

탐나라 공화국 정문.

섬에서 볼 수 있는 의미 있는 조형물들의 상당수가 일상의 무용지물(폐기물!)로 제작되었다는 사실을 알 만한 사람들은 안다. 마지막으로 빠뜨릴 수 없는 공통점은 두 섬의 작동원리가 철두철미 '놀이'의 정신에 기반하고 있다는 것이다. 메타버스 시대의 주도적 인간형은 요한 하위징아Johan Huizinga가 일찍이 설파한 바 있는 '호모 루덴스Homo Ludens' 즉 '놀이하는 인간'이다. 이 지점에서 두 인공 낙원은 일정 정도 미래를 선취先取한 것으로 볼 수 있다.

고전적 의미에서 유토피아는 "이상적인 공간에 대한 인간의 소망과 의식을 문학적으로 표현한 것"으로 정의할 수 있다. 근대 이후 인류는 과학의 발전, 물질의 풍요로움을 통해 그동안 꿈꿔온 유토피아를 실현하고자 했다. 그러나 결과는 환경 위기와 인간성 상실, 종족 간의 분쟁, 대량 살상무기의 개발 등으로 인해 오히려 인류를 멸망으로 몰아넣을 지경에 이르렀다. 이러한 디스토피아적 상황은 조지 오웰의 『1984』와 올더스 헉슬리의 『멋진 신세계』 등에서 이미 묘사된 바 있다. 이 시점에서 우리는 정신과 물질, 인간과 자연, 신화와 과학, 남성과 여성, 동양과 서양이 조화를 이루며 공존하는 그런 대통합, 대화합의 새로운 유토피아를 설계해야 할 것이다. 그러한 의미에서 남이섬과 탐나라에서 행해진 유토피아 실험은 미래의 이상향을 건설하고자 하는 우리에게 적지 않은 시사를 줄지 모른다. (2022)

팔 긴 사람과 다리 긴 사람의 연합

소설 『삼국지』에 등장하는 영웅 조조의 아들로서 문학비평의 전범을 세웠다고 평가받는 위문제 조비曹丕의 『전론典論·논문論文』에 이러한 말이 있다.

> 문인들이 서로 헐뜯는 것은 예로부터 그러하다…… 자신의 장점으로 남의 단점을 공격한다文人相輕, 自古而然 …… 是以各以所長, 相輕所短.

비단 문인들만 그렇겠는가? 이는 아마 모든 인간의 야수적 생존 본능을 지적한 말일 것이다.

고대의 골계가, 오늘로 치면 일종의 개그맨이었던 동방삭이 지었다고 전해지는 『신이경神異經』에는 신화의 옷을 입고 세상을 풍자하는 신랄한 언사들이 넘친다. 그중의 하나, 궁기窮奇라는 괴상한 동물에 대한 이야기를 보자. 이 녀석은 이렇다.

> 사람의 말을 알아들어서 싸우는 소리를 듣고는 번번이 정직한 사람을 잡아먹는다. 어떤 사람이 성실하다는 말을 들으면 그의 코를 베어 먹고, 흉악하고 그릇되다는 말을 들으면 항상 짐승을 잡아 선물로 바친다知人言語, 聞人鬪輒食直者, 聞人忠信, 輒食其鼻, 聞人惡逆不善, 輒殺獸往饋之.

눈 감으면 코 베어 간다는 말이 혹시 여기에서 나온 것은 아닐까? 동방삭은 시비곡직이 전도된 이 괴상한 동물을 통해 부조리한 세태를 꼬집었다. 나쁜 인간들이 온갖 수단을 통해 득세하고 잘난 사람을 끌어내리며 착하기만 한 사람은 실패한다. 궁기를 통해 동방삭은 이렇게 말하고 싶었던 것이리라.

세상은 살벌한 전쟁판이다. 선악의 올바른 기준은 없고 강자의 말이 진리다. 이러한 약육강식의 논리는 사실 다윈에 의해 자연과학에서 보증을 받아 오늘날까지도 생존 경쟁의 법칙으로 받아들여지고 있다. 그런데 다윈이 진화론을 발표할 때 사람들은 한 가지 간과한 것이 있었다. 생물들 사이에는 우승열패優勝劣敗의 경쟁만 있었던 것이 아니라 서로 도우면서 살아가는 공생도 있었다. 제국주의가 팽창했던 그 시절에 사람들의 눈에는 약육강식의 사

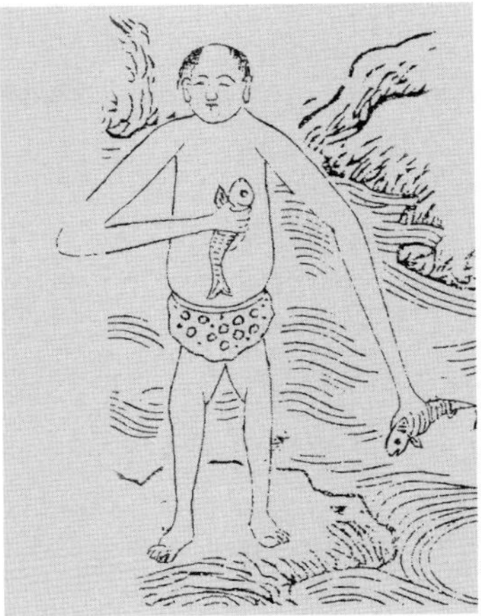

『산해경회도』에 실린
장비국 사람의 모습, 명나라.

『산해경회도』에 실린
장고국 사람의 모습, 명나라.

례만 보였지 개미와 진딧물 사이 같은 공생의 사례는 잘 들어오지 않았던 것이다.

신화는 자연과학에 앞서 훌륭한 공생의 사례를 이미 제시한 바 있었다. 『산해경』을 보면 동쪽 끝 해변에 장비국長臂國과 장고국長股國이라는 나라가 있는데, 장비국 사람들은 팔이 엄청 길고 장고국 사람들은 다리가 매우 길었다고 한다. 장비국 사람들은 팔은 길지만 다리가 짧아서 깊은 바다에 들어가지 못하고, 장고국 사람들은 다리는 길지만 팔이 짧아서 물속의 고기를 잡을 수 없었다. 그러자 장고국 사람이 장비국 사람을 업고 바다로 들어가니 이 문제가 해결되어 두 나라 사람들은 아주 행복해졌다. 사람들만 그러한 것이 아니었다. 『여씨춘추呂氏春秋』의 「불광不廣」 편에 나오는 궐蟨이라는 짐승은 앞은 쥐를 닮고 뒤는 토끼를 닮아 달리면 넘어졌는데 위급한 일이 생기면 공공蛩蛩과 거허巨虛라는 짐승들이 나타나 업고 달아났다고 한다. 이들이 좋아하는 감초를 평소 궐이 구해다 주었기 때문이었다.

이제는 생존 경쟁이 아니라 생존 공생의 시대라고 한다. 도처에서 상생이라는 말이 화두다. 분단 현실이 엄혹하지만 남북이 언젠가 통일되어 이상적인 나라가 되리라는 희망은 저 장비국과 장고국 사람들처럼 남과 북의 차이를 대립보다 민족 공생의 논리로 풀어나간다면 결코 몽상이 아니다. (2014)

탈주술에서 재주술로

고대 중국의 민간가요 중에 한 젊은이가 하늘을 두고 사랑을 맹세하는 노래가 있다. 〈하늘이시여!上邪〉라는 제목의 노래인데 그 가사 중에 이런 내용이 있다.

> 한겨울에 천둥이 치고, 한여름에 눈이 내리고, 하늘과 땅이 맞붙는 날, 우리의 사랑이 다하겠나이다冬雷震震, 夏雨雪, 天地合, 乃敢與君絶.

그런데 이 글에서 얘기하고자 하는 것은 절절한 사랑이 아니라 고대에는 한겨울에 천둥이 치는 것을 있어서는 안 될 불길한 현상으로 여겼다는 사실이다.

어느 해 겨울에 큰 눈이 내렸을 때였다. 사위가 어두워지는가 싶더니 갑자기 번갯불이 번쩍이고 조금 후 "우르릉 꽝" 천둥이 쳤다. 한겨울에 천둥 번개라니? 그때 문득 들었던 생각은 "무슨 변고가 있으려나?" 하는 불안감이었다. 이러한 불안감을 느꼈다면 그 사람의 심중에는 고대인을 지배했던 이른바 '천인감응설天人感應說' 이라는 주술적 사고가 여전히 작동하고 있는 셈이다.

고대에는 자연현상과 인간의 행위 또는 인간과 인간, 인간과 물질, 물질과 물질 사이에 보이지 않는 기운 같은 것이 흐르고 있어 "비슷한 것끼리 서로 통한다"는 주술적 사고가 보편적이어서 하나의 자연법칙처럼 간주되고 있었다. 풍수에서는 이러한 사고를 정당화하기 위해 '동기감응同氣感應'이라는 가설을 자주 거론한다. 예컨대 구리 광산에 지진이 나면 그 영향으로 그 광산에서 나온 구리로 만든 천하의 동종銅鐘들이 동시에 울린다는 얘기가 그것이다. 아마도 인간이 자연 속에서, 자연력의 지배하에 살아가던 고대에 이러한 주술적 사고는 피할 수 없는 우주의 원리로 여겨졌을 것이다. 그래서 가뭄이 오래 계속되면 비를 오게 하기 위해 불을 피워 연기를 뭉게뭉게 일으켜 강우의 주술적 여건을 조성했다. 경험적으로 구름이 많이 낄 때 비가 온다는 것을 알고 있었기 때문이다.

기우의 주술은 이것뿐만이 아니었다. 레인 메이커rain maker인 무당을 발가벗겨 뜨거운 한낮의 태양 아래 두어 비를 빌게 하거나(볕에 그을려 타죽을 때까지 내버려두었다고 한다!) 애꿎은 청개구리를 잡아다 구타하는 흥미로운 사례도 있었다. 청개구리는 영문도 모른 채 붙들려 와서 얻어맞고 울게 될 것이다. 그러면 비가 오리라고 생각했는데, 이것은 비가 올 때 청개구리가 울더라는 경험으로부터 유추한 주술적 행위였다. 즉 청개구리의 울음과 비 사이에는 모종의 상관관계가 있을 것이라는 가정하에 그것과 비슷한 여건을 만들어주면 비가 내릴 것이라는 생각을 했던 것이다.

인간과 자연이 교감한다는 생각에 기초한 주술적 사고는 근대 이후 과학이 발달하고 인간의 자연에 대한 지배, 자연을 단순한 물질로 보는 생각이 보편화되면서 서리를 맞는다. 보들레르는 그 시점에서 「상응相應, Correspondence」이라는 시를 읊으며 이제는 사물과의 교감이 단절된 인간의 상황을 못내 아쉬워했고 막스 베버는 급기야 인류가 주술의 시대를 벗어나 탈주술의 시대 곧 근대로 진입했음을 선언했다. 그러나 과학이 질주하는 이 시대를 살고 있는 우리의 심중에서 주술적 사고는 사라지지 않았다. 우리 중의 상당수는 여전히 어젯밤에 용꿈을 꾸면 오늘 복권을 사러 간다. 무엇보다도 문학, 예술의 세계는 예나 지금이나 주술적 사고가 지배한다. "비슷한 것끼리 서로 통한다"는 이 생각이 직유와 은유의 기법을 낳지 않았는가?

한겨울의 천둥소리로부터 생각이 너무 멀리 나아갔는지 모르겠다. 그러나 우리의 인식구조는 시대가 바뀌었다고 해서 그렇게 졸지에 이성적이고 과학적이기만 한 단선적인 구조로 변화되지 않았다. 오늘 우리는 천재지변이 있을 때 인간의 행위에 무슨 잘못이 있나 살피고 반성하며 만일의 사태에 대비하던 선인들의 마음가짐을 되새겨보는 자세를 필요로 한다. 왜인가? 이제 세상은 탈주술의 시대에서 다시금 자연과의 교감, 천인합일의 감성을 필요로 하는 재주술의 시대에 접어들고 있기 때문이다. (2013)

2) 슬프고 안타까운 일들

역사에서 찾아본 세월호의 비극

고대 중국의 기서 『산해경』을 보면 우리나라에 대한 다음과 같은 기록이 있다.

> 동해의 안쪽, 북해의 모퉁이에 조선이라는 나라가 있다. 하늘이 그 사람들을 길렀고 물가에 사는데 남을 아끼고 사랑한다東海之內, 北海之隅, 有國名曰朝鮮. 天毒其人, 水居, 偎人愛之.

이 기록은 발해만을 끼고 있던 고조선을 두고 한 얘기이다. 옛날에 우리나라 사람들은 남을 아끼고 사랑한다고 중국에 소문이 날 정도였다. 그러나 후세에 지어진 『속산해경續山海經』이라는 책을 보자. 이 책에는 다른 기록이 보인다.

조선의 남쪽 바다에 괴상한 배가 있다. 이 배를 타면 선장이 배를 버리고 달아나 물에 빠져 죽은 사람들이 부지기수다. 해변에는 호곡號哭 소리가 진동한다.

물론 이것은 지금 『산해경』의 체재를 패러디한 허구의 기록이다.

우리는 너무나도 참담하고 황당한 일을 겪었다. 이 나라가 머리와 몸이 따로 노는 신화 속 괴물들이 판치는 세상과 다름이 없다는 사실을 눈뜨고 경험했던 것이다. 하긴 리더의 위치에 있는 인물이 결정적 상황에서 무책임한 작태를 보인 것은 어제오늘의 일이 아니다. 임진왜란 때는 수많은 관료와 장군이 지켜야 할 고을과 군대를 버리고 도주하는 바람에 백성들이 어육魚肉이 되었고 급기야는 선조 임금도 야반도주를 하다가 성난 군중들로부터 돌팔매 세례를 받기도 했다. 구한말의 위급한 상황에서도 충청도의 한 의병장이 "성을 버리고 도망가는棄城逃走" 일이 있었다. 이 바람에 그를 추종했던 수많은 사람들이 희생되었던 일이 죽은 의병들의 유필遺筆을 통해 나중에 밝혀지기도 했다.

K팝과 드라마 등 세계인을 매료시켰던 한류의 문화강국, 최첨단 IT제품과 자동차를 수출하는 기술강국 등 우리는 그동안 쌓아올렸던 국가 브랜드 가치가 한순간에 추락하는 변고를 겪었다. 사망자와 실종자 가족들의 애통함은 말할 것도 없거니와 국민 모두도 마음의 상처를 입고 신음중이다. 어떻게 해야 이 국가적 재난을 극복할 수 있을 것인가? 무엇보다도 국가의 시스템 불량으로

희생된 선객들의 가족에 대해서는 나라가 할 수 있는 최대한의 보상을 다하여 그 원통함의 일말이라도 풀어줘야 할 것이다. 그리고 인간이기를 포기한 행위를 한 선장과 선원들에 대해서는 응분의 엄벌이 가해져야 할 것이다. 그러나 그들은 하수인일 뿐 그들의 배후에는 이익만 탐하는 악덕 기업주가 있으며 다시 더 이면에는 이 모든 악덕과 비리를 가능하게 한 관계官界와 유관 업계의 유착, 이른바 '관피아'가 존재한다는 사실이 백일하에 드러나고 있다.

이들에게 개혁을 요구하고 감독을 맡기는 일은 애당초 소용없는 짓이었다. 고대 중국의 도인 갈홍葛洪은 소인배와 함께 깨끗한 정치를 도모하는 일을 "여우와 더불어 갖옷(가죽옷)의 제작을 상의하는與狐議治裘" 것으로 비유한 적이 있다.(「박유博喩」, 『포박자抱朴子』) 제 가죽으로 옷을 짓겠다는데 여우가 순순히 따르겠는가? 우리나라의 관료 사회 그리고 각 분야의 시스템이 그동안 이러한 행태로 작동되어왔다는 것은 경악할 일이었다. 우리는 '피로 사회' 정도가 아니라 횡액을 당할 가능성이 높은 '고위험 사회'에 살고 있었던 것이다. 진정 "여우와 더불어 갖옷의 제작을 상의하는" 행태의 시스템을 철폐하지 않으면 제2, 제3의 세월호 참사가 반드시 잇따르게 될 것이다. (2014)

주술적 믿음에 기대고 싶은 시대

자동차를 오래 몰다 폐기할 때가 되면 느끼는 심정이지만, 중고차 매매상에게 끌려 폐차장으로 향하는 자신의 차를 보면 무언가 연민의 정 같은 것이 일어난다. 오랜 기간 눈이 오나 비가 오나 가족들의 발이 되어 묵묵히 봉사했던 그 차가 비록 쇳덩어리지만 이제 마지막 길을 간다. 그런데 아무 느낌도 없다면 그 사람은 비인간적이라 할 것이다. 그렇다! 우리는 지금 쇳덩어리, 생명 없는 기계에 대해서조차 인간적, 비인간적이라는 표현을 하고 있다. 과거에 우리는 자연과 대화를 했다고 하는데 이제 바야흐로 기계와도 교감을 하는 시점에 온 것인가?

미로 같은 도서관에 가서 책을 찾을 때나 난장판인 연구실에서 자료를 찾을 때에도 신기한 현상이 있는데, 내가 원하는 그 책이나 자료가 제 발로 걸어나오듯이 눈앞에 턱 나타나는 일이 한 두 번이 아니었다. 나만 그런 줄 알았더니 의사 친구 한 명도 그런 경험을 자주 한다고 털어놓았다. 그래서 그는 아예 도서관에 책의 천사가 있어서 공부를 도와주는 것이라 생각한단다. 이쯤 되면 아예 동화를 써라, 타박할 분도 계시겠지만 사실 이러한 주술적 감수성은 고대인이라면 일상적으로 지닌 능력이었다.

중국의 한대에서 위진남북조에 이르는 시기에는 인간과 하늘이 교감한다는 이른바 '천인감응설'이 크게 유행했다. 가령 『수신기搜神記』 같은 책을 보면, "한나라 경제 3년에 한단 땅에서 개와 돼지가 교미하는 일이 있었다. 이때 조왕이 정도에 어긋난 짓을 하더니 마침내 여섯 나라와 함께 반란을 일으켰다漢景帝三年, 邯鄲有狗與彘交. 是時趙王悖亂, 遂與六國反"처럼 이상한 현상은 모두 하늘의 징조로 해석했다.

동양이든 서양이든 중세까지는 이 같은 주술적 사유가 우세했지만 근대에 이르러 합리주의적 사고가 대두하면서, 막스 베버가 얘기했듯이 우리 모두 탈주술의 시대, 과학의 시대로 진입했음은 주지의 사실이다. 그러나 유사과학인 연금술이 폐기되고 정통 과학으로 발전했다고 믿듯이 하루아침에 주술적 사유가 소멸되어 합리적 생각으로 대체되는 것은 아니다. 인류학자 스탠리 탐바이아는 우리의 인식구조가 주술적인 것과 합리적인 것이 다중적으로 공존하는 형태라고 주장한다.

오늘날 우리는 지나친 합리화로 인해 메마른 인성에 활력을 넣어주기 위해 오히려 주술적 감수성을 필요로 하는 재주술화의 시대에 살고 있다. 20~30년 전만 해도 허황하기 그지없을, "내가 소망하면 온 우주가 그것을 이루도록 도와준다"는 주문이나 다름없는 메시지를 전하는 코엘료의 『연금술사』 같은 책이 공전의 베스트셀러가 될 만큼 이 시대는 주술적 감수성을 갈구한다.

조선시대에 어떤 정승이 자고 일어나보니 오뉴월인데 갑자기 서리가 내렸더란다. 그 광경을 본 순간 정승의 망건 줄이 툭, 끊어져 버렸다고 한다. 때 아닌 서리가 자신의 실정 탓으로 여겨져 온몸의 피가 얼어붙었고 그로 인해 머리가 땅기며 망건 줄이 끊어지고 만 것이다. 천인감응설이 믿을 만한지는 논외로 하더라도 그것이 우리에게 도덕적 상상력을 환기시키는 것만으로 족하다. 세월호 침몰이라는 미증유의 참극을 당해 망지소조罔知所措하고 있는 이 난국에 정녕 망건 줄이 끊어질 만큼 책임을 통감하는 이 누구인가? 아닌 게 아니라 한여름에 때아닌 우박이 분분히 쏟아져 심란함을 더하는 이 계절임에랴! (2014)

타나토스의 시대를 어찌할 것인가?

이제는 사라진 여신이 되었지만, 동양의 여신 서왕모는 양면성을 지녔다. 그녀는 마귀할멈과 같은 모습일 때는 죽음의 여신이지만 아름다운 여인의 모습일 때는 불사약을 지닌 생명의 여신이었다. 프로이트도 우리의 내면에는 삶을 추구하는 에로스적 충동과 죽음을 지향하는 타나토스적 충동이 공존하고 있다고 말했다. 최근 한국의 자살률이 세계 1위를 기록하고 있다고 한다. 유명 인사의 자살 이후 이를 모방하는 이른바 베르테르 신드롬, 과거에는 듣도 보도 못했던 자살 공유 사이트라는 것의 존재, 꽃 같은 나이의 학생들이 서슴없이 목숨을 버리는 안타까운 실정 등을 볼 때 확실히 타나토스적인 충동이 목전의 한국을 지배하고 있는 것이 아닌가 하는 생각이 들 정도다.

스스로 목숨을 끊는 행위가 상황에 따라, 소신에 따라 정당화되고 때로는 찬미되기도 하는 경우가 있긴 하다. 헨릭 시엔키에비츠의 『쿠오 바디스』를 보면 로마의 현인 세네카가 총애하는 여종의 시중을 받으며 우아하게 자기 손으로 생을 마감하는 장면이 있다. 신미양요 때의 미 해병대 측 기록을 보면 강화도 전투에서 패배한 조선군이 포로가 되지 않으려고 스스로 죽음을 택해서 그 투혼에 감동했다는 대목이 있다. 을사늑약 체결 이후 충정공 민영환은 음독하여 순국한 자리에서 대나무가 자라났다는 충절의 일화를 남기고 있거니와 500년 조선 시기를 통하여 여성들이 정절 이데올로기에 의해 목숨을 버린 경우는 또 얼마나 많은가? 과거에는 자살이라 하지 않고 자진自盡이라는 우회적인 표현을 썼다. 그러나 나라가 망할 때 명분에 죽고 사는 노론계의 인물들은 즉각 자진하는 방식을 택하는 경우가 많았지만 지행합일知行合一을 추구하는 소론계의 인물들은 죽을 때 죽더라도 끝까지 저항하는 방식을 택하여 투쟁을 지속하는 경우가 많았으니 그 어떤 충절의 행위라 해도 자진이 미사美事로만 여겨진 것은 아니었다.

근래의 비극적인 사건 중 가장 가슴 아팠고 지금까지 뇌리에 깊이 남아 있는 것은 무명의 한 젊은 주부와 한때 화려한 은막의 스타였던 최진실씨의 자살이다. 특히 최진실씨의 경우는 친인척의 잇따른 자살로 인해 많은 사람들에게 충격과 슬픔을 주었던 사건이었지만 나는 좀 다른 각도에서 비극의 본질을 생각해보고자 한다. 무명의 한 젊은 주부. 남편은 떠돌이 노동자였다. 아이들을 기르기 위해 갖은 고생을 했지만 이제는 손 벌릴 곳도 없는 그녀는 생활고를 못 이겨 어린 두 아이를 데리고 아파트 옥상에 올라가 투신했다. 아이 때문에 산다고 했는데 그런 이유마저도 존재하기 어려운 막다른 골목에 몰렸을 그녀를 생각하니 가슴이 아팠다. 그녀가 구원받기를 포기하고 어린 두 아이와 더불어 자살을 감행한 극한의 상황에 이르기까지 이 사회는, 우리는 무엇을 했던가? 최진실씨는 불우한 환경을 딛고 일어나 최고의 스타로 발돋움한 입지전적인 여성이었다. 그녀는 평등하고 자유로운 이 나라에서 누구든지 노력하면 성공할 수 있다는 가능성의 표본인 것처럼 보였다. 그러나 대중은 그녀를 그냥 두지 않았다. 인터넷에서의 갖은 음해와 비방은 결국 그녀를 좌절하게 만들었다. 근대의 불우한 여성작가 김명순이 절망한 '독한 세상'을 감내하지 못하고 죽음을 택한 그녀의 모습은 이 사회가 약자의 부상에 대해 얼마나 가혹한지를 보여주는 것 같아 참담한 심정을 금할 수 없다. 그녀는 고립무원의 상태에서 이 독한 세상을 얼마나 원망하며 죽어갔을까? 실로 슬픈 일이 아닐 수 없다.

국민소득이 3만 달러로 향하고 한류가 세계를 석권한다 할지라도 자살률 1위의 국가라면 결코 행복하고 자랑스러운 나라가 아니다. 금수강산, 한강의 기적, IT강국, K팝 등 그 모든 찬사도 죽음 앞에서는 의미가 없으며 유구한 역사와 문화를 자랑하는 대한민국의 존재도 빛이 바랜다. 자살률 1위라는 이 불행한 현실은 젊은 날의 '아픔'이나 누구나 겪는 삶의 '무게' 정도로 진단하고 치유할 수 있는 단계를 훨씬 벗어났다. 무명의 한 젊은 주부와 최진실 씨의 비극적인 사례에서 보았듯이 그것은 설사 개인의 '아픔'이나 '무게'에서 출발했을지라도 궁극적으로 이 사회가, 우리가 껴안고 책임질 일이었다. 황지우의 시구를 넓게 인유하자면 우리 모두 "아픈 세상으로 가서 아프자"는 마음가짐이 절실한 시점인 것이다. (2013)

이 시대 사적 폭력의 욕망

원시인류는 처음 세상에 모습을 드러냈을 때 두 가지 폭력에 직면해야만 했다. 한 가지는 홍수, 가뭄, 맹수 등 자연의 폭력이었고 다른 한 가지는 인간과 인간 사이의 폭력이었다. 인류는 자연의 폭력에 대해 그것을 의인화하고 동일시함으로써 견뎌내고자 했다. 태양신, 비의 신, 우레의 신 등 자연신화는 이러한 의식의 산물이다. 인간과 인간 사이의 폭력은 법규와 형벌에 의해 통제되었다. 르네 지라르가 모든 문화를 폭력의 순화된 형태로 본 것은 이 때문이다. 그러나 예외적으로 허용되는 폭력이 있었다. 가령 함무라비 법전에서의 "눈에는 눈, 이에는 이"로 보복하라는 규정과 같은 동해보복형同害報復刑이 그것이다. 인의仁義에 입각한 예치禮治를 강조하는 유교에서도 용인되는 폭력이 있었다. 『예기·단궁禮記·檀

弓』편을 보면 자하子夏가 부모의 원수를 만나면 어떻게 해야 하느냐고 물었을 때 공자는 "저잣거리에서 만나면 무기를 가지러 집에 갈 새 없이 곧바로 싸울 것遇諸市朝, 不反兵而鬪"을 권유한다. 미국의 중국학자 마크 E. 루이스는 이러한 폭력을 '인가된 폭력sanctioned violence'이라고 불렀다.

고대 동양에서 국가 이외에 일반 백성이 인가된 폭력을 행사할 수 있는 경우는 부모의 원수를 갚는 일 이외에도 의협 행위가 있었다. 춘추전국시대에는 중앙집권식의 통치가 이루어지지 않았다. 이 때문에 지방에는 공권력이 미치지 않는 곳이 많았고 당시 유협遊俠이라는 일종의 협객들이 사적으로 은원恩怨 관계를 해결해주고 일반 민중의 지지를 얻어 토착 세력을 형성했다. 유협은 당나라 때까지도 살아남아 「규염객전虯髥客傳」이나 「섭은낭聶隱娘」 같은 소설 속에서 주인공으로 등장한다. 이들 남녀 협객은 살인을 밥먹듯 하지만 대의명분을 위해 암약한다. 이러한 유협의 스토리가 후대에 판타지 문학의 형식으로 정착된 것이 바로 무협소설이다. 다시 말해 인가된 폭력에 대한 욕망을 문학 속에서 구현한 것이 무협소설이라고나 할까?

근대 이후 강력한 법치국가의 성립과 더불어 인가된 폭력은 사라진다. 그러나 이에 대한 욕망마저 없어진 것은 아니다. 서양의 경우를 보면, 불후의 명화 〈대부〉 1편은 장의사 주인이 강간당한 딸에 대한 복수를 마피아 대부에게 간청하고 대부가 이를 수락하는 장면으로 시작한다. 최근 우리 사회에도 학교폭력에 시달리는 자녀를 위해 폭력배를 고용하는 학부모가 있는가 하면 자신의 딸에게 성폭력을 가한 것으로 오인된 남학생을 살해한 아버지도 있었다. 어린 의붓딸을 구타하여 참혹하게 숨지게 한 계모에 대해서는 초법적인 극형을 가해야 한다는 여론이 들끓는다. 이들의 분노는 부모로서, 인간으로서 당연히 지닌 감정 곧 '상정常情'에 근거하고 이 상정은 고대의 인가된 폭력에 대한 욕망을 불러일으키고 있다. 왜 이러한 현상이 일어나고 있는가? 제도에 미비한 점은 없는지, 그리고 법과 상정 간의 간극이 적절한지 심각히 성찰해보아야 할 때다. 왜냐하면 인가된 폭력도 엄연히 폭력이니만큼 궁극적으로 우리가 지향하는 비폭력으로의 도상에서 순화되어야 할 대상이기 때문이다. (2014)

애정의 화신에서 재앙의 전령으로

원시인류에게 자연은 경외의 대상이었고 그것은 동물숭배로 표현되었다. 동물숭배는 공포와 선망의 두 가지 감정에서 유래한다. 용의 기원에 관한 중국학계의 일부 가설에 의하면, 고대에 중국대륙의 기후가 온난했을 때 양자강에는 악어가 살았고 이것에 대한 공포에서 용 숭배가 발생했다고 한다. 이와는 달리 동방의 동이계 종족들은 조류를 숭배했다. 샤머니즘을 신앙하는 그들은 새가 천계를 왕래한다고 믿어 그것의 비상 능력을 선망한 나머지 봉황을 숭배하기에 이르렀다.

무서운 파충류와는 달리 선망의 존재이었던 조류는 고대부터 가까운 일상에서 자주 감정이입의 대상이 되었다. 동아시아 문학의 출현을 알리는 최초의 앤솔러지인 『시경詩經』 첫 장이 조류와 인간의 아름다운 교감으로 장식되고 있는 것은 우연한 일이 아니다.

꾸룩꾸룩 물수리는 황하의 모래톱에서 노니는데, 아리따운 아가씨는 군자의 좋은 짝일러라關關雎鳩, 在河之洲. 窈窕淑女, 君子好逑. (「관제關雎」, 『시경』)

이 시는 결혼 적령기의 한 청년이 한 쌍의 다정한 새들을 보고 자신의 짝을 갈망하는 심정을 그려냈다. 옛사람들은 일찍이 조류의 암수컷이 애정이 깊음에 주목했다. 원앙은 그리하여 부부간 애정의 상징이 되었다. 우리 한시에도 예외 없이 조류에 애정을 빗댄 작품이 있다. 유명한 「황조가黃鳥歌」가 그것이다.

〈유지황조도榴枝黃鳥圖〉에 그려진 황조의 모습, 남송.

펄펄 나는 저 꾀꼬리 암수 서로 정답구나, 외로워라 이 내 몸은 뉘와 함께 돌아갈꼬翩翩黃鳥, 雌雄相依. 念我之獨, 誰其與歸.

질투심으로 맹렬히 다투는 두 후궁 사이에서 번민하는 유리왕의 심정을 그려낸 시다. 그런데 왜 꾀꼬리인가? 『산해경』의 「북차삼경北次三經」을 보면 꾀꼬리는 질투심을 없애주는 새라고 했으니 유리왕의 처지로서는 이 새가 부럽기 그지 없었던 것이다.

인근의 텃새보다도 가을이면 때맞추어 먼 곳에서 찾아들었다 다시 미지의 곳을 향해 떠나는 철새는 경이의 대상이었을 것이다. 『장자』의 「소요유逍遙遊」에는 등허리가 태산과 같고 날개는 마치 하늘에 드리운 구름과 같은 큰 새 붕鵬이 나온다. 붕새는 회오리바람을 타고 구만리나 올라가 남쪽 바다로 날아간다고 했다. 절대의 경지를 우화적으로 표현한 이 붕새에 대한 힌트를 장자는 아마 철새에서 얻었을 것이다. 먼 길을 떠나는 철새는 먼 곳으로부터의 소식을 뜻하기도 한다. 한무제 때에 흉노에 사신으로 갔던 소무蘇武는 바이칼호 근처에 억류되어 19년이나 양을 치고 살았다. 후일 한나라에서 송환을 요구하자 흉노의 왕은 그가 죽었다고 거짓말했는데, 황제가 상림원上林苑에서 활로 쏘아 잡은 기러기의 발에 묶인 소무의 편지를 보았다고 말하자 풀어주었다는 이야기가 『한서漢書』의 「이광소건전李廣蘇建傳」에 나온다. 이후 먼 곳에서 온 편지를 '안신雁信'으로 일컫게 되었다. 1960년대 가요인 안다성의 〈사랑이 메아리칠 때〉에서 "가을밤에는 기러기 편에 소식을 보내리라"고 노래한 것은 이 때문이다. 요즘 조류 인플루엔자가 철새를 통해 전염된다고 하여 철새에 GPS를 부착해 그들의 이동에 따라 일희일비하는 상황이 되었다. 어쩌다 철새가 사람을 구했던 메신저가 아니라 재앙의 전령이 되었는지 하 수상한 시절을 탓할 따름이다. (2017)

북두칠성 같은 중심 있었으면

고대 동양의 별에 대한 신앙에서 북두칠성은 각별하여 천계의 중심으로 상상되었다. 특히 샤머니즘에서는 이 별자리를 죽은 사람의 혼이 돌아가는 곳으로 생각했고, 이 때문에 후세의 도교에서는 북두칠성이 인간의 생사와 운명을 지배한다고 믿었다. 지금도 시신을 매장할 때 밑바닥에 칠성판을 까는 것은 망자의 혼이 이 별자리로 잘 돌아가라는 의미에서다.

북두칠성의 의미는 이에 그치지 않고 정치적으로 확장되었다. 즉 천계의 중앙인 북두칠성에는 최고신인 옥황상제가 거하는 천궁, 곧 자미원紫微垣이 존재한다고 상상했던 것이다. 나아가 최고 권력자인 천자가 사는 궁성宮城은 자미원 아래의 지상에 위치한다고 생각했는데 북경의 자금성紫禁城이 바로 그곳인 셈이다. 여기에서 임금은 오방 중에서 중앙이 아니라 북쪽에 자리하여 남쪽을 굽어본다는 관념이 생겨났다. 임금을 '남면존자南面尊者' 곧 남쪽을 바라보는 존귀한 사람이라고 부르는 것은 이 때문이다.

우리나라도 이러한 방위 관념을 따랐다. 가령 경복궁 근정전勤政殿을 보면 임금이 전각 안에서 남쪽을 향해 앉아 있고 섬돌 아래에서는 신하들이 각기 품석品石에 의거해 북쪽을 향해 기립했다. 이뿐만이 아니다. 좌, 우의 위치 역시 북쪽에서 남쪽을 굽어보고 있는 임금을 중심으로 결정되었다. 예컨대 좌, 우의 수군절도사가 있었던 전라도의 경우 그 각각의 본거지인 좌수영은 여수에, 우수영은 해남에 있었는데 이것은 임금이 있는 한양에서 남쪽을 바라보았을 때의 좌, 우 위치였다. 경상도의 유학을 퇴계退溪 이황李滉을 중심으로 한 강좌江左와 남명南冥 조식曺植을 필두로 한 강우江右의 두 학파로 나눈다. 이 경우에도 임금의 위치에서 내려다보았을 때 두 학자의 활동 반경이 낙동강 좌측이냐 우측이냐에 따라 강좌, 강우로 명명했던 것이다.

북두칠성과 관련된 방위 관념은 일찍이 중국에서 기氣철학과 결합하여 흥미로운 정치적 은유를 낳는다. 북송 시기 역학易學의 대가 소옹邵雍에게는 다음과 같은 일화가 있다. 소옹이 낙양洛陽의 천진교天津橋 위를 벗과 거닐다가 문득 두견새 우는 소리를 듣더니 안색이 어두워졌다. 벗이 까닭을 묻자 그는 낙양은 북쪽이라 두견새가 없었는데 이제 그 소리가 들리니 조만간 임금이 남쪽 사람을 재상으로 등용하여 정치가 어지러워질 것이라고 대답했다. 다시 또 그러한 이유를 묻자 소옹은 이렇게 말했다고 한다.

> 천하가 다스려질 때엔 땅기운이 북쪽에서 남쪽으로 향하고, 어지러워질 때엔 남쪽에서 북쪽으로 향한다. 지금 남쪽의 땅기운이 이르렀는데 새들이 그 기운을 먼저 느낀 것이다天下將治, 地氣自北而南. 將亂, 自南而北. 今南方地氣至矣, 禽鳥飛類, 得氣之先者也.(「백원학안百源學案」, 『송원학안宋元學案』)

과연 수년 후 신종神宗이 남쪽 출신인 왕안석王安石을 등용하여 무리한 개혁을 추진했고 그 과정에서 온 조정이 분쟁에 휩싸이자 소옹의 선견에 감탄했다는 이야기이다.

사실상 최고의 권부權府인 청와대가 지난해에 문서유출과 암투로 세인을 놀라게 하더니 새해 들어와서도 항명과 유언流言 등 상식 이하의 해프닝을 빚고 있다. 오죽하면 여야 막론하여 진심으로 우려스럽다고 했겠는가? 지금이 봉건왕조 시대는 아니나 제발 북두칠성의 자미원처럼 중심을 잡고 국민들이 불안해하지 않도록 했으면 한다. (2015)

한국문학, 북방을 상상하라

종교학자 엘리아데는 인간은 어디서든 자신이 세계의 중심에 거주한다는 생각을 한다고 말한 바 있다. 바로 이 자기중심의 생각 때문에 유럽인의 지리 관념을 기준으로 우리는 졸지에 세상의 동쪽 끝 곧 극동에 사는 주민이 되고 말았다. 아무튼 유럽인이든 동양인이든 모두 지니고 있는 자기중심의 생각에서 동서남북 사방에 대한 방위 관념이 비롯한다.

가령 은나라는 사방에서 불어오는 바람을 구분하여 각각의 풍신風神에 대해 제사를 드렸고 이후 중국에서는 자신이 있는 중앙을 포함한 오방 개념이 성립하여 오방신, 오악, 오행설 등이 유행했다. 우리나라의 경우 고구려 고분에 사신도를 그려넣은 것, 백제에서 전국을 5부로 구성한 것 등도 이러한 방위관념에 의거한 것이다. 다시 말해 사방 혹은 오방의 방위관념은 자신을 중심으로 한 완벽한 세계의 추구와 관련이 있다.

그런데 이중 오늘의 한국에서 결여된 것이 북방의식이다. 우리에게 북방은 어떠한 의미인가? 북방은 우리의 시초이자 원천이다. 『원조비사元朝秘史』를 보면 하늘이 낳은 푸른 이리와 흰 사슴이 짝을 지어 등길사騰吉斯강을 건너 알난斡難강의 근원인 불아한不兒罕산 앞에 이르러 파탑적한巴塔赤罕이라는 아이를 낳았다는 신화가 나온다. 등길사를 퉁구스강으로, 알난을 압록강으로, 불아한을 불함산不咸山, 곧 백두산으로 본다면 현재의 압록강과 백두산은 훨씬 북방에 있었던 것이 되고 민족 이동에 따라 지명이 남하한 것으로 볼 수 있다. 이러한 거친 추측이 아니더라도 우리 문화의 기원에 대해서는 남방설보다 북방설이 대세인 것은 부인할 수 없는 사실이다. 그런데 고구려, 발해의 멸망 이후 북방이 축소된 데다가 설상가상으로 현대 이후 남북이 분단되면서 우리의 방위관념에서 북방은 상당히 약화되지 않았나 싶다.

이것은 문학 상상력에서 뚜렷이 그 징후를 드러낸다. 가령 근대까지만 해도 이광수의 소설 『유정』을 보면 북방의 정경이 실감나게 표현되어 있다.

> 믿는 벗 N형! 나는 바이칼호의 가을 물결을 바라보면서 이 글을 쓰오…… 부랴트족인 주인 노파는 벌써 잠이 들고 석유 등잔의 불이 가끔 창틈으로 들이쏘는 바람결에 흔들리고 있소. 우

루루탕 하고 달빛을 실은 바이칼의 물결이 바로 이 어촌 앞의 바위를 때리고 있소.

바이칼 호반으로 사랑의 도피를 한 주인공 최석의 편지글이다. 아울러 김동환, 백석, 이용악 등의 시인들은 함경도, 평안도, 만주 등 북방의 풍정과 역사를 시에 담아 식민지의 암울한 현실 혹은 이상향에 대한 소망을 노래했다.

그러나 오늘 엄혹한 분단 대립의 상황 아래 실재를 상실한 북방은 우리의 상상력에서 잘 작동되지 않는다. 방위관념의 약화는 상상력의 빈곤을 초래한다. 따라서 "사라지고 잊혀진 북방의식을 회복하고 한반도와 그 북쪽 일원을 조망하는, 민족의 온전한 상상력을 되찾는 일이 긴요하다".(곽효환, 『한국근대시의 북방의식』) 다행히 지금은 탈영토의 글로벌 시대다. 상실한 북방은 네트워크로 회복될 수 있다. 정부의 '철의 실크로드 구상' '유라시아 구상' 등이 언젠가 실현된다면 한국은 그때쯤 오방의 완벽한 세계구상을 실현할 수 있을 것이다. 기회는 도둑같이 오리니 우리는 곧 도래할 북방의 시대에 대비해야 한다. 시원始原의 웅혼한 상상력을 기대하며. (2014)

◈ 4장 ◈

신화로 읽은 책들

말할 수 없는 기서, 『산해경』

1. 기서 『산해경』

중국의 신화집 『산해경』은 이제 우리에게 낯선 책이 아니다. 특히 상상력과 이미지를 중시하는 문학과 예술 분야에서 『산해경』은 자주 거론되는 텍스트가 되었다. 그러나 『산해경』은 80년대 이전만 하더라도 일부 중국문학자들이나 재야사학자들 사이에서나 가끔 화제로 올려지던 책이었다. 1985년 국내에서 최초로 번역본이 등장한 이후 『산해경』은 호사가들의 관심을 모으기 시작했는데, 그것은 황당한 내용과 함께 실린 기괴한 그림들 때문이었다. 90년대에 들어와 사실주의 사조가 퇴조하고 문화 전반에서 환상성이 부각되면서 『산해경』은 주목받기 시작했다. 그러나 동양 환상의 원천이라는 지명도 때문에 『산해경』을 읽고 언급하는 사람

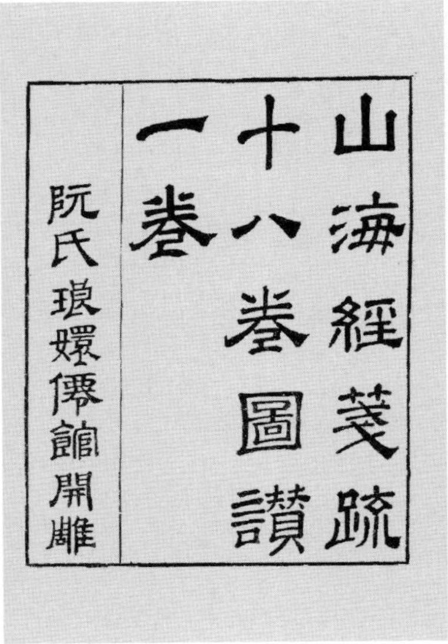

학의행郝懿行, 『산해경전소山海經箋疏』 속 표지, 청나라.

국내 최초의 『산해경』 역주본 표지.

은 많아졌지만 실상 『산해경』의 내용을 제대로 이해하는 사람은 아직 드문 실정이다. 왜일까? 그것은 『산해경』을 읽는 사람의 독해 능력 탓만이 아니다. 『산해경』이라는 책 자체가 워낙 애매하고 복잡한 성격을 지니고 있기 때문이기도 하다. 사실 『산해경』이 한눈에 파악하기 어려운 책이라는 인식은 이미 고대인들도 갖고 있었다. 유명한 역사가인 전한前漢의 사마천司馬遷,은 박식하고 사리에 통달한 사람이었음에도 『산해경』을 "감히 무어라 말할 수 없는不敢言之" 기서奇書로서 규정하고 있다. 기서! 그렇다. 『산해경』은 기발하기도 하고 기이하기도 한 책인 것이다.

2. 누가 왜 지었는가?

이 기발하기도 하고 기이하기도 한 책은 대체 누가, 왜 지었을까? 가장 오래된 주장은 중국 전설 속의 제왕인 우禹 임금과 그의 신하 백익伯益이 국토를 정리하고 각 지역의 풍토와 산물을 파악하기 위해 편찬했다는 설이다. 『산해경』에 실려 있는 수많은 괴물들의 존재는 백성들이 해를 입지 않도록 우 임금 또는 백익이 그 정체를 밝혀놓은 것이라고 한다. 이 경우 텍스트의 편찬은 상고시대로 거슬러올라간다. '기서'이기 때문일까? 『산해경』은 그 성립과 관련된 해설 속에서도 또한 이처럼 신비한 아우라를 발산하고 있는 것이다. 그러나 그 자체로 신화가 되는 이와 같은 논의는 근래에는 거의 받아들여지지 않는다. 오히려 최근에는 이 책의 편찬 연대가 각 편에 따라 동일하지 않다는 주장이 제기되고 있다. 학자에 따라 가장 이르게는 서주西周 초기(기원전 12세기)에서 가장 늦게는 위진魏晉 시대(기원후 3-4세기)까지 큰 시차를 보이고 있는데, 그중 가장 지배적인 것은 전국戰國 시기에 이 책이 만들어졌다고 보는 견해이다. 이러한 주장을 펴고 있는 대만의 신화학자 이풍무李豐楙는 『산해경』의 원시 형태가 주나라 왕실이나 제후국의 지리관계 문서였다가 전국 말기에 초楚나라 사람, 특히 무당, 주술사 계통의 손을 거쳐 오늘날과 같은 형태가 된 것으로 본다. 즉 무당, 주술사 출신의 작자가 그 종교, 문화적 정체성을 반영하여 지리적인 기록을 전유했다는 것이다. 기록 자체는 지리서적인 경향을 강하게 띠고 있지만, 기록된 내용의 성격은 오히려 신비주의적인 색채를 띠는 것도 편찬자의 성향에 따른 것으로 파악된다는 점에서 이러한 주장은 상당한 신빙성을 갖는다.

3. 어떻게 이루어져 있는가?

이제 지리적인 기록으로 보이면서도 기이한 신화적 색채를 띠는, 복잡하고 애매한 성격을 지닌 『산해경』이란 텍스트는 어떻게 이루어져 있는지 살펴보도록 하자. 전승에 따르면, 현재 전해지는 『산해경』은 전한의 유흠劉歆(기원전 53년~기원후 23년)에 의해 정리되어 오늘날의 모습을 갖게 되었다고 한다. 모두 18권으로 이루어진 『산해경』은 크게 「산경山經」과 「해경海經」의 두 부분으로 나뉘어진다.

「산경」은 곧 「오장산경五臧山經」으로 동서남북과 중앙의 5방위에 따라 세분되며 각 방위의 「산경」은 '차경次經'의 이름으로 다시 나뉜다(예를 들어, 「동차삼경東次三經」·「서차이경西次二經」). 5개의 편장篇章으로 나뉘어 있는 「산경」의 분류 방식은 그것을 저술한 작가 혹은 작가군의 방위 관념을 반영하는 것이기도 하다. 여기서 「산경」의 서술방식은 한결같은 일관성을 보인다. 먼저 5방위로 나뉘어 있는 447개소의 산들에 대해, 산천의 형세를 말한 다음 산출되는 광물 및 동식물, 특이한 괴물이나 신령에 대해 서술하고 각 편의 말미에서는 제례祭禮에 관한 기술을 빠뜨리지 않는다. 「산경」은 이처럼 겉으로 보기에는 비교적 단조로운 지리적 서술을 되풀이한다. 그러나 그 서술 내용은 해당 지역의 민속, 종교, 신화 등에 대한 정보를 포함하고 있기에 그 학술 자료로서의 가치를 간과할 수 없는 것이다.

반면, 「해경」은 「산경」에 비해 보다 강렬한 신화적인 색채를 띤다. 현재의 『산해경』에서 「해경」은 크게 「해외경海外經」과 「해내경海內經」, 그리고 「대황경大荒經」의 3부분으로 나뉘어 있다. 각각의 편장은 동서남북의 4개 부분으로 세분되고, 그 밖에 「해내경」의 이름을 가진 독립된 편장이 따로 존재한다. 그 서술은 이국의 풍속과 사물, 영웅의 행적, 신들의 계보, 괴물에 대한 묘사 등으로 가득하다. 그것이 비록 사건의 시작과 전개, 결말의 구조를 가지는 서구적인 의미의 서사로서 완전한 모습을 갖추고 있지는 않다 하더라도 「해경」이 암시하는 괴이한 존재들과 기이한 사건들의 단상은 신화적인 상상력을 자극하기에 충분하다.

4. 상상세계

제목에서 보여지는 것처럼 『산해경』은 '산과 바다의 경전'으로 고대 중국과 그 영역을 둘러싼 산과 바다의 풍속과 사물에 대한 이야기를 담고 있다. 글자 그대로의 의미에서 '산山'은 땅 위에 돌, 흙, 바위 등이 쌓여 이루어진 높은 지대를 말하고, '해海'는 '뭍에 가까이 있는 넓은 물'을 의미한다. 산과 바다는 세계를 이루는 두 가지 큰 지평이다. 그러나 『산해경』에서의 산과 바다는 단순히 공간적 현실 범주만을 의미하지 않는다. 이 범주에는 신화적, 상상적 공간도 함께 겹쳐 있다. 그렇다면 『산해경』이 망라하는 세계의 모습은 어떤 것일까?

『산해경』에 나타나는 땅 위의 모든 지점은 '산'이라는 하나의 지표로 압축된다. 그 속에서 세계는 남쪽과 서쪽, 북쪽과 남쪽, 그리고 중앙에 있는 산들로 요약된다. 각각의 산에서는 고유의 식생이 존재하고 특별한 광물이 산출되며 기이한 신령이 출현한다. 그리고 그 세계는 하나의 산에서 다른 하나의 산으로 옮겨가는 특이한 지형도를 형성한다. 따라서 『산해경』의 독자들은 작자가 이끄는 대로 남쪽의 산들에서부터 서쪽의 산들까지, 북쪽의 산들에서부터 동쪽의 산들까지, 결국에는 중앙의 수많은 산들에 이르는 기나긴 여정에 오르게 되는 것이다.

『산해경』이 이끄는 여정에 오르면, '산'에는 우리가 알지 못하는 수많은 존재들이 살고 있다는 것을 깨닫게 된다. 산에 살고 있는 것은 우리가 잘 알고 있는 것들과는 '뭔가 다른 어떤 것'들이다. 남쪽의 작산昔隹 줄기를 따라 동쪽으로 동쪽으로 수백리를 가다보면 기산基山이라는 곳이 나오는데, 남쪽에서는 옥이 많이 나고 북쪽에서는 괴상한 나무들이 많이 자라는 이 산에는 생김새는 양 같은데 아홉 개의 꼬리와 네 개의 귀를 가졌으며 눈은 등 뒤에 붙어 있는 박이猼訑라는 신기한 짐승이 산다. 그리고 이 짐승은 이상한 생김새를 하고 있을 뿐 아니라 사람이 그것을 몸에 지니면 두려움이 없어지는 신비한 영력을 지니고 있다.(「남산경南山經」) 또 서쪽의 고도산에서는 그 독으로 쥐를 잡을 수도 있는 여礜라는 돌이 나며(「서산경西山經」), 북쪽의 소함산少咸山에 사는 알유窫窳라는 짐승은 생김새가 소 같은데 몸빛이 붉고 사람의 얼굴에 말의 발을 하고 있으며 어린 아이 같은 소리를 내는데 사람을 잘 잡아먹는다(「북산경北山經」). 동쪽에 있는 고봉산에는 생김새는 여우 같은데 날개가 있고 기러기 소리로 우는 폐폐獙獙라는 짐승이 있는데 이것이 울면 천하에 큰 가뭄이 든다.(「동차이경東次二經」) 또 어떤 산들에는 신이 깃들어 산다. 선신善神 태봉泰逢은 중앙에 있는 부산萯山의 남쪽에 즐겨 기거하면서 천지의 기운을 움직이는데, 그 형상은 사람 같지만 호랑이의 꼬리를 가지고 있다.(「중차삼경中次三經」) 이처럼 산에는 우리가 알지 못하는 신이한 존재들이 숨어 살고 있는 것이다.

그뿐만이 아니다. 기이한 존재들이 살고 있기 때문에, 산에서는 종종 신기한 사건들이 일어나기도 한다. 서북쪽의 종산鍾山에는 사람의 얼굴에 용의 몸을 하고 있는 산신의 아들 고鼓가 살고 있었는데, 그가 흠비欽䲹와 함께 곤륜의 남쪽에서 보강葆江을 죽였다. 그래서 천제가 그를 죽였는데 그후에 그는 준조鵔鳥로 변했다. 이 준조라는 새는 생김새가 솔개 같고 붉은 발에 곧은 부리, 노란 무늬에 흰 머리를 하고 있으며 고니 같은 소리를 내는데, 이것이 나타나면 그 고을에 큰 가뭄이 든다.(「서차삼경西次三經」) 이처럼 『산해경』의 산들에는 우리가 알지 못하는 기이한 사건들, 괴상한 신들의 이야기가 숨어 있는 것이다.

땅을 둘러싸고 있는 바다, 먼 곳에는 이상한 나라들이 있다. 몸에 날개가 달려 있는 사람들이 사는 우민국羽民國, 가슴에 구멍이

나 있는 사람들이 사는 관흉국, 몸은 하나인데 머리가 셋 달린 사람들이 사는 삼수국三首國(「해외남경海外南經」), 머리는 하나인데 몸이 셋 달린 사람들이 사는 삼신국三身國(「해외서경海外西經」), 눈이 하나밖에 없는 사람들의 일목국一目國, 귀가 긴 사람들이 산다는 섭이국聶耳國(「해외북경海外北經」), 검은 이빨을 가진 사람들의 흑치국黑齒國, 넓적다리 아래가 검은 사람들의 현고국玄股國, 온몸에 털이 나 있는 사람들이 사는 모민국毛民國(「해외동경海外東經」) 등 먼 나라의 이야기는 언제 들어도 신기하기만 하다. 또한 바다는 원래 알 수 없는 곳이라 그 곳에 있는 것들은 하나같이 기이하기만 하다. 섬을 업고 사는 큰 게, 사람의 얼굴을 하고 있고 팔다리가 있는데 몸뚱이는 물고기인 능어陵魚 등이 모두 그 한가운데 있다.(「해내북경海內北經」)

이상한 사람들이 사는 곳이기 때문에, 그들의 풍속이 기이한 것이나 기발한 사건이 일어나는 것은 어쩌면 너무도 당연한 일인지도 모른다. 바다 밖 남쪽에 있는 질국䪛國 사람들은 몸빛이 누렇고 활을 잡아 뱀을 잘 쏘는데, 그 나라에는 오곡과 의복이 저절로 생겨난다고 한다.(「해외남경」) 넓적다리 아래가 검은 현고국 사람들은 물고기 껍질로 옷을 해 입고 갈매기를 먹고 산다. 또 바다 밖 동쪽의 군자국君子國 사람들은 늘 의관을 갖추고 칼을 차고 있는데, 짐승을 잡아먹으며 두 마리의 무늬 호랑이를 부리나 서로 사양하기를 좋아하여 다투지 않는다고 한다.(「해외동경」)

땅을 둘러싸고 있다는 점에서, 바다는 물이라는 물리적인 실체에서 벗어나 특정한 영역을 구별짓는 경계의 개념으로 추상화된다. 『산해경』의 신화 속에서 바다의 지평은 경계 너머로 확대되고, 바다 밖으로 멀리 갈수록 기발하고 기이한 상상력은 이국적인 색채를 더욱 강하게 띤다. 그래서 「대황경大荒經」이 전하는 존재들과 사건들 속에서 신화적 상상력은 극대화된다. 현실 세계에서 일어나지 않을 것 같은 사건들이 그러한 상상력 속에서 구상화되는 것이다. 대황의 동쪽에는 사유국司幽國이 있는데, 이들은 위대한 신 제준帝俊의 먼 후예로서 제준의 자식인 안룡晏龍이 곧 사유를 낳은 것이었다. 이 사유가 낳은 사사思士는 장가를 들지 않았으며 사녀思女는 시집을 가지 않았는데, 이들은 짝을 짓지 않고 느낌만으로 기운이 통하여 자식을 낳는다.(「대황동경大荒東經」) 머나먼 거친 땅의 한가운데에는 일월산이 있는데, 이곳이 바로 하늘의 지도리이며 오거천문吳姖天門은 해와 달이 지는 곳이다. 거기에는 사람의 얼굴을 하고 팔이 없는데 두 발이 거꾸로 머리 위에 붙어 있는 허噓라는 이름의 신이 있다.(「대황서경大荒西經」) 머나먼 거친 땅의 한가운데에는 대황산이 있는데, 이곳은 해와 달이 지는 곳이다. 여기 어떤 사람이 있는데 얼굴이 셋이고 외팔이다. 이 사람은 신 전욱顓頊의 아들인데 죽지 않는다.(「대황서경」) 서북 바다의 밖, 적수赤水의 북쪽에 장미산章尾山이 있다. 이곳의 신은 사람의 얼굴에 뱀의 몸을 하고 있으며 몸빛이 붉다. 세로눈인 데다 곧바로 합쳐져 있으며, 그가 눈을 감으면 어두워지고 눈을 뜨면 밝아진다. 먹지도 잠자지도 숨도 쉬지 않으며 비바람을 불러올 수 있다. 이 신이 땅

밑까지 비추는데, 그 이름을 촉룡燭龍이라 한다(「대황북경大荒北經」).

지금까지 살펴본 것과 같이, 사마천이 감히 '말할 수 없는' 책이라 평했던 『산해경』은 이처럼 기발하고도 기이한 신화적인 내용으로 가득차 있다. 전통적인 비평 속에서 늘 지리서 등의 잡서로 분류되어온 애매한 정체성에도 불구하고 그것이 신화서로서의 가치를 갖는 까닭은, 바로 언뜻 단조롭고 지루하게 보이는 그 겉모습 속에 늘 살아 움직이는 생생한 신화적 상상력이 담겨 있기 때문일 것이다.

5. 후세의 문학과 예술에 어떤 영향을 미쳤는가?

『산해경』의 신화는 시대를 내려오면서 태고에 지녔던 엄숙한 진실의 힘은 희석되지만, 다시 환상이라는 옷으로 갈아입음으로써 여전히 상상력의 원천으로서의 힘을 발휘한다. 즉 『산해경』의 신화와 이미지들이 형성하는 원초적, 조화론적 사유방식과 그것이 제공하는 상상력은 후대에 예술환상으로 수용되어 무수한 작품들 속에서 형상화된다.

이러한 『산해경』의 변용은 먼저 한대 이후 유교 보편 이념이 확립되던 시기에 주로 도교 환상으로 계승되어 지괴志怪라는 소설서사를 통해 이루어진다. 앞서 구성과 내용을 살피면서 우리는 『산해경』이 이루고 있는 세계의 지형도가 결코 현실의 지리 상황을 그대로 반영한 것이 아님을 알고 있다. 오히려 그것은 현실의 시공간을 초월한 중국의 주변, 이방세계에 대한 탐색을 통해 중국 중심의 지리관을 넘어선 인식을 보여준다고 할 수 있다. 환상이라는 것은 속성상, 보편적인 이념의 입장에서 보자면 타자이자 주변이기 때문에 그것은 언제나 지배문화의 공고한 제도성, 이데올로기성을 끊임없이 심문하고 비판하는 유력한 반문화적 역량을 갖고 있다. 그러한 환상 위에서 발생한 위진남북조 시기의 지괴소설류의 대부분은 이러한 『산해경』의 지리적 인식과 세계상을 계승하고 있다. 예를 들어 「동황경東荒經」「서황경西荒經」 등 각 편의 명칭을 『산해경』으로부터 패러디하여 이상한 사물과 기이한 인간, 각지의 풍경과 지형을 기술한 『신이경』이나, 열 개의 신비한 대륙을 돌아다니며 각 지방의 괴상한 사물을 기록하는 형식을 취한 『십주기十州記』와 같은 지괴소설들은 그 체재만 보아도 『산해경』을 모방하고 있음을 알 수 있다. 그중에서도 『신이경』은 가장 멀리 떨어진 이방인 대황을 극대화하여 오히려 중국을 왜소하게 만들고 있는데, 이는 당시의 불안정한 정치 현실과 유교적 보편 이념에 대한 회의를 보여주기에 적합한 일종의 풍자적 공간을 확보한다는 의미를 담고 있다. 아울러 동진 시기의 간보干寶가 지은 『수신기』는 『산해경』과 지괴소설의 저자들이기도 한 각지의 주술사들의 활약을 그리고 있는데, 변신, 재앙, 징조 등의 초자연적 현상을 서술하는 가운데에 신비한 환상을 보여주고 있다.

『산해경』은 또한 이방 세계와 그곳에 사는 기이한 사람들을 탐색하는 서사 형식을 통해 후대에 주인공이 여행을 떠나 별세계를 경험하는 기행체 소설로도 계승되고 있다. 명대의 소설 『서유기西

遊記』는 신화와 종교적 상상력을 집대성하여 환상문학의 최고봉으로 손꼽히는 작품이다. 실제 당대의 승려인 현장玄奘이 인도로 불경을 구하러 떠났던 역사적 사실을 소재로 재구성한 이 소설은 삼장법사와 손오공 일행이 불경을 얻기 위해 천축에 도착하기까지 온갖 요괴와 마귀들과 만나고 투쟁하는 여정을 담고 있다. 또 청대에 이르면 이여진李汝珍이 지은 『경화연鏡花緣』이라는 또하나의 저명한 기행체 소설이 출현한다. 당나라 때의 당오唐敖라는 인물이 친구인 다구공多九公 등과 함께 상선을 타고 해외 각국을 여행하는 이야기를 적고 있는데, 현실에 존재하지 않을 법한 이상한 나라와 기이한 풍속 습관, 진기한 동식물들에 대한 묘사로 가득 차 있다. 이 대부분의 환상적인 이미지는 『산해경』으로부터 차용한 것이다.

이렇듯 『산해경』의 이상한 것, 낯선 것들에 대한 관심은 그 기저에 인간과 사물, 인간과 자연이 공존하는 조화론적인 세계에 대한 열망을 담고 있다. 이것은 결국 유토피아, 즉 낙원에 대한 상상으로 전개된다. 후대의 신선설화神仙說話 특히 선경설화仙境說話가 그리고 있는 선계 공간은 『산해경』 속의 여신 서왕모가 사는 곤륜산의 낙원 이미지들이 도교에 의해 각색된 형태에 다름아니다.

한편 『산해경』의 상상세계에 대한 시인들의 심미적 통찰은 그들의 창작 의욕과 영감을 자극했다. 그들은 환상 속의 주술적 이미지들을 현실에 대한 풍자적 이미지로 바꾸어 노래했다. 일찍이 『산해경』에 주석을 달았던 곽박郭璞의 「유선시遊仙詩」를 이어 대시인 도연명의 「독산해경讀山海經」 13수에서는 『산해경』의 신화 모티프를 십분 활용하고 있다. 이 시에서 그는 동이계東夷系 신화의 조류 모티프를 통해 현실에의 초탈, 제도적 구속으로부터의 해방 등을 추구하는 정신을 마음껏 표현하고 있다. 또한 과보夸父, 형천刑天 등 비극적인 영웅 모티프를 통해 때를 만나지 못한 지식인의 우울한 정서를 대변하고 있다.

『산해경』이 보여주고 있는 주변문화에 대한 깊은 관심은 그 상상력의 자장磁場을 동아시아 전역으로 확장할 수 있는 여지를 제공한다. 특히 『산해경』의 동이계 신화적 제재들은 고대 한국 문화와의 친연성을 강력히 웅변한다. 한국의 경우 이미 백제 때에 일본에 『산해경』을 전했다는 역사기록으로 미루어볼 때 적어도 이 책이 삼국시대부터 읽혀져왔음을 알 수 있다. 고구려 고분벽화에는 직간접적으로 『산해경』에서 유래된 신수와 괴수怪獸의 형상이 다수 출현한다. 이후 역대로 다수의 문인들이 자신들의 작품 속에 『산해경』을 수용해왔다. 가령 조선 전기 시인들의 유선시遊仙詩에서는 『산해경』의 신화 모티프가 활발히 운용되고 있다. 이러한 흐름은 오늘의 문인들에게까지 이어지고 있다. 시인 황지우가 그의 「산경山經」에서 당대의 부조리한 현실을 『산해경』의 신화적 지도에 그려넣음으로써 강렬한 풍자에 성공하고 있는 것이 그 유력한 실례라 할 수 있을 것이다.

6. 그 의의 및 가치

『산해경』은 결코 한 측면에서 규정할 수 없는 다방면의, 다학문성의, 다중적 언어 체계를 지닌 책이다. 체재만으로 본다면 『산해경』은 지리서로서의 형식을 취하고 있지만 각 지역의 민속, 종교, 신화 등을 기록하여 사실상 상상력의 보고寶庫로서의 성격을 지니고 있다. 『산해경』에 수립된 거대한 상상의 제국은 그 힘을 시간적, 공간적으로 확대해왔다. 그것은 중국뿐만 아니라 동아시아적 상상력의 원천이 되어왔으며 오늘날에는 세계로 향해 그 수용의 지평을 넓히고 있다. 우리는 보르헤스의 작품에서도 『산해경』의 그로테스크한 이미지를 발견한 수 있는가 하면 포켓몬에서도 『산해경』의 괴물 이미지를 쉽사리 확인할 수 있다. 이렇게 보면 『산해경』은 결코 과거의 화석도, 중국의 전유물도 아니다. 그것은 시공을 초월하여 모든 인류에게 무한한 해석의 가능성으로 열려 있는 근원적 상징 그 자체라 해도 과언이 아닐 것이다. 바슐라르는 일용할 책을 주신 독서의 신께 감사드린다 했지만 나는 일용할 상상력을 제공해주는 『산해경』을 지은 고대의 무당, 주술사에게 감사하고 싶다. (2002)

게세르신화, 동아시아신화의 원형
—일리야 N. 마다손, 『바이칼의 게세르신화』 읽기

근래 '신화의 귀환'이 선언될 정도로 신화에 대한 대중적인 관심이 높아졌지만 그것은 대부분 그리스 로마 신화를 중심으로 한 서양신화에 대해서일 뿐이다. 게다가 한국에서의 신화연구는 아직 다변화되어 있지 않다. 국외 신화에 대한 연구는 일부 지역을 제외하고 이제 막 발걸음을 떼었을 정도다. 이러한 정황을 고려할 때 양민종 교수가 옮긴 일리야 N. 마다손의 『바이칼의 게세르신화』(솔출판사, 2008)는 일천한 국외 신화 연구의 도상에서 거둔 커다란 수확이라 하지 않을 수 없다.

게세르Geser는 알타이에서부터 티베트와 몽골 초원을 거쳐 만주와 한반도에까지 이르는 넓은 지역에서 발견되는 영웅서사시의 제목이자 이야기 주인공의 이름이다. 아주 오랜 옛날 서쪽 하늘의 착한 신들과 동쪽 하늘의 나쁜 신들이 전쟁을 벌였다. 패배한 동쪽 하늘의 신들은 지상에 버려졌는데, 세상을 어지럽히는 사악한 마법사들로 환생했다. 이들이 평화롭던 인간 세상에 기근과 질병의 고통을 주게 되자 하늘세계에서는 문제 해결을 위해 하늘 신의 둘째 아들 게세르를 파견했다. 그는 하늘 용사들을 데리고 지상으로 내려와 사악한 마법사들을 응징하고 지상과 우주의 조화와 평화를 되찾게 한 후 귀환했다. 이것이 게세르신화의 간략한 줄거리다.

게세르신화의 판본은 티베트 판본(1630), 몽골계의 베이징 판본(1716), 브리야트계의 페트로프 판본(1941) 등이 있는데, 채록 연대가 뒤늦었음에도 양교수가 번역의 저본으로 삼은 브리야트계 판본이 본래의 샤머니즘적 성격을 가장 잘 보유하고 있는 것으로 알려져 있다. 다시 말해서 가장 원형에 가까운 게세르신화가 국내에 소개된 것이다. 다른 판본들은 이미 내용이 역사화되었거나 불교에 의해 각색되어 본래의 면목을 다소 잃고 있기 때문이다. 흥미로운 것은 일찍이 육당 최남선이 단군신화와 관련하여 게세르신화의 가치에 대해 주목했다는 점이다. 양교수는 여기에서 더 나아가 단군신화가 실린 일연의 『삼국유사』를 게세르신화에 대한 가장 이른 저본이라고 주장한다.

이 책이 갖는 의미로는 크게 두 가지를 들 수 있다. 첫째, 서사무가로서 샤머니즘적 세계관을 여실히 보여주고 있는 게세르신화는 국내의 무속 연구뿐만 아니라 우리 문화의 기원과 본질 탐구에 대해서도 다대한 시사를 줄 것으로 예상된다. 둘째, 양교수가 주장한 바 있듯이 게세르신화를 통해 샤머니즘과 이야기 문화를 매개로 하는 공유문화의 권역을 확인함으로써 동아시아 문화에 대한 연대의식을 높일 수 있을 것이다. 아울러 서양신화가 횡일橫溢하는 이 시점에서 세계 신화에 대한 우리의 안계를 넓혀줄 소중한 기초자료를 제공했다는 점에서도 그 의미가 적지 않다 할 것이다. (2008)

상상력의 편식을 바로잡을 우리의 민간신화

—신동흔, 『살아 있는 우리신화』 읽기

지난 세기 우리는 인간이 이룩해온 일, 즉 역사에 관심을 집중해왔다. "역사란 무엇인가?"라는 물음은 20세기의 대표적 화두였다. 그러나 탈근대를 말하는 오늘의 시점에서는 인간 역사 이전의 이야기인 신화에 대한 관심이 그 어느 때보다도 급증하고 있는 듯하다. 최근 신화뿐만 아니라 요정, 마술 이야기 등 환상성에 대한 관심이 크게 고조되고 있는 현상은 그동안 이성에 의해 억압되었던 상상력을 해방시킨다는 점에서 나름의 의미가 있다고 본다. 문제는 상상력의 내용을 무엇으로 채우느냐에 있다. 특정한 지역의 신화는 그 특정한 지역 문화의 뿌리이다. 우리는 특정한 지역의 문화를 깊이 이해하기 위해 그 신화를 읽을 필요가 있다. 그러나 우리의 상상세계를 가령 그리스 로마 신화나 요정 이야기로만 채울 때 우리는 뿌리부터 서양 문화에 동화되어 이후 그것을 아무런 저항 없이 받아들이게 될 것이다. 어른들보다도 어린 세대들에게 있어서 이것은 두려워할 만한 일이다. 우리는 서구문화 반대편의 중요한 한 축을 이루는 동아시아 문화의 원천인 동양신화를 잘 알아야 상상력을 편식하지 않고 세계 문화를 균형 있게 이해할 수 있다.

다시 동양신화에서 우리 신화는 어떤 비중을 차지하고 있는가? 한국신화, 중국신화, 일본신화, 몽골신화, 베트남신화, 만주신화 등 동양신화도 여러 갈래가 있다. 이중 중국신화는 한족만이 아니라 여러 소수민족의 신화를 포함하고 있고 그 외 여러 나라의 신화들과도 부분적으로 공유하고 있는 내용들이 많다. 이것은 마치 그리스 로마 신화, 게르만신화 등 서양신화들이 인도신화를 뿌리로 비슷한 요소들을 많이 지니고 있는 것과 비슷하다. 그러나 이들 여러 동양신화 중에서도 우리가 선결적으로 읽어야 할 것은 두말할 필요도 없이 우리 신화다. 우리는 당연히 한국신화를 먼저 잘 읽고 난 다음 공통점과 차이점에 유념하면서 동아시아 여러 민족의 신화들을 이해하여 동양신화 전반에 대한 안목을 마련해야 할 것이다.

이제 우리 신화의 현실로 들어가보자. 우리 신화는 크게 다시 문헌신화와 구비신화로 나누어볼 수 있다. 문헌신화는 주로 역사서에 기록된 신화로 그 내용은 건국신화가 대부분을 차지하며 분량도 한정되어 있다. 문헌신화만을 대상으로 한다면 그리스 로마 신화 또는 인근의 중국신화에 비해 우리 신화의 양은 결코 많다고 볼 수 없다. 과거의 신화학에서는 문헌신화를 중심으로 판단하여 우리나라는 신화의 빈국貧國으로 간주되기까지 했다. 하지만 구비신화를 범주에 넣게 되면 문제가 달라진다. 구비신화는 무속신화가 중심인데 우리나라는 현재까지도 무속이 살아 기능하는 나라로서 전국 각지에서 다양한 무속신화가 구전되어오고 있다. 이들 무속신화의 보유량을 갖고 말한다면 우리나라는 신화의 빈국이 아니라 부국 행세를 해도 괜찮다.

이제 우리도 남부럽지 않을 만큼 풍부한 신화를 지니고 있음이 드러났다. 다만 문제는 우리가 얼마나 이 훌륭한 문화 자산을 충분히 향유하고 있는가 하는 것이다. 신화는 양이 많다고 해서 쉽게 누구에게나 읽혀지는 것이 아니다. 잘 정리되어야 보편적으로 확산될 수 있다. 그리스 로마 신화도 고대에는 호머 등의 서사시인들에 의해, 근대에는 불핀치라는 신화작가에 의해 다시 쓰임으로써 서양 세계의 교양 필독서가 될 수 있었다.

신동흔 교수에 의해 집필된 『살아 있는 우리신화』(한겨레신문사, 2004)는 이러한 의미에서 주목할 만한 노작이 아닐 수 없다. "우리 신들의 귀환을 위한 이야기 열두 마당"이라는 부제가 붙은 이 책은 무속신화를 중심으로 우리의 대표적 민간신화를 신명나고 맛깔스럽게 풀어냈다. 저자가 부제에서 특별히 '귀환'이라는 말을 사용하고 있음에 유의하자.

"천지왕, 대별왕, 소별왕, 당금애기, 강림도령, 바리, 원강아미, 한

락궁이, 황우양씨, 막막부인, 백주또, 소천국, 궤네깃또, 백조애기, 각시손님, 자청비, 문도령, 감은장애기, 안심국, 사마동이, 오늘이, 내일이, 양이목사, 궁상이, 광청아기……" 이 낯선 이름의 신들이 돌아와야 할 우리의 신들이다. 저자는 단군, 주몽, 박혁거세, 김수로 등 문헌에 등장하는 지체 높은 건국 영웅들보다 민중들의 입에서 입으로 전해내려온 이들 민간의 사연 많은 신들을 불러낸다. 근대 이후 무속을 비롯한 우리의 민간문화는 미신과 불합리의 온상으로 여겨져왔고 이 과정에서 민간신화는 잊혀지고 무시당해왔다. 그러나 세월의 가시밭길을 헤쳐 현재에 이른 우리의 민간신화는 소외되고 못 가진 이들의, 하지만 삶의 주역이기를 포기하지 않은 이들의 몸짓의 소산이다. 저자에 의하면 민간신화에 담긴 그 몸짓이야말로 "우리 민족정신의 참되고도 본원적인 표상"이 아닐 수 없다.

저자가 불러낸 우리의 잊혀진 민간 신들의 면면은 어떠한가? 그들 중에는 세상을 구원하러 서천 무간지옥을 하염없이 흘러가는 바리가 있는가 하면, 사랑을 찾아 불구덩이조차 마다않고 가는 자청비가 있으며, 거친 바다든 광활한 대륙이든 겨자씨만한 거침도 없는 영웅 궤네깃또가 있고, 목이 잘린 채로 눈 부릅뜨고 불의를 향한 항변을 토해내는 양이목사가 있다. 이들 우리의 민간 신들은 그리스 로마 신화나 인근 동양신화의 신들과는 다른 고유한 특징을 지닌다. 우선 이들은 일견 소박하고 서민적이다. 그만큼 현실 생활에 밀착되어 있으며 인간적이라는 말이다. 바꾸어 말하자면 신인 동시에 인간이기도 하다. 즉 이들은 본래는 인간이었으나 세상의 고초를 겪은 후 신이 된 존재들이다. 사실 이러한 특징은 한국신화에만 있는 것이 아니다. 동양신화 전반의 특징이라고도 볼 수 있다. 즉 서양신화와는 달리 동양신화에서는 신과 인간 간의 관계가 엄정하지 않다. 신은 인간의 상향적 도달점이지 그 사이에 넘지 못할 간극이 있는 것은 아니다. 일본에는 지금까지도 평범치 않은 죽음을 한 인간은 신이 된다는 관념이 있다. 다만 우리의 민간신화에는 남다른 점이 있다. 그것은 주인공들이 겪는 고난 또는 시련의 강도다. 우리 민간신화는 시련에 관한 이야기라고 해도 지나치지 않을 정도로 주인공들이 거센 시련을 겪는다. 못 가지고, 버림받고, 갈라지고, 시험받고, 그들은 거칠고 험한 세상에 고아처럼 던져져서 혹독한 시련을 겪는 존재들이다. 이 점에서 우리의 민간신화는 다른 어떤 신화보다도 소박하고 실질적인 삶의 구체성을 획득하고 있다. 아울러 시련은 겪는 것으로 끝나지 않는다. 시련에 관한 이야기는 결국 시련의 극복에 관한 이야기이지 않을 수 없다. 그러기에 민간신화의 주인공들은 암울한 어둠 속에서도 희망과 믿음을 버리지 않고 난관에 직면하여 출로를 모색한다. 그리하여 마침내 자신의 존재 의미를 발견하고 가정과 왕국 그리고 세상에 빛을 가져온다.

사라진 우리의 민간 신들을 불러오기 위해서는 민간신화를 잘 수집하고 그것을 아름답게 윤색해야 한다. 이러한 일들은 보통 일이 아니다. 문헌자료가 없는 상황에서 입으로 전해진 구전자료들은 생동적이긴 하지만 계통이 없어서 어느 것이 정본인지 가려내기가 쉽지 않다. 그리고 근대 이래 풍상을 겪으면서 자료의 오염과 훼손도 적지 않았을 것이다. 최근 중국 소수민족의 창세신화도 채록을 하고 보니 어디서 많이 듣던 얘기가 있어서 확인해 본 결과 구약성경 「창세기」의 내용이 흘러들어간 것으로 밝혀져 황당해했던 사례가 있다. 어쨌든 이 모든 어려움을 극복하고 민간신화 중의 백미만을 뽑아 체계를 갖춘 한 권의 한국 민간신화집이 이 책인것이다.

『살아 있는 우리 신화』는 체재 면에서도 기존의 한국신화 책들과는 감각을 달리한다. 책의 앞뒤 표지 안쪽에 우리 신화의 배경 지도를 그려넣어 민간신화의 상상 공간을 파악할 수 있게 했으며, 색감 있고 정겨운 민간 신들의 모습을 곳곳에 배치하여 신화 내용과 상응하도록 했다. 이야기는 구성지고 쉽게 풀어냈으며 해설은 자상할 뿐 아니라 우리 신화에 대한 애정으로 이끄는 힘이 있다. 모쪼록 저자가 혼신을 다 기울여 만든 이 책이 잊혀진 우리의 신들을 다 불러들일 수 있길 바란다. (2004)

탯줄로 읽어나가는 신화
—김영균·김태은, 『탯줄코드: 새끼줄, 뱀, 탯줄의 문화사』 읽기

신화에 대한 관심이 고조되면서 신화를 다룬 저작이 급격히 증가하고 있다. 그러나 대부분의 책들은 외국 저자가 쓴 흥미 위주의 신화 해설서를 번역한 것들이고 우리 학자의 역량에 의한 진지한 연구 성과물은 찾아보기 힘들다. 신화에 대한 관심도 이제는 대중적 흥미의 단계를 지나 성실하게 신화의 본질을 천착하는 계제에 접어들어야 할 것이다. 이러한 시점에서 『탯줄코드』(민속원, 2008)는 대중적 관심뿐만 아니라 학문적 즐거움까지 만끽하게 하는 훌륭한 신화 저작이다.

저자들은 이 책에서 인간 출생의 신비한 과정이 어떻게 신화로 창안되었는지를 탯줄이라는 코드를 통해 흥미진진하게 설명해나간다. 자칫 생물학적 환원주의로 오해받을 수 있는 주제를 그는

세계 각국의 신화, 민속, 종교 자료와 비교신화학 방면의 업적들을 풍부히 원용해 객관적으로 신뢰할 만한 근거에서 신화가 지닌 인류 공통의 의식 내용을 밝혀냈다. 이 책을 통해 우리는 창조신화, 영웅신화 등을 인류 출생의 비의에 대한 고대인들의 신화, 상징적 이해의 차원에서 살펴볼 수 있을 뿐만 아니라 우리 문화의 가장 토속적인 측면까지도 인류 보편의 원형 심상의 견지에서 해석해 볼 수 있다. 가령 삼신할머니나 삼태극 같은 신화적 사안들이 배타적인 견지에서의 민족문화로 환원되지 않고 세계 신화의 맥락 속에 놓일 수 있는 여지를 제공하고 있는 것이다. 세계 각국의 풍부한 사례와 도판 자료를 한껏 인용하여 객관화를 달성하고 있는 것도 이 책의 미덕이다. 이 책은 의학과 인문학을 결합시키려 노력했다는 점에서도 의미가 있다. 과거에 주로 정신의학 방면에서 신화분석을 시도한 바 있지만, 그들과는 다른 의학적 지식을 활용하여 신화를 볼 수 있는 또다른 관점을 제시한 것이다. 아울러 그간의 신화 연구가 대부분 거시적 개념을 전제로 하고 분석이 이루어졌던 데 비하여 이 책에서는 미시적 사안으로부터 거시적 통찰로 나아가고 있는 점도 나름의 특징이라 할 것이다.

대표저자 김영균 선생의 본직은 의업이다. 그러나 그는 신화학에 대한 열정에서 누구에게도 뒤지지 않는다. 수년간 신화학자들의 토론 모임인 신화아카데미의 세미나에 개근했으며, 병원에 신화학 강좌를 개설할 정도로 인문정신이 투철한 의사다. 김선생은 오랜 세월 이 책의 주제에 관심을 갖고 자료 수집과 연구를 계속하면서 각 방면 신화학자들의 고견을 경청, 수용하여 학문적 안계眼界를 넓혔다. 또한 신화학의 이론 가설에만 안주하지 않고 세계 각지의 신화 유적과 박물관을 부지런히 답사하여 이 책을 더욱 생동적으로 보완했다.

모든 노작은 성취하는 과정에 어려움이 있기 마련이지만 김선생에게는 감내하기 힘든 아픔이 있었다. 다름아닌, 이 책의 집필 과정에서 공동저자로서 그의 충실한 조력자였던 장남이 갑자기 유명을 달리하게 된 것이다. 한없는 슬픔을 가슴에 묻고 집필에 전념했을 그의 심정을 부모된 이의 입장에서 헤아리니 마음이 아려온다. 이 책은 그러므로 아버지의 자애와 아들의 효심이 함께 이룩해낸 아름답고 애틋한 인간 정신의 결정이다. 부자의 사랑과 노력이 이렇게 좋은 책으로 결실을 맺은 것이리라. 이 책이 한국 신화학을 위해 기여할 뿐만 아니라 많은 독자들에게도 지적 즐거움과 영감을 주게 되길 기원한다. (2008)

잊혀진 신화 찾기, 신화 그리기를 통한 재신화화의 여정

—김봉준, 『신화순례』 읽기

『신화순례』(미들하우스, 2012)는 단순한 신화 이해나 설명을 위한 책이 아니다. 그것은 신화에 대한 감동과 깨달음의 비망록이다. 아울러 그것은 답사나 기행이 아닌 '순례'라는 말이 암시하듯이 신화에 대한 저자의 지고한 경의와 순정이 바쳐진 기념비이기도 하다. 우리는 물어야 한다. 무엇이 저자로 하여금 불확실성의 이 시대에 신화에 헌신토록 했는지를.

예술로서 시대의 고통을 극복하려 했던 시절, 뜻하지 않은 병마와의 투쟁, 종족간의 평화를 위한 노력 등 행간의 술회로부터 우리는 신산한 그러나 다의적인 저자의 삶에 대해 알게 된다. 그것은 마치 영웅신화에서 퀘스트quest의 행로를 보는 듯하다. 삶의 행로를 반추하면서 저자는 문득 우리의 잃어버린 삶의 모형, 곧 신화에 대해 성찰하게 된 것은 아니었을까? 우리의 삶이 언젠가 신화로부터 멀어졌다는 반성, 신화와의 괴리가 야기한 오늘날의 모든 문제들, 신화적 정신의 회복만이 우리의 삶을 원상으로 돌려놓을 수 있다는 믿음, 이로부터 재신화화에 대한 저자의 열망이 비롯했을까?

그러나 이러한 논리적 추론은 막상 『신화순례』를 접하는 순간, 맞든 안 맞든 그다지 중요한 일이 아니라는 느낌으로 무색해진다. 앞에서도 말했듯이 이 책은 신화에 대한 관념적 해설서가 아니라 체득을 통하여 일점일획까지 생생한 신화적 행위의 기록이기 때문이다. 이제 우리는 저자의 순례기를 통해 신화에 대한 깨달음과 실천의 여정을 떠나기로 하자.

서론에 이어 제2장 '대자연과 신화순례'에서 저자는 우선 북미 인디언신화를 찾아간다. 애리조나 중서부 지역과 멕시코 북부 일대에 살았던 호호캄이란 농경족의 유적지를 답사하고 그들이 남긴 질그릇의 문양으로부터 대모신大母神 숭배의 증거를 찾으며 인간과 신 사이를 중개하는 카치나라는 정령들의 인형으로부터 호피족 세계의 모습을 더듬고 그들의 지하 거주지인 키바를 통해 대지와 여신 숭배의 흔적을 확인한다. 그리고 호피족의 기원신화인 '뱀족 이야기'를 듣고 그들의 축제에 참여하는 등 북미 인디언신화의 실상을 체험한다.

다음으로 저자는 연해주 깊은 숲속 오지에 사는 우데게이족을 만나러 간다. 이들은 말갈족의 후예이고 곰과 호랑이 신화를 지냈다. 이들이 우리 민족과 혈통을 공유하고 있다는 것을 '고수레'와 같은 습속에서 확인하고 갤룬 왕의 건국신화를 들으며 세벤이라는 가택신家宅神, 중국과는 다른 형상의 용 조각품, 고구려 무용총의 벽화를 연상케 하는 춤, 샤먼 등에서 우리 문화 내지 동북아 문화의 원형을 추측한다.

이어서 저자는 연해주 고려인의 아픈 역사를 보듬고 아무르 강변의 암각화에서 울주군 반구대 암각화와 동류의 형상을 보며 시베리아로 발길을 돌린다. 샤머니즘이 생생히 살아 있는 브리야트족의 유물에서 산신과 선녀의 원형을 살피고 지구의 눈물이라는 바이칼호수 알흔섬의 부르한 바위에서 유라시아의 평화를 염원하는 큰 굿판을 벌인다. 시베리아로의 대장정을 마친 후 저자의 발길은 남하하여 몽골로 향한다. 텡그리를 숭배하는 몽골 샤먼의 의례를 참관하고 그들의 주거인 겔에서의 생활을 체험한 후 호수의 자연신인 나가를 통하여 아시아의 용 신앙에 대해 생각한다.

저자의 신화 여정의 종착지는 한국이다. 태고의 정신을 간직한 북미 인디언, 연해주 우데게이족, 시베리아 브리야트족, 몽골족 등의 신화를 섭렵한 후 우리 신화에서 건국신화, 영웅신화 이전의 잃어버린 원신화를 찾고자 하는 것이다. 제3장 '잃어버린 우리의 신화를 찾아서'에서 저자는 선문대 할망, 웅녀, 유화, 성모천왕, 바리공주 등의 여신 신화에 주목하고 지신밟기 등 무속 및 민속의 례에 관심을 기울인다.

궁극적으로 이 다채로운 신화의 여정을 통해 저자는 무엇을 깨닫고 무엇을 말하려는가? 제4장 '신화의 부활'에서 저자는 가부장적 신화에 의해 억압된 신석기 시대 대모신 신화의 정신을 부활시킴으로써 인간과 자연 간의 괴리, 종족과 종족 간의 갈등이 첨예화된 현세를 치유하고 통합할 수 있다고 믿는다. 저자가 기대고 있는 마리야 짐부타스의 가설이 학계에서 정론으로 확립된 것은 아니지만 저자의 신화 체험은 가설 이상의 믿음을 확보하기에 충분하다. 이러한 믿음을 그는 마을 신화의 재건, 다문화 축제, 신화교육 등의 구체적 실천을 통해 현실화시켜나간다.

주목할 만한 작업은 잊혀진 신화를 찾아내고 그것을 이미지로 재현해내는 '신화 그리기'이다. 그리스 로마 신화가 단절되지 않고 서양 상상력의 원천이 되어 근대 신화학의 정전이 된 것이 초기의 벽화 이래 르네상스 이후 수많은 작가들에 의해 재현된 이미지에 힘입고 있다는 사실, 오늘날 일본 문화산업의 흥성이 에도시대 이래 생산된 풍부한 요괴 이미지 자원에 근거를 두고 있다는 사실을 우리는 기억해야 한다. 동양신화는 고대의 벽화 이후 유교 현실주의의 억압을 받아 제대로 이미지화할 기회를 얻지 못했다. 이러한 견지에서 저자의 신화 그리기 작업은 문화사적으로 중요한 의미를 지닌다 할 것이다.

저자는 스스로 밝혔듯이 신화학자가 아니며 이 책 역시 신화학의 저작이 아니다. 그러나 이 책은 신화의 본질이 무엇이며 그것이 우리의 삶을 어떻게 관통하는지를 보여주는, 나아가 신화를 통해 바람직한 삶을 구현하고자 하는, 신화학 이상의 성찰과 비전을 담은 책이다. 따라서 이 책은 신화에 관심 있는 일반 독자들뿐만 아니라 안락의자에서 신화를 재단하고 분석하는 신화학자들에게도 생동적인 깨달음과 실천의 방안을 제시해줄 양서임에 틀림없다. (2012)

상상력의 실체와 가치
―질베르 뒤랑, 『상징적 상상력』 읽기

80년대는 주지하듯이 권력의 횡포가 절정에 달했던 시기였고 이에 맞서 이념이 포효했던 시기였다. 이러한 시기에 신화나 상상력에 관심을 갖는 일은 문제의식의 부재, 현실로부터의 도피로 느껴질 정도였다. 그래서 신화를 전공한다고 했을 때 돌아오는 반응은 대개 한가로운 취미주의자라는 인식이기 십상이었다. 중국신화의 경우는 좀더 심했다. 중국의 학계에서는 신화를 인류의 자연에 대한 투쟁의 결과로 보았기 때문에 모험적, 공격적 성향의 신화 내용이 아니면 모두 미신이나 낙후된 의식의 산물로 간주했다. 중국의 상상력에서 큰 부분을 차지하는 신선, 도교 이야기도 예외는 아니었다. 장생불사, 신선세계, 도술 등의 상상력은 민중의 이익과는 무관한 귀족계급의 백일몽으로 여겨져 온당한 연구 대상이 되지 못했다. 게다가 전통적으로 유교에서는 상상력을 불온한 세력으로 규정해오지 않았던가? 정말 중국의 상상력 연구는 설 자리가 없는 것처럼 보였다. 바로 이때 접하게 된 책이 질베르 뒤랑의 『상징적 상상력』(진형준 역, 문학과지성사, 1983)이었다. 이 책을 읽는 순간 마치 천군만마의 힘을 얻은 것처럼 느껴졌던 것은 서구에서의 상상력에 대한 억압의 역사를 통해 오늘의 학문 인식을 이해하게 되었을 뿐만 아니라, 상상력이 우리가 통념적으로 생각해온 것처럼 허무맹랑한 것이 아니고 과학까지도 포용하는 역동적인 힘을 지닌 실체라는 사실을 깨달았기 때문이었다. 뒤랑은 서구의 합리주의와 이성주의의 폐단을 비판하며 말살된 상상력의 복권을 재신화화에 의해 이룩하고자 한다. 여기에서 그는 이른바 '동양에의 의뢰'를 요청하는데, 그것은 전 세계적인 상징체계의 균형잡기를 실현하기 위해 동양의 이미지군을 적극적으로 받아들이려는 태도다. 뒤랑의 이러한 견해들은 중국의 상상력을 연구하는 의의를 보다 분명히 해주었고 세계상상력의 차원에서 재고하게 하는 계기를 부여했다. 물론 세월이 흐른 지금 당시의 뒤랑이 지녔던 한계 즉 상상력의 지나친 체계화라든가 동양에 대한 동정적 오해(?) 등이 느껴지지 않는 바는 아니지만, 그래도 상상력의 실체와 가치에 대해 눈을 뜨게 해주었던 그 작은 책자의 큰 힘, 그때의 감동을 잊을 수 없다. (2011)

달 신화로 해석하는 여성 원리
—에스터 하딩, 『사랑의 이해』 읽기

고대 중국을 역사상 가장 완전한 가부장적 국가로 생각해왔던 사람들은 중국신화를 접하면서 좀 의아한 느낌이 들 것이다. 중국신화의 서장을 장식하는 창조신 여와는 위대한 여신으로 부서진 천지를 재건하고 흙으로 인간을 빚어낸다. 중국의 가장 오랜 신화집인 『산해경』에 등장하는 곤륜산의 산신은 남신이 아닌 여신 서왕모다. 신화에서 이들 여신은 모두 독립적인, 지고한 존재였으나 후대에 이르러 가부장적 관념이 침투하여 남신(복희, 동왕공)의 배우신으로 격하되고 만다.

『주역』을 만고불변의 진리로 간주하는 사람들이 많지만, 사실 이 책의 원시형인 『귀장역歸藏易』은 당시 은나라의 모계문화를 바탕으로 오늘의 『주역』과는 정반대인 곤괘坤卦를 수괘首卦로 한 해석 체계를 지니고 있었다. 이것이 주나라의 가부장적 문화하에 남성 원리인 '군자' 중심의 해석체계로 재편되어 오늘에 이른 것이다. 이와 같이 우리는 신화나 고대문화 속에서 창조적이고 역동적인 여성성의 원형을 찾아볼 수 있다. 여기에서 얻어진 개념들은 그동안 가부장적 문화에 의해 변형, 왜곡되었던 여성성의 실체를 복원하는 데에 많은 시사를 준다.

에스터 하딩의 『사랑의 이해』(김정란 역, 문학동네, 1996)는 바로 이러한, 페미니즘의 신화, 종교학적 기초의 수립이라는 관점에서 주목할 만한 책이다. 저자인 하딩은 의사로서 융파 심리학적인 입장에서 고대의 달 신화, 곧 태음 상징체계를 설명한다. 그녀는 달과 여성성과의 공감적인 관계에 유의하면서 남성-호모사피엔스를 표상하는 태양신화에 의해 자리를 잃은 달신화의 신성을 밝혀내고자 한다. 그녀는 이러한 달의 상징주의에 대한 연구가 우리의 현대생활 속에서 너무나 폄하되고 무시되어온 여성의 속성을 더욱 잘 이해할 수 있게 해줄 것이라고 확신한다. 그녀에게 있어서 '여성'이 된다는 것은 자신의 내면에 숨어 있는 자연의 힘을 자각하는 것을 의미한다. 이러한 하딩의 입장은 한때 대두한 바 있는 에코페미니즘의 취지와도 상통한다.

이 책에서 다루고 있는 달신화에 관한 자료 범위는 고대 그리스, 인도, 중국은 물론 아프리카 및 아메리카 인디언신화에까지 미쳐 흥미진진하게 읽을 수 있다. (1996)

해리 포터가 손오공을 만났을 때
—프랑수아 레몽·다니엘 콩페르, 『환상문학의 거장들』 읽기

초등학생인 딸아이를 부추겨서 〈해리 포터와 마법사의 돌〉을 보러 간 적이 있다. 어디서 들었는지, 그 영화의 제작자가 한국을 개고기 먹는 나라라고 욕을 해서 보기 싫다고 하는 것을 억지로 달래 보러 갔던 것이다. 요즘엔 아이들이 어른 같은 얘기를 할 때가 많아 자주 놀라곤 한다. 그러나 할리우드 영화 산업은 이러한 아이들을 그냥 두지 않는다. 백설공주 유의 서양 소녀에 대해 좀처럼 자신을 동일시하기 어려운 제3세계 소녀들을 의식해서, 인디언 소녀 '포카혼타스'나 중국 소녀 '뮬란'으로 주인공 캐릭터의 변환을 시도한 지 오래다.

각설하고, 〈해리 포터와 마법사의 돌〉은 어린이뿐만 아니라 어른도 함께 즐길 수 있도록 볼거리가 많고 스토리도 잘 짜인 영화였다. 무엇보다도 눈길을 끄는 것은 우리가 그동안 신비주의 계통의 책에서만 접했던 중세 마법세계의 현란한 모습이다. 빗자루를 타고 하늘을 난다든가, 거울 속에서 자신의 소망을 본다든가, 화금석化金石을 쟁취하고자 다툰다든가 하는 장면들은 마녀나 연금술사들의 활동을 그대로 재현한 듯했다. 그러나 영화를 보고 난 후 나는 부럽기도 하고 좀 억울하기도 한 착잡한 심정이 되었다. 가령 그것은 같은 나이의 비슷한 처지에 있던 친구가 갑자기 출세라도 했을 때 느낄 수 있는 시기심 같은 것이었다. 〈해리 포터와 마법사의 돌〉에서 발휘된 서양의 마법적 소재들은 내가 전공하는 중국신화나 도교의 상상세계에도 얼마든지 있을 뿐 아니라 오히려 이쪽이 훨씬 풍부해 보였다. 그럼에도 어째서 우리는 가지고 있는 좋은 유산을 저처럼 각색해내지 못할까? 이것이 나의 소박한 불만이었던 것이다.

그러다가 프랑수아 레몽과 다니엘 콩페르가 공저한 『환상문학의 거장들』(고봉만 역, 자음과모음, 2001)을 읽고 생각이 좀 바뀌었다. 〈해리 포터와 마법사의 돌〉은 결코 평지돌출平地突出한 것이 아니었다. 또한 막강한 자본과 고도의 테크닉만으로 이루어진 것도 아니었다. 서양에도 무시할 수 없는 환상문학의 전통이 있었고 그 바탕이 있었기에 〈해리 포터와 마법사의 돌〉이 가능했던 것이다. 이 책은 주로 근대 이후 서양 환상문학의 조류와 작가들을 시대 순으로 배열하면서 설명하는, 일종의 사전 형식을 취하고 있다. 서양 환상문학의 주제는 고대의 신화, 종교, 중세의 마법, 대중적 미신 등에 뿌리를 두고 있으며 악마, 흡혈귀, 유령, 분신, 변신 등의 다양한 모티프로 근대 이후의 문학작품에 수용되어왔다. 에드거 앨런 포가 근대 환상문학의 길을 연 이래 현대의 소설, 영화, 만화 등의 장르에서 수많은 작가들이 환상성을 주제로 한 작품들을 생산해냈는데, 그중에는 코넌 도일, 브램 스토커, 카프카, 보르헤스, 스티븐 킹 등 저명한 환상문학 작가들뿐만 아니라 도스토옙스키, 디킨스, 헨리 제임스, 버지니아 울프, 톨스토이 등 다른 대가들도 다수 포함되어 있다. 이렇게 보면 우리가 흔히 근대를 사실주의 문학의 시대로 규정해왔던 것도 재고해볼 필요가 있다. 사실주의 문학과 환상문학은 기실 동전의 양면 같은 관계가 아니었던가? 한 가지 이 책의 이상스러운 점은 판타지 소설의 원조인 『반지의 제왕』의 작가 톨킨을 배제하고 있다는 사실이다. 아울러 동양권의 작가들에 대해 일언반구 언급이 없는 점도 불만이다. 그럼에도 〈해리 포터와 마법사의 돌〉의 뒷배경은 든든했던 것이다.

문제는 그다음이었다. 보기 싫다던 영화를 보고 온 아이가 〈해리 포터와 마법사의 돌〉 책을 사달라고 하더니 그야말로 침식을 잊고 독서삼매에 빠져버린 것이 아닌가! 지난번엔 전래동화집을 제쳐두고 그리스 로마 신화 만화책에 몰두해서 명색이 동양신화학자인 아빠의 낯을 무색하게 하더니 이번에도 또 서양 이야기인 것이다. 여기에서 나는 고민을 하지 않을 수 없었다. 재미있어서 읽는 것은 좋지만 어린 시절부터 상상력의 내용을 남의 것으로 채워도 좋은 것일까? 그렇다고 재미없는 것을 아이들에게 강요할 수는 없을 것이다. 동양신화보다 서양신화가 아이들에게 재미있는 이유는 무엇일까? 우리의 삶이 이미 서양화되어 있어서 아이들도 오히려 서양신화에 더 친숙한 것일지도 모른다. 그렇다면 동양신화를 현대적(서양적)으로 각색해서라도 읽힐 필요가 있지 않을까? 이런 시도는 한편으론 현실적이지만 한편으론 위험하다. 서양에서 성공을 거두었던 중국영화 〈패왕별희〉나 〈와호장룡〉 등은 서양인의 시선과 취향에 맞추어 중국문화를 왜곡했다는 이유로 호된 비판을 받은 바 있다.

실로 개탄하지 않을 수 없다! 현대에 이르러 우리의 꿈도, 환상도 자유로운 것은 아니다. 그것은 거대한 서양 문화와 자본의 세력권 안에 있다. 언젠가 중국서점에 갔다가 〈해리 포터와 마법사의 돌〉 중국어 번역판인 『하리 뽀털哈利 波特兒……』이 깔린 것을 보았다. 머지않아 중국 어린이들의 머릿속에서 손오공이 해리 포터로 바뀌지는 않을까 염려하는 것은 나만의 기우일까? (2002)

동물성에 대하여

—최재천, 『개미제국의 발견』 읽기

동양신화의 세계에서 동물은 신성시되거나 인간과 비슷한 대우를 받는다. 반면 인간 중심의 경향이 강한 그리스 로마 신화의 경우 동물성이 다소 폄하되어 인간과 동물의 복합적 존재는 대개 영웅이 퇴치해야 할 사악한 괴물로 인식되곤 한다.

동물을 신성시하는 것은 논외로 하더라도 최소한 인간과 동등하게 보아야 하느냐, 아니면 여전히 인본주의적 관점을 견지해야 하느냐 하는 문제는 생태주의자들 사이의 중요한 쟁점 중의 하나다. 여기에서 동물은 결국 자연을 대표하는 것이기도 한데, 심층생태학Deep Ecology의 입장에서는 동물도 인간과 동등한 권리의 주체임을 주장한다. 그들은 동물이 '사회계약' 아닌 '자연계약'의 존재이며 설사 동물이 지력에서 인간보다 뒤떨어진다 해도 저능아라고 인권을 말살할 수 없듯이 동물이라고 그 권리를 무시해서 안 된다는 논리를 편다. 이미 1978년 프랑스 일각에서는 '동물해방선언'을 통해 동물의 존엄성 즉 동물권Animal Rights을 제창한 바 있다. 그들은 선언한다. "모든 동물은 동등하게 태어나고 모든 존재에 대해 동일한 권리를 갖는다"라고 말이다. 심층생태학의 이 같은 급진적인 주장에 다 동의하지 않는다고 하더라도 어쨌든 급박해진 환경 문제에 대처하기 위해 인식의 혁명적인 전환을 모색하는 그들의 심정을 십분 이해할 수는 있다.

동물학자 최재천 교수의 『개미제국의 발견』(사이언스북스, 1999)은 감성적인 필치와 흥미로운 내용으로 이미 대중적 관심을 끌었던 책이다. 이 책은 앞서 제기된 인간과 동물의 관계성, 그리고 차제에 새롭게 설정할 필요가 있는 동물의 지위와 관련하여 다시금 성찰의 여지를 갖게 한다. 세계적인 개미 연구가인 최교수는 개미 사회를 정치, 경제, 문화의 세 가지 측면에서 고찰한다. 놀랍게도 개미는 인류보다도 먼저 농경과 목축 생활을 영위해왔다. 나뭇잎을 물어다 그 위에 버섯을 기르는가 하면 진디와의 공생관계에서 이득을 취하기도 한다. 그들은 이러한 경제활동에서 생산성을 높이기 위해 철저한 분업제도를 택하고 있다. 개미 사회의 문화 역시 우리의 예상을 뛰어넘는다. 개미는 후각에 바탕한 정교한 화학언어를 구사한다. 그런가 하면 이들의 화학언어를 해독하여 등쳐먹는 기생곤충들도 있다. 일개미들의 직업도 다양하다. 시녀와 보모에서 노동자와 군인까지. 개미 사회의 정치야말로 가장 우리의 관심을 끄는 대목이다. 극도의 자기희생 위에 이루어진 군주정치와 노예제도, 개미는 동물 중 인간을 제외하고는 거의 유일하게 전쟁을 일으켜 대량학살의 만행을 저지르는 족속이며 인간처럼 정권 다툼도 불사한다. 따라서 최교수는 고도로 조직된 사회 속의 현대인과 가장 닮은 동물로서 서슴지 않고 개미를 추천한다.

개미와 인간이 닮은꼴이라는 점에 대해서는 고대인들도 일찍부터 인식했던 것 같다. 그리스 로마 신화를 보면 아이아코스 왕이 헤라의 노여움을 사 전 백성을 돌림병으로 잃었을 때 제우스에게 간절한 기원을 드리자 개미떼가 군중으로 변하여 나타난다. 중국 당나라 때 이공좌李公佐가 지은 『남가태수전南柯太守傳』이라는 소설에서 개미와 인간 간의 관계는 동질성을 넘어 오히려 개미에게 신성을 부여하는 정도에까지 이른다. 주인공 순우분淳于棼은 출세 못한 한량이다. 어느 날 그는 낮술에 취해 잠들었다가 자기 집 뜨락의 느티나무 뿌리 속으로 들어가는 꿈을 꾼다. 땅속에는 인간 세상과 다름없는 세계가 있었고 그는 왕국의 공주와 결혼하여 출세가도를 달리게 된다. 그러나 만년에 전쟁에 패하고, 공주도 죽고, 간신의 참소를 받아 불우한 나날을 보내다가 임금으로부터 본래의 세상으로 돌아가라는 권고를 받는다. 집으로 돌아온 순간 정신이 들고 보니 한바탕 꿈이었다. 그래서 느티나무 밑을 파보았더니 개미굴이 있더라는, 환상적이면서도 출세지향적 현실을 풍자하는 내용이다. 아등바등해보았자 인생은 꿈처럼 허망하다는 뜻을 지닌 '남가일몽南柯一夢'이라는 고사성어는 이 소설로부터 유래한 것이다. 베르나르 베르베르의 소설 『개미』 또한 우리가 고래로부터 지녀왔던 개미와 인간 간의 동일시 감정에 근거하고 있음은 의문의 여지가 없다.

개미를 실례로 들었지만, 고대인들의 동물과의 동일시는 두 가지 방면으로부터 비롯한다. 한 가지는 실증적인 차원으로 동물 생태에 대한 관찰과 경험으로부터 온 것이고 다른 한 가지는 정신적인 차원으로 인간과 동물이 교감했던 시절의 신화적 감수성으로부터 온 것이다. 얼마 전 미국엘 갔다가 구렁이를 목에 감고 다니거나 곰을 개처럼 끌고 다니는 젊은이들을 보고 놀란 적이 있다. 반려동물의 범주가 이렇게 확대되면 어디까지 갈 것인가? 근대 이래 강화되어온 인간의 주체로서의 지위는 그동안 일방적인 희생을 감내해왔던 자연의 소리 없는 반격으로 조절이 불가피하게 되었다. 이제 동물성은 비하의 대상이 아니다. 과연 동물권은 어디까지 복권될 것인가? (2002)

◈ 5장 ◈

신화로 이야기하기

신화 그리고 동양신화 종횡담
—부산 인디고 서원에서의 대담

사회자 안녕하세요. 사회를 맡게 된 고등학교 2학년 김나리라고 합니다. 오늘은 동양, 좀더 자세히 말하면 동양신화를 주제로 이야기하도록 하겠습니다. 먼저 정재서 선생님을 짧게 소개해드리겠습니다. 『이야기 동양신화』 1, 2를 쓰신 정재서 선생님은 어린 시절 배운 한학을 토대로 동양학, 특히 동양의 정체성에 큰 관심을 갖고 연구하시던 중 침체되어 있는 동양적 상상력에 문제의식을 느끼면서 동양신화를 통해 잃었던 원형을 되찾기 위해 신화연구를 해오셨습니다. 이 책 1권을 보면 눈, 귀, 코, 입이 모두 막힌 제강이라는 신이 있는데요. 이 제강이라는 신처럼 동양적인 것, 특히 동양신화에 대해서는 무지와 혼돈의 세계에 빠져 있던 우리에게 거인 반고가 자신의 희생으로 세상을 창조한 것처럼 동양신화의 세계를 열어주셨습니다. 이제 본격적으로 대담을 시작해보겠습니다.

정재서 안녕하세요. 반갑습니다. 제가 많은 강연을 다녀봤어요. 제주도, 대구, 대전, 청주 등 안 다녀본 곳이 없습니다. 많은 분들을 대상으로 강연을 했는데 오늘 이런 스타일의 모임은 처음입니다. 이제까지 했던 강연은 주로 어른들 상대였는데, 아무래도 그런 강연보다 훨씬 더 흥미롭고 좋은 경험일 것 같은 예감이 듭니다. 이전에 여기서 강연을 하셨던 선생님들 대부분 제가 잘 아는 분들이세요. 최재천 선생님, 도정일 선생님, 박홍규 선생님은 여러분과의 만남을 대단히 의미 있게 생각하시고 저한테도 좋은 경험을 하고 오라고 당부를 했거든요. 그래서 아주 즐거운 마음으로 이 자리에 오게 되었습니다. 일반 강연에서는 조금 딱딱하기도 하고 이야기하는 주제도 달라요. 지금 얘기하는 내용보다 어렵다거나 그런 것이 아니고 아무래도 긴장해야하는 여러 상황들이 있거든요. 그런데 오늘은 좌석 배치도 개방적이고 이런 위치에서 대화하는 것이 마음을 편하게 합니다.

원래 제가 순수하게 공부만 하는 학자 생활을 해왔는데, 어느 날 불현듯이 그냥 이렇게 어려운 글만 쓰면 안 되겠다는 생각을 했어요. 왜냐하면 가령 대형서점에 가보면 요즘 신화가 인기여서 신화 코너가 따로 마련되어 있잖아요. 이것은 전 세계적인 현상입니다. 일본 대형서점에 가봐도 신화 코너가 별도로 있어요. 그런데 가보시면 알겠지만 우리 서점의 경우 90퍼센트가 서양신화 책이에요. 그리스 로마 신화 관련 책이 대부분이죠. 그리고 혹시 게임 좋아하시는 분들 아시는지 모르겠는데, 게임의 캐릭터나 그 스토리는 거의 서양의 북유럽신화라든가 중세 마법 이야기에서 가지고 온 거예요. 우리나라에서도 그리스 로마 신화를 재미있게 풀어놓은 책이 인기이고 특히 그리스 로마 신화 만화책의 여신들이 얼마나 예쁘고 남신들이 얼마나 잘생겼어요. 저희 딸아이가 초등학교 5학년인데 신화를 좋아하거든요. 그리스 로마 신화 만화책을 몇 번이나 읽고 어려운 그리스 신들 이름을 다 외워요.

그런데 아이들이 중국신화나 우리 신화는 재미없다고 전혀 안 봐요. 우리 딸조차도 아빠가 명색이 동양신화학자인데도 동양신화는 거들떠도 안 봐요. 그래서 완전히 충격을 받았죠. 신화는 상상력의 원천이잖아요. 그런데 어렸을 때부터 너무 특정한 신화만 집중적으로 읽으면 그게 다인 줄 알고 다른 신화는 거들떠도 안 보잖아요. 아이들을 탓할 게 아니고 재미있는 신화 책을 쓰도록 노력해야 하는데 그것을 안 했기 때문이라는 반성을 했어요. 일반 어른들은 물론 학생 독자들까지도 읽을 수 있는 책을 쓰고 싶었어요. 중고등학생뿐만 아니라 책 읽기를 좋아하는 초등학생까지도요. 그런데 아무래도 중고등학생, 초등학생에게는 어렵다는 얘기가 들려와서 조금 더 쉽게 썼어야 했는데 아직도 어려운가보다 하고 실망을 했거든요. 그러다가 오늘 여기 와서 강연을 기획하신 허아람 선생님으로부터 대단히 긍정적인 말씀을 들었어요. 우리 학생들이 이 책을 읽고 좋아하고 동양신화에 대한 문제의식도 많다는 얘기를 듣고 굉장히 제가 고무되어 있습니다. 여러분들이 과연 어떤 질문을 할까 기대가 됩니다.

사회자 이제 본격적으로 시작해보겠습니다. 사회자인 제가 먼저 질문을 한 가지 드리겠습니다. 신화는 고대인들을 설명해주는 아주 중요한 이야기라고 생각합니다. 그런데 그것은 어떤 특정인이 지시해서 만들었다기보다는 자연적으로 탄생한 것으로 생각되는데요. 이렇게 동양과 서양의 차이가 지금과 같이 극심하지 않았을 시대에 만들어진 신화는 그 발생 자체가 자연발생적이었음에도 그 공통점과 함께 내용적, 형식적 측면에서 많은 차이를 보이고 있습니다. 그리고 그 차이에는 그렇게 달라진 근본적인 원인이 있을 것 같거든요.

정재서 쉽게 생각하면 돼요. 신화는 원시인류가 태곳적 느꼈던 생각을 담고 있잖아요. 가령 원시인류가 하늘과 땅 등 자연현상이 너무나 신비롭고 경이로우니까 그 느낌을 언어로 표현하고 나름대로 설명했을 거예요. 그러니까 기본적으로 자연에 대해서 신비감과 경이감을 느꼈던 것은 동양 사람이나 서양 사람이나 다 똑같았을 거예요. 그런데 어떤 점에 대해 특별히 더 관심을 갖고 그것을 어떻게 표현할까 하는 것은 어떤 차이에서 나올까요? 여러분이 한번 생각해보세요. 어떤 차이에요?

학생 문화적 배경.

정재서 문화보다도 조금 더 근원적이고 기초적인 게 뭘까요? 내가 사는 한국과 중국, 독일이 같아요? 달라요? 자연환경이 다르고 종족이 다르죠. 그것에 따라서 서양 사람들한테는 어떤 사물이 더 인상적일 수 있고 동양 사람에게는 또다른 어떤 것이 더 두드러질 수도 있는 거거든요. 인간으로서 공통적인 본능이라든가 공통적인 호기심은 다 갖고 있고 그것을 느끼는 것도 똑같은데, 동양이든 서양이든 환경과 종족에 따라서 어떤 사실이 더 강조되기도 하고 설명하는 양상이 달라지기도 하고 그렇죠. 그래서 같은 신화라도 동양신화와 서양신화 사이에는 차이가 있을 수 있는 거죠. 쉽게 비유를 들면, 우리가 먹는다는 본능은 다 가지고 있지만 한식이 있고, 양식, 일식이 있듯이 말입니다. 신화도 인간이 공통적으로 가지고 있는 감정과 욕망을 표현하지만 처해진 조건에 따라서 달라진다고 봐야 되겠죠.

사회자 환경, 종족 등에 따라서 동양과 서양의 신화가 차이가 있다는 것을 선생님 말씀을 듣고 잘 아셨을 것이라고 생각됩니다.

학생1 저는 신화가 먼저 무엇인지 정말 궁금한데요. 그리고 신화라는 것이 과거에 국한된 것인지 아니면 현재도 신화라고 할 만한 것이 있는지 궁금합니다.

정재서 굉장히 근본적이고, 또 중요한 질문이에요. 왜 그러냐 하면 우리는 일반적으로 신화라 하면 어떤 생각이 들죠? 황당한 이야기, 기적 같은 이야기라고 생각하죠? 나라를 세우는 이야기를 건국신화라 하고, 세상을 창조한 이야기는 창조신화라고 합니다. 신화의 종류도 여러 가지이고 학자들에 따라서 신화의 정체에 대해서도 여러 가지 설들이 있어요. 그래서 어느 한 가지만 확실한 정설이라고 얘기는 못 해요.

그중 여러 가지를 종합해서 말해본다면 우선 아까 얘기한 것처럼 자연 상태에서 순수하게 신화라는 것이 어떻게 생겼나 생각을 해봐요. 우리는 과학을 통해서 해와 달이 절대로 떨어질 리 없고 땅이 이유 없이 갑자기 꺼져버리지 않는다는 것을 알고 있죠. 원시인류가 처음에 그런 지식이 전혀 없었을 때 어떻게 느꼈을 것 같아요? 굉장히 불안했을 거예요. 인간은 항상 자신이 어떤 위치에 서 있는지를 설명할 수 있어야 안정을 찾고 이 대지에 발을 디디고 살 수 있어요. 그래서 자연현상에 대해 나름대로 해석을 하는 거죠. 아, 해라고 하는 것은 아침에 떠올라서 하늘을 달리고 저녁때 저 서쪽에 가서 목욕을 하고 푹 쉰 다음, 이튿날 아침에 다시 새로운 기운으로 떠오른다, 그렇기 때문에 떨어지지 않는다, 아마 이런 식으로 해의 운행을 이해했을 거예요.

원시인류는 지금처럼 과학적으로 설명을 하는 것이 아니고 인간적으로 설명을 해요. 왜 그러냐 하면 그 당시엔 인간이 자연과 분리되어 있지 않고 완전히 일체된 삶을 살고 있었으니까요. 그렇기 때문에 자연현상도 인간이 생각하고 행동하는 것과 똑같다고 생각했어요. 신화시대는 아마 동화의 세계와 비슷할 거예요. 인간이 동물과 대화할 수 있고 나무나 풀에도 정령이 있어서 함께 얘기가 통한다고 생각했습니다. 인간이 자연과 일체가 된 삶을 살고 있으니까 자연현상도 인간의 행위와 같은 방식으로 설명을 하는 거예요. 아까도 예를 들었지만, 가령 동양신화에서 태양은 아침에 동해 먼 곳의 부상扶桑이라고 하는 뽕나무에서 떠올라 하루 종일 달리다가 저녁 무렵 서쪽 호숫가에서 쉬고 다음날 다시 떠오른다고 얘기했다면, 이 신화 속에는 태양은 매일 떠오르고 절대 갑자기 떨어지는 일은 없을 것이라는 생각이 담겨져 있는 것이죠. 지금의 우리가 생각하면 유치하지만 원시인류가 상상력을 발휘해 자연현상에 대해서 그 나름대로 설명을 한 거예요. 그 밖의 모든 천체현상에 대해서도 마찬가지였지요. 그러한 이야기에 의한 설명들이 당시에는 사람들로 하여금 자연현상을 이해시키고 심리적으로 안정감을 줬던 거예요. 물론 지금은 과학이 발달해서, 그게 아니다, 태양계가 어떻고, 자전과 공전을 하고, 하는 등의 이야기를 하니까 신화 이야기가 엉터리처럼 들리게 됐지만 결국 기능적인 면에서 보면 지금 우리가 자연과학을 통해서 이 세계와 우주의 현상을 깨닫는 것이나 옛날 사람들이 신화를 통해서 자연의 돌아가는 질서를 이해했던 것이나 같은 것이죠. 그러니까 지금의 과학이 하고 있던 역할을 옛날에는 신화가 했다고 생각하면 돼요.

그러나 신화는 단순히 자연을 해석하고 설명하는 데 그치지 않아요. 우리 집안이 어디서 왔나, 우리 민족이 어디서 왔나를 생각하게 되죠. 그게 뭘까요? 정체성이죠. 가령 단군신화를 봅시다. 환웅 천황이 신단수로 내려와서 웅녀와 결혼하고 단군 할아버지가 나와서 우리 민족을 퍼뜨렸고 우리나라가 세워졌다. 이 단군신화를 들으면 어떤 느낌이 들죠? 우리 민족이 하나의 겨레라고 하는 일체감을 주지 않아요? 아까는 신화가 과학의 역할을 지닌다 했지만 이것은 사회적인 기능이라 할 수 있겠죠. 어떤 사회가 유지되려면 우리가 같은 집안이다, 같은 민족이다 하는 동질감 같은 것이 있어야 하잖아요. 신화는 그런 동질감을 확인시켜주는 사회적인 기능이 있어요. 그래서 보통 때는 가만히 있다가 개천절만 되면 어떤 느낌이 들죠? 신화인줄 알면서도 아, 우리가 곰 할머니, 단군 할아버지 자손이구나, 같은 한민족이구나 하는 생각을 새삼스럽게 하게 되죠. 그러니까 신화는 지금도 살아 있어요.

다음으로 중요한 것은 신화는 우리의 가장 오래된 모습이라는 것입니다. 신화에 담긴 원시인류의 생각은 인간이 최초로 어떤 문제에 부딪쳤을 때에 그것을 해결하려고 했던 가장 원형적인 생각이에요. 인간이 몇천 년 지나오면서 외형은 발전했지만 우리 안에 있는 본성이나 본능은 신화에 고스란히 남아 있어요. 신화학자들은 그러한 원형이 시대에 따라서 표현만 달라지지 계속 반복된다고 보고 있어요. 당연히 현대 문화 속에서도 원형은 겉모습만 바뀌었을 뿐 실제로 많이 남아 있거든요. 인류학자 레비스트로스는 이런 말을 했죠. 굉장히 유명한 얘긴데, 석기시대에 원시인류가 만들었던 돌도끼가 오늘날 공장에서 만드는 쇠도끼보다 질적인 면에서 못하다고 말할 수 없다는 거예요. 차이가 있다면 돌이 쇠붙이로, 재료가 달라진 것이지, 질적인 차이는 없다는 것이죠. 원시인류를 우습게 보면 안 된다는 거죠. 원시인도 우리하고 똑같이 생각하며 살았다는 것이죠. 인간은 언제 어디서든지 최선을 다해서 살았다는 거예요. 때문에 결코 원시인류가 현대인보다 못하다, 뒤떨어진다고 말할 수 없다고 했어요. 그렇다면 원시인류가 가령 태양이나 달을 인간처럼 생각한 것을 유치하다, 과학적으로 하나도 안 맞는다, 라고 판단하면 안 되겠죠. 원시인류는 그들 나름대로 생각하고 표현하는 방식이 있었어요. 현대인은 눈에 보이는 것을 가지고 설명해야 믿죠. 이치에 맞아야 되죠. 합리적이다, 과학적이다 해야 믿게 되죠. 즉 우리 현대인은 옛날처럼 동물이나 자연물들과 직접 대화를 했던 능력을 상실한 것입니다. 그렇지만 원시인류는 눈에 보이지 않는 기운이라든가 느낌으로 교감을 하고, 그런 쪽의 능력이 훨씬 더 발달했기 때문에 자연을 의인화하는 방식으로 설명을 했던 것이죠. 그 설명의 이야기가 바로 신화인 것입니다.

사회자 오래전 원시인류가 그들 나름대로 자연현상을 해석하고 설명하는 과정에서 발생된 신화 속에 우리들의 본성이 다 들어 있고, 그러한 점에서 신화는 여전히 살아 있다, 라는 말씀이 인상적이었습니다.

학생3 이 책을 읽으면서 신과 인간은 밀접한 관계를 갖고 있다는 것을 알게 되었습니다. 신화 속 신들의 이야기에서 인간이라는 존재를 발견할 수도 있었고요. 그러면 선생님께서는 신화에서 찾을 수 있는 인간의 본질이라는 건 어떤 게 있다고 생각하시는지요?

정재서 신화에서 우리가 발견할 수 있는 점, 특히 인간의 본질은 중요한 소득입니다. 요즘 세상은 기술이 얼마나 발달해 있습니까? 그런데 지금 왜들 케케묵은 신화 이야기에 몰두하는지 의아해할 수도 있을 거예요. 왜 과학과는 정반대 방향으로 우리가 가고 있을까요? 그게 참 재미있지 않아요? 원인이 어디에 있을까요?

이와 관련된 비유가 한 가지 있는데, 조지프 캠벨이라고 하는 유명한 신화학자가 썼던 비유예요. 예를 들어, 우리가 어느 곳을 찾아가야 되는데 길을 잃어버렸어요. 그러면 어떻게 하죠? 처음에 출발했던 곳으로 가서 다시 찾아가보죠? 신화가 가지고 있는 기능도 바로 이런 거예요. 인간의 본질을 지금 얘기했는데, 바로 우리는 본질을 상실하고 위기감을 느꼈을 때 반사적으로 신화에 대해 관심을 갖게 돼요. 왜냐하면, 아까도 얘기했지만 신화에는 인간이 벌거숭이로 처음 문제에 부딪혔을 때 설명하고 해결하려고 했던 기억이 있기 때문이지요. 즉 인간은 어떤 위기상황에 처했을 때 원래의 본질, 근본으로 돌아가려는 본능이 있어요. 근본으로 돌아가서 찬찬이 문제를 생각할 때 지금의 어려운 상황을 풀어나갈 수 있어요.

가령 요즘 여러 가지 문제가 많잖아요. 환경 문제도 그중 하나죠. 우리가 자연을 너무 무시하고, 파괴하고, 이용만 해서 지금 환경 문제가 인간의 생존을 위협하게 됐잖아요. 홍수, 가뭄 등 이상기후 현상도 그 결과라고 하고요. 환경학자들은 자연이 대반격을 한다고 표현해요. 그다음으로, 생명공학이라든가 로봇공학이 발전해서 조만간 복제인간, 사이보그 등이 출현할 가능성이 높아지고 있어요. 여러분도 SF영화에서 이미 많이 보았지요? 로봇이 나와서 인간 행세하고 인간을 쫓아내잖아요. 결국 진짜 인간과 인조인간과의 구별이 힘들어지는 그런 시대가 올 수도 있다는 거죠. 과학의 미래를 우울하게 그린 영화들이 많지요. 이처럼 과학으로 빚어진 인간 존재에 대한 위기 상황 속에서 우리는 인간의 본질에 대해 다시 생각하게 되고 자연스럽게 신화 속의 지혜를 필요로 하게 됩니다. 왜냐하면 신화는 인간이 원래 가지고 있던 본질, 인간이란 과연 무엇인가, 인간이 자연과의 관계에서 어떤 존재인가 하는 것, 등을 우리에게 알려주기 때문입니다.

신화는 인간이 자연과 함께 공존할 때 교감하면서 만들어진 이야기이기 때문에 오늘날 자연과의 관계가 멀어진 우리는 신화를 통해 자연과의 유대라든가 친밀감 같은 것을 회복할 수가 있죠. 신화를 보면 인간이 동물과 대화하고 사귀고 그러지 않습니까? 신화에 나오는 괴물들은 반은 사람, 반은 동물의 몸을 하고 있습니다. 이것은 무슨 의미일까요? 지금 우리가 너무 인간 위주로 생각하니까 그것을 괴물로 끔찍하게 여기지만 원시인류는 그렇지 않았어요. 왜냐하면, 동물은 바로 자연을 대표하는 것이거든요. 인간보다 자연에 가까운 것이 동물이잖아요? 자연을 숭배했던 원시인류는 인간의 몸만으로는 완전하지 못하다고 생각했어요. 오히려 동물성이 반쯤 있는 게 완전한 것이라고 생각했죠. 자연과 인간이 함께 있다, 공존한다는 생각이 반인반수의 모습으로 표현된 거죠.

<u>사회자</u> 선생님께서 말씀하신 것처럼 인간의 본질이 상실된 요즘, 신화에 대한 관심이 증가하고 있는 현상은 다시 출발점으로 되돌아가려는 시도라는 점에서 희망이 보이는 것 같습니다.

<u>학생4</u> 선생님께서는 성경을 신화라고 생각하십니까?

정재서 신화적인 성분도 있고 종교적인 성분도 있죠. 구약성경은 신화적인 요소가 많이 있고, 신약은 종교적인 성분이 많고요. 신화와 종교는 많이 섞여 있어요.

학생5 교수님께서 쓰신 책을 보면 성경은 인간 중심으로 되어 있다고 하셨는데 그렇다면 환경신화 같은 건 찾아볼 수 없다고 생각되거든요. 그런 측면에서 보면 신화라고 말할 수 없지 않을까요?

정재서 신화에서는 자연과 일체가 된다는 생각을 추구하죠. 그렇지만 신화도 시대에 따라서 어느 정도 변화를 해요. 가장 원시적인 신화의 모습, 가장 정통적인 신화의 본질이 그렇다는 거죠. 신화에도 나중에 인간의 역사가 시작되고 국가가 성립되면서 인간 중심의 생각이 침투하게 되죠. 그리스 로마 신화나 성경 등도 처음에는 자연과의 일체감이 강했을 거예요. 그리스 로마 신화를 보면 신들이 모두 아름다운 미녀라든가 미남의 모습이잖아요. 그렇지만 그건 나중에 그렇게 된 거고 그들의 원시적인 모습은, 예컨대 헤라라든가 아프로디테 같은 여신들도 반인반수였어요. 원래 신들의 모습은 인간과 자연이 결합된 반인반수의 상태가 정상이거든요. 그런데 나중에 인간만이 최고다, 라고 하는 인간 중심의 사고가 지배하면서 신들의 모습도 동물성을 배제하고 완전한 인간만의 몸으로 바뀌게 되는 것이거든요. 성경의 경우도 처음에는 자연과의 일체감이 농후했겠지만, 나중에 신학자들과 기독교 신자들에 의해 수정이 되었다고 봐요. 그 과정에서 신화 본래의 모습이 다른 모습으로 바뀔 수 있는 거죠. 꼭 고정불변하게 신화가 존재한다고 생각하면 안 되고 시대에 따라서 신화의 모습도 바뀌어간다고 생각하면 돼요.

학생6 신화는 인간의 원초적 본질을 간직하고 있는 것에 의의가 있다고 하셨는데 신화가 시대에 따라 바뀐다면 그리스 로마 신화나 성경 같은 경우에는 그런 의의가 어떨까요?

정재서 우리 인간의 본질을 찾아보기에 좋은 신화는 아무래도 원형을 그대로 간직한 오래된 신화가 좋겠죠. 위로 올라갈수록 원형에 가까우니까요. 그리스 로마 신화나 성경도 일반 이야기보다는 오래된 이야기이기 때문에 그 나름대로 인간의 원형을 많이 간직하고 있어요. 다만 이들은 인간 중심으로 변모했기 때문에 아직 그렇게 변하지 않고 원래의 모습을 많이 지닌 다른 민족의 오래된 신화들에 우리가 좀더 주의를 기울여야 할 겁니다.

그런데 오늘날의 문제는 서양 문화가 중심이 되면서 그리스 로마 신화가 모든 신화의 표준이라고 사람들이 생각하는 데에 있습니다. 그리스 로마 신화가 사실은 많이 문학화되어 있는 상태인데 그것을 전부 절대적으로 생각하는 게 문제란 말이죠. 그렇게 되면 동양신화라든가 다른 민족의 신화들은 비정상적이고 별로 가치가 없다는 식으로 잘못 판단할 수가 있어요.

그리스 로마 신화와 중국신화를 가지고 얘기한다면 그리스 로마 신화의 내용들이 중국신화에 비해 더 윤색이 가해지고, 원시성이 탈색된 경향이 있거든요. 그런데 지금의 현실은 아까도 얘기했지만 그리스 로마 신화가 모든 신화의 대표인 것처럼 생각되고 있는 게 문제란 것이죠. 신화에도 그런 차별적인 인식이 있다는 것을 우리는 생각해야 돼요.

__사회자__ 신화에 대해서 개방된 시각을 가져야겠다는 생각이 들었습니다. 계속해서 신화의 전반적인 내용에 대한 이야기가 나오고 있는데요, 책의 내용이 동양신화에 관한 것인 만큼 동양신화에 대해 궁금한 점이 있으신 분은 질문해주시기 바랍니다.

__학생6__ 질문이라기보다는 제 생각인데요. 어렸을 때, 할머니한테 들은 이야긴데, 예를 들어서 울거나 말을 안 들으면 천태산의 마고할머니가 혼낸다라든지…… 서양 아이들이 어렸을 때 잠자기 전에 그리스 로마 신화 이야기를 들으면서 자라나듯이 저도 아주 자연스럽게 할머니 이야기를 듣고 거기에서 많은 상상을 하고, 그런 것들이 실제로 존재한다고 생각하며 자랐거든요. 교수님 저서를 보면서 어린 시절의 생각들이 나더라고요. 어려서 들은 할머니의 이야기는 중국이나 일본, 우리나라에서 공통적인 원형을 가진 그런 것들이 아닐까 생각하면서 요즘 우리나라에서 신화에 대한 책들이 많이 나오지만 아이들이 어렸을 때 어머니들이 오히려 그리스 로마 신화 책을 먼저 읽어주고 우리의 옛날이야기를 해주지 않아서 민족문화의 원형을 상실한 것이 아닌가, 하는 생각도 들었습니다.

__정재서__ 네, 아주 중요한 생각을 했습니다.

__학생7__ 중국 아이들은 어떨지 모르겠다는 생각도 했거든요. 제가 열 살 때 처음 본 영화가 〈봉신방〉이었는데 아주 환상적인 이

야기였기 때문에 빨려들어갔던 생각을 하면서 중국에서는 그런 이야기들이 아이들의 생활 속에 소설이나 만화나 영화로 인식이 되어 있는데 우리나라에는 그런 것들이 없는 것 아닌가라는 생각을 했습니다. 사실은 동양신화도 교수님 책을 보면서 아주 낯설게 느껴지는 것이기 때문에 이야기로서 재미있고 익숙하게 느껴지기보다는 하나의 새롭고 뭔가 처음 듣는 이야기, 어려운 이야기로 다가왔다는 생각이 듭니다.

정재서 그렇죠. 지금 그런 현상을 우리가 깊이 생각해야 돼요. 무슨 얘기인가 하면, 동양신화에 나오는 신들은 사실 우리 할아버지, 할머니에게는 어렸을 적에 많이 들었던, 익숙했던 신들이에요. 그것이 몇십 년 사이에 서양 신들보다도 더 낯선 존재가 됐다는 것이죠. 가령 염제 신농은 아마 나이 드신 어른들은 누구나 다 알고 계실 거예요. 신농이 처음에 농사를 가르쳤다고 해요. 우리 민족이 얼마나 신농과 친하냐 하면 고구려 고분벽화를 보면 신농이 소머리를 하고 세 번 나와요. 그 정도로 친숙한 신이에요. 할머니들 사이에서 내려오는 구전 노래에도 신농에 대한 이야기가 자주 나와요. 그런데 여러분, 미노타우로스는 알아도 신농은 잘 모르잖아요. 제가 요즘에 보고 있는 것이 일본 만화 〈이누야샤〉예요.(웃음) 제가 초등학생도 아닌데 그 책 왜 보겠어요? 요즘 문화를 이해하려면 필요한 것이니까요. 여러분, 그 책 재미있게 보시죠? 그 책의 주요 내용이 뭐라고 생각해요? 요괴 이야기잖아요. 그런 것이 다 신화에서 나온 거예요. 모든 상상력은 신화에서 나와요. 상상력의 마르지 않는 샘이 신화예요.

요즘 유행하는 만화라든가 게임이나 애니메이션은 무엇으로 만들어요? 상상력으로 만들죠. 그럼 그것들을 이해하려면 뭘 봐야 될까요? 신화를 봐야 돼요. 신화를 모르면 게임이고 애니메이션이고 이해를 못 해요. 그냥 겉으로 재밌어서는 보겠지만 정말 깊은 맛은 몰라요. 〈이누야샤〉를 보면 여기에 동양신화의 엄청난 내용들이 들어가 있어요. 지금 누군가 얘기했지만 자기네 전통에 대해 중국 사람들은 어떻겠느냐, 일본 사람은 어떨까, 했죠?…… 자기 것에 대한 망각 현상이 우리나라가 제일 심해요. 왜 그러냐? 동양 삼국 중에서 우리나라가 유일하게 나라를 잃은 적이 있기 때문이죠. 철저히 나라가 망해서 식민지 지배를 받을 때 우리 민족의 마음 상태가 어땠겠어요? 나라가 없어져버린 상황에서 전통에 대해서 신뢰감을 가질까요? 허무한 생각밖에 없죠. 근대 초기의 소설을 보세요. 얼마나 전통에 대해 멸시하고 그것 때문에 우리 민족이 이 모양이 됐다, 빨리 개혁해야 된다고 하지 않아요? 이러한 민족 허무주의 덕분에 전통은 아무도 돌보는 사람 없이 방치되었고 그 공백기가 오래갔어요.

그런데 일본은 운좋게도 식민지의 경험 없이 근대화를 달성한 나라예요. 그래서 전통을 무시하지 않았고, 서양 문물을 받아들일 때, 오히려 전통을 바탕으로 자기화했지요. 일본은 자신들의 전통에 대한 신뢰가 대단히 커요. 이런 요괴 이야기도 다 일본의 옛날이야기 전통에서 나온 것이거든요. 〈센과 치히로의 행방불명〉과 같은 유명한 애니메이션 역시 일본의 요괴 이야기를 바탕으로 한 거예요. 그 사람들이 그냥 꾸며낸 게 아니에요. 그걸 보면 요괴 캐릭터들이 많이 나오죠? 그것도 그냥 그래픽 디자이너가 자기가 멋대로 상상해서 만든 게 절대 아니에요. 다 근거가 있어요. 일본은 몇백 년 된 요괴 그림들이 많아요. 〈센과 치히로의 행방불명〉에 나오는 요괴 이미지는 에도시대의 요괴 그림 자료에 있던 것을 캐릭터화한 거예요. 토토로도 그래픽 디자이너가 자기 머리로 생각해서 만든 게 아니에요. 그렇게 개인의 생각으로만 만들어낸 것은 생명력이 없어요. 한순간 기발한 것처럼 보였다 그걸로 끝나요. 그러나 수천 년, 수백 년 동안 그 민족이 줄곧 즐기면서 전승해왔던 것들은 깊은 무의식에 남아 있죠. 그런 것들을 다시 살려서 소재로 활용할 때 많은 사람들한테 감동을 주는 거예요. 신화의 장점이 바로 이것이죠. 신화는 수천 년 동안 검증되어온 상상력이기 때문에 실패할 확률이 가장 적은 소재라 할 수 있죠. 요즘 문화산업에서 신화를 자주 활용하는 이유도 그런 데에 있어요.

서양의 〈반지의 제왕〉이나 〈해리 포터〉 시리즈의 소재도 다 신화에서 온 것인데 문화산업에서 이렇게 자주 활용되는 이유가 뭐겠어요? 신화는 귀하든 천하든, 유식하든 무식하든, 모든 사람들이 다 지니고 있는 원형적인 내용으로 이루어져 있다고 그랬죠? 그렇기 때문에 신화를 소재로 한 작품은 아주 많은 사람들한테 감동을 줄 수 있어요. 게임, 애니메이션, 영화 등의 문화산업을 우리나라에서도 중요시하고 있죠? 그런데 지금 우리나라는 디지털 기술은 상당히 앞서 있지만 가장 부족한 것이 뭐냐 하면 스토리화할 수 있는 내용, 즉 전통 소재예요. 우리는 근대 이후 전통을 너무나 무시해왔고 그 현상이 지금까지도 이어져서 그리스 로마 신화의 신들 이름은 다 알지만, 동양의 신들은 하나도 모르는 현실입니다. 마고할미가 누군지, 신농이 누군지 통 모르죠. 이제는 우리의 문화를 현대의 디지털 기술과 결합시켜 뭔가를 내놓아야 할 때입니다. 그러니 우리의 신화, 전통에 관심을 갖고 상당히 공부를 하지 않으면 안 됩니다.

일본이 어떻게 동양신화의 전통을 활용했는지 재미있는 예를 하나 들어볼까요? 〈이누야샤〉를 보면 카고메가 불에 타지 않는 옷을 입었거든요. 그게 뭐냐 하면 불쥐의 가죽으로 만들었다고 그러는데 그 불쥐가 동양신화에 나와요. 곤륜산이라는 산이 있어요. 불사약을 지닌 서왕모라는 여신이 사는 신성한 산으로 아무나 못 가죠. 왜냐하면 산 주위를 염화산이라는 불의 산이 에워싸고 있기 때문이죠. 그 염화산에 사는 쥐가 불쥐이고 그것의 가죽은 절대로 불에 타지 않지요. 〈이누야샤〉에 그게 나와요. 이런 예들이 많아요. 일본 사람들은 동양신화를 이렇게 활용하는 거예요. 상상력이 중요하다고 해서 그냥 머리를 막 쥐어짜면 나오는 걸로 생각하는데 그런 게 아니에요. 상상력은 전통으로부터 흘러나오는 겁니다. 전통은 고전에 많이 담겨 있죠. 따라서 고전 중의 고전인 신화는 우리에게 있어 무궁한 상상력의 원천입니다. 저는 〈이누야샤〉를 27권까지 읽고 있는데 하여튼 일본 사람들 정말 대단해요. 그 사람들이 서양 기술만 가지고 하는 게 아니에요. 자기네 전통이 바탕이 되어 있습니다. 이것, 우리가 배워야 합니다. 우리도 도깨비나 도술 이야기 같은 것 많잖아요. 그것들 가지고 왜 못해요? 얼마든지 세계적인 것을 만들 수 있는 이야기 자산이 있다고 봅니다.

사회자 요즘 문화산업 시대에 훌륭한 콘텐츠가 될 수 있는 우리 신화에 대해 다소 무시했던 이유가 역사적인 사실에 있었군요. 그리고 새로운 문화 콘텐츠가 될 수 있는 우리 신화에 대해 무지하다는 사실을 새삼 깨달았습니다. 지금 제우스니 아프로디테니 이렇게 이야기할 게 아니라 신농이나 치우에 대해 친구들과 자연스럽게 이야기할 수 있는 그런 날이 빨리 와야 하겠습니다.

학생7 제가 드릴 질문은 동양신화에 관한 것은 아니지만, 전부터 신화에 대해 지니고 있던 의문이라 신화학자인 선생님께 여쭤보고 싶거든요. 아까 선생님께서 성경도 신화의 속성을 지니고 있다고 하지 않으셨습니까? 그런데 교회 목사님들 하시는 말씀을 들어보면 성경은 부활의 믿음을 전하는 책이라고 하거든요. 그러면 성경이 신화라고 할 수는 없다고 생각하거든요.

정재서 어떤 책이 있으면 그 책을 어느 각도, 어떤 관점에서 보느냐에 따라서 그 책의 의미가 여러 가지 있을 수 있겠죠. 하나님을 절대적으로 믿는 그런 입장, 기독교인의 입장에서 성경을 신화라고 본다면 그건 굉장한 불경죄예요. 신화는 허무맹랑한 이야기라고 생각하니까 그러면 안되죠. 기독교인의 입장에서 성경은 정말 중요한 경전이고 부활의 진리를 담은 책입니다. 그렇기 때문에 신화라고 하면 안 되겠죠. 그러나 기독교인이 아닌 다른 분야의 학자라든가 일반 사람들 입장에서 본다면, 가령 구약성경 「창세기」에 나오는, 하나님이 7일에 걸쳐 세상을 창조하는 이야기 같은 것은 전형적인 창조신화예요. 그러한 내용은 성경에만 있는 게 아니라 다른 여러 민족들의 신화에도 비슷하게 있어요.

아까도 얘기했듯이 신화에는 공통점이 있다고 그랬죠? 인류가 처음 경험한 것이니까 동양인과 서양인이 다 똑같이 경험했던 것들이 있다고 했잖아요. 예를 들어 성경에 나오는 소돔과 고모라 이야기 아시죠? 두 도시 사람들이 너무 타락해서 하나님이 그곳에 열 사람의 의인만 있어도 그 도시 사람들을 살려주겠다 했는데 결국 없어서 불세례로 파멸시키죠. 그런데 룻의 아내가 도망을 가는데 돌아보지 말라고 했는데 돌아봤다가 어떻게 됐죠? 소금기둥이 됐잖아요. 금지를 했는데 위반한다는 식의 그런 의미 단위를 모티프라고 해요. 그런데 이러한 모티프가 성경에만 있으면 기독교만의 진리라고 얘기할 수 있지만 전 세계 각지의 이야기에 그런 모티프가 있어요. 우리나라에도 그런 이야기가 있죠. 강원도 어느 마을의 부잣집에 스님이 와서 시주 좀 하라고 했더니 막 오물을 퍼줬잖아요. 그랬는데 며느리가 불쌍히 여겨 쌀을 담아줬더니 그 스님이 뭐라고 했어요? 앞산의 돌미륵에서 피눈물이 나면 뒤돌아보지 말고 빨리 도망가라고 했죠. 그러나 며느리가 도망가다 궁금해서 뒤돌아보았다가 그만 돌로 변해버렸다죠. 이런 식의 이야기들이 많아요. 다음으로 노아의 방주 신화를 보죠. 하나님이 진노해서 홍수로 사람들을 다 죽게 했잖아요. 노아만이 네모진 배 속에 들어가 살아남아서 나중에 인류를 퍼뜨린 이런 이야기는 전 세계에 다 있어요. 노아 얘기하고 약간씩만 다르지요. 여기 동양신화에도 있죠? 홍수가 나자 박 속에 들어가서 둥둥 떠다니다가 살아남은 복희, 여와 남매가 나중에 결혼해서 인류를 퍼뜨린 얘기 말이에요. 그리스 신화에도 비슷한 내용이 있어요. 그래서 이런 측면에서 보면 성경의 어떤 이야기는 신화의 일부다, 신화의 일종이다, 라고 말할 수가 있거든요. 그러나 기독교를 믿는 입장에서는 한 글자 한 글자가 다 하나님의 말씀이고 진리죠. 그러니까 어느 입장에서 보느냐에 따라 의미가 달라질 수 있다고 생각해야 돼요. 우리는 지금 신화의 입장에서 보는 것이니까 성경도 충분히 신화의 훌륭한 자료가 된다고 볼 수 있는 것이죠.

<u>**사회자**</u> 다시 성경 이야기로 돌아왔는데요, 성경에 신화적 측면이 있다는 것을 종교를 믿는 사람의 입장이 아닌 다른 입장에서 보면 그렇게 볼 수도 있다는 것을 알 수가 있었습니다.

<u>**학생8**</u> 아리스토텔레스가 비가 내리는 것을 보고 비가 땅을 사랑해서 땅으로 내리는 것이라고 생각했다는데 지금 현대 과학의 지식이 발전했잖아요. 과학에서는 비가 땅을 사랑해서 내리는 것이 아니라 중력 때문이라고 하잖아요. 이런 면에서 볼 때 현대인이 옛날 사람보다 신화적인 사고를 많이 잃었다고 생각하거든요. 그런데 신화적인 사고를 잃은 우리가 신화를 읽는 것은 어떤 의미를 갖는 것일까요?

정재서 좋은 비유를 들었는데, 바로 그거죠. 신화를 대신한 게 뭐예요?(학생들: 과학이요.) 그렇죠. 과학이에요. 우리는 눈에 보이는 방식으로 설명을 하고 이치를 따져서 이해를 하는 사람이 된 것이죠. 태고에는 말을 하지 않아도, 눈에 보이지 않아도 어떤 느낌으로써 모든 것을 이해했던 것이죠. 가령 이런 비유를 들기도 해요. 원시인이 부산에서 낙동강을 건너서 저쪽의 어딜 간다고 해봐요. 강을 건너서 저쪽까지 가는데 원시인은 잘 헤엄쳐서 갈 수는 있지만 그것을 지도로 그리는 것은 굉장히 어려워한대요. 지도로 그린다는 것은 어떤 거예요? 추상적으로 생각해야 한다는 거죠, 그러니까 현대인은 뭔가 논리적으로 따져서 생각하는 데 익숙하고 원시인들은 느낌이나 몸으로 표현하는 데 강하다는 거죠. 따라서 신화의 설명 방식은 오늘날처럼 과학적이거나 논리적이지 않죠.

원시인류는 나름대로는 직감적으로 태양이 어떻게 운행한다는 것을 알고 있는데 그것을 의인화된 방식으로 설명하지요. 마치 태양 속에 어떤 신이나 정령이 있어서 조종한다는 식으로 말이지요. 원시인류의 설명 방식이 우리가 볼 때에 물론 과학적이지는 않죠. 그러면 다 틀렸느냐, 그렇지는 않다는 거죠. 가령 천문학에서 우주론이라고 하는, 우주의 기원을 연구하는 분야가 있어요. 이 우주론에서는 처음 이 세계가 생겨난 초창기의 모습을 혼돈 상태로 보아요. 그러다가 혼돈 상태에서 큰 폭발이 일어나고 그후 하늘과 땅이 생겨난 것으로 보거든요. 그런데 이런 것들이 창조신화와 비슷해요. 창조신화에서도 처음에 아무것도 없는 무의 상태, 혼돈이 있었고 다음에 거기서 유가 나오는, 즉 하늘과 땅이 나온다고 말하고 있죠? 그러니까 원시인들은 과학적으로 설명은 못 하지만 그것을 어떤 느낌으로, 동화적으로 설명을 한다는 거죠.

아이들이 설명하는 방식을 생각하면 돼요. 아이들이 천진난만하게 어떤 현상에 대해 자기가 본 대로 말하잖아요. 물론 유치하지만 나름대로 자기가 본 현상을 설명하는 것 아니겠어요? 우리가 설명하는 방식하고는 다르죠. 그렇게 생각을 하면 좀 이해가 될 것 같아요. 그런데 너무 심각한 질문들만 하는데, 여러분, 〈해리포터〉 시리즈도 봤을 거고 〈반지의 제왕〉도 봤을 텐데 그런 거 보면서 뭐 느낀 것 없어요? 여러분이 현실에서 신화를 체험하고 느낀 얘기들을 해야 좋을 것 같아요. 너무 원론적인, 어른들도 굉장히 힘든 그런 질문들을 하는데 그것도 물론 중요하지만 실제적으로 지금 느끼는 점들을 얘기해주면 참 좋겠어요.

사회자 선생님 말씀하신 대로 무거운 얘기보다 우리에게 와닿는 의문이라든지 궁금하신 것 있으면 질문해주시기 바랍니다.

정재서 책에서 이해가 안 되는 부분이 있었나요?

학부모 학부모인데요. 저도 이 책을 읽으면서 옛이야기 생각을 참 많이 했거든요. 선생님의 책 2권을 읽었는데 신체적으로 기이한 사람들에 대해 선생님께서는 변방에 있는 다른 민족을 폄하해서 그렇게 표현한 것이다, 라고 하셨습니다. 저는 한편으론 어떤 생각이 들었냐 하면, 책 속에 나오는 팔, 다리가 기형적인 인간들이 신화시대 때에도 존재했던 장애인이 아니었을까, 하고 생각했는데 선생님께서는 어떻게 보시는지요?

정재서 그런 측면도 있을 수 있겠죠. 어떤 지역의 특수한 풍토 때문에 특정한 장애를 가진 사람이 많이 있을 수도 있거든요. 가령 어느 지역에서 특별히 요오드 등을 많이 섭취해서 바세도우씨병에 걸린 사람들이 많아 눈이 튀어나온 사람이 많으면 그 지역 사람들을 과장해서 눈이 몇 개 나온 사람이 있다고 표현할 수도 있어요. 의학적으로 볼 때 약간 특이한 체형이라든가 체질을 가진 사람들도 마찬가지죠.

최근에 모 TV에서 저를 찾아온 적이 있어요. 세계 곳곳의 경이로운 일을 추적하는 프로그램이었는데, 저한테 의뢰한 게 무엇이냐 하면 거인족에 대한 것이었어요. 현재 거인족들이 중국 어떤 지역에 살고 있다는 거예요. 그런데 중국 신화에 나오는 거인 과보 있잖아요. 그들이 혹시 거인 과보의 후손이 아닌가, 하는 점을 확인하고 싶어 저한테 문의를 해왔는데 사실 근거 없는 추측이었죠. 물론 신화가 현실 그 자체를 말하는 경우도 있지만 대개는 어떤 현상에 대해 상상력을 발휘해서 표현한 것이기 때문에 그것이 꼭 현실에 있지 않아도 상관이 없어요. 어떤 신화의 배후에는 꼭 어떤 특정한 현실이 있다, 라는 가정하에 신화를 설명하려는 입장을 사실주의적 혹은 환원주의적 해석이라고 해요. 신화는 과장된 것이고 그 이면에는 뭔가 꼭 사실이 있었다고 보는 입장이거든요. 예를 들어 최근 중국의 학자들이 신화에서 나오는 용에 대해 결론을 내린 것이 있어요. 중국 사람들이 좋아하는 상상의 동물이 용이잖아요. 중국 사람들은 용을 자기네 민족의 상징으로 여기거든요. 이 신비한 용이 도대체 어디서 나온 걸까 하고 연구했어요. 그 결과 최근에 여러 학자들이 용은 양자강의 악어라는 결론을 내렸어요. 이 얘기를 들으니 약간 허무하고 황당하지 않나요? 용에 대한 신비감이 싹 사라지죠?(웃음) 그런데 중국의 학자들이 왜 그렇게 생각을 했느냐 하면 신화시대 때는 중국이 지금보다 더워서 실제로 악어가 양자강에 살았대요. 그리고 코끼리가 중국에 돌아다녔고요. 코끼리를 이용해 농사도 지었대요.(웃음) 한 2000년, 3000년 전에는 실제 중국이 그랬었나봐요. 코끼리가 북경 같은 데를 돌아다녔다니까요. 그러면 양자강에 악어가 못 살라는 법은 없죠, 그렇죠? 그런데 악어가 굉장히 무섭잖아요. 그래서 사람들이 악어를 숭배하다가 그것을 신성화시켜서 용이 됐다는 거죠. 이런 주장이 많은 사람들로부터 상당한 지지를 얻고 있어요. 그런데 신화학자들은 그러한 얘기를 들으면 부정적으로 생각해요. 용의 원조가 양자강의 악어냐, 아니냐는 중요한 문제가 아니란 거죠. 용이라고 하는 상상의 동물이 갖는 신화적인 이미지가 있어요. 그것은 용이 양자강의 악어든지 아니든지 간에 상관이 없어요. 그 이미지가 이미 성립이 돼서 우리에게 현실적으로 효력을 발휘하고 있거든요. 지금 현재의 생활에도 영향을 미치고 있잖아요. 가령 용꿈 꾸면 어때요? 복권 사야죠. 그다음에 또 임신한 엄마들 중에는 아들을 기대하는 분들도 있죠. 우리말에도 있잖아요, 그 점쟁이 용해, 하죠.(웃음) 용하다. 그게 용이 주는 신비감 때문에 나온 것이거든요.

신화에서는 바로 그걸 중시하는 거예요. 그런데 용을 양자강의 악어라고 해버리면 어떻게 돼요? 용이 가지고 있는 수천 년 내려온 상징적인 의미나 이미지가 다 깨져버리죠. 그렇기 때문에 신화를 꼭 어떤 현실로 돌려버려야 만족하는 해석 방식은 별로 바람직하지 못해요. 신화는 그 자체로서 충분한 의미를 지니고 있는 것이거든요.

사회자 신화를 현실로 환원시키려는 시각이 요즘의 과학적인 태도에서 비롯된 것이 아닐까 하는 그런 생각이 듭니다.

학생8 분위기가 너무 진지해서 이런 질문이 좀 유치하지 않을까 걱정되는데요. 저는 요즘에 동양신화 책을 읽었는데 신화 속에 나오는 이름들이 너무 어렵고 생소해서 어떻게 외워야 하나 고민스럽더라고요.

정재서 어려웠습니까?

학생9 나오는 신들의 이름이 워낙 익숙하지 않고 어려운 한자에다 토를 달아놓으니까 재미도 덜한 것 같고 읽기가 좀 그렇더라고요. 동양신화만 알면 우리나라 신화도 그냥 알게 되는 건가요? 여길 보면 비렴飛廉이라든지 과보라든지 하는 신화적 존재들이 중국에서 왔잖아요. 그게 고구려 문화에 영향을 끼친 것 같은데 그러면 고조선이나 신라의 문화도 중국의 영향을 받은 건가, 그 부분에서 제가 잘 모르겠거든요. 그리고 우리나라 신화를 이해하려면 일단 중국의 신화를 알아야 되는가 하는 부분이 궁금합니다.

정재서 유치한 질문 아닌데요.(웃음) 의미가 있는 질문입니다. 신화가 만들어진 시대는 굉장히 옛날이에요. 그러면 그때 지금처럼 중국 민족, 한국 민족, 일본 민족 이렇게 구분되어 있었을까요? 아니잖아요, 다 원시인 신세예요. 중국 사람, 한국 사람을 구분하는 시대가 아니었어요. 지금의 중국 대륙에서 생겼던 신화이기 때문에 중국신화라고 하는 것이고 중국 책으로 전해지기 때문에 중국 신화이지 내용으로 보면 꼭 중국 사람들만의 신화가 아니에요. 그 당시 중국 대륙은 국경도 없고 아시아의 여러 민족들이 뒤섞여 살고 있었어요. 따라서 중국신화에는 아시아 여러 민족의 신화와 문화도 적잖이 담겨져 있죠. 단군 신화를 보면 풍백, 우사, 운사 등 중국 신화에 나오는 신들이 겹쳐서 나오지요. 고구려 건국신화도 마찬가지예요. 중국 신화에서 황하의 신인 하백은 고구려 건국신화에서 바로 주몽의 외할아버지잖아요. 물론 중국신화는 중국인이 주체가 되어 전승해왔고 중국의 막강한 정치, 문화적 힘에 의해 아시아 여러 나라에도 파급되었기 때문에 중국의 신화임에 틀림없지만, 중국인뿐만 아니라 동양인도 공유하는 신화다, 이렇게 말할 수 있어요. 마치 그리스 로마 신화가 그리스에서 발생했지만 로마제국에 의해 확산되어 전 유럽인이 공유하는 신화로서 서양 문화의 뿌리가 된 것처럼요.

사회자 사랑에는 국경이 없다고 하는데 신화도 그렇다는 게 놀랍습니다.(웃음)

학생10 안녕하세요. 이화여대 중문과에 재학중인 학생입니다. 여태까지는 선생님께서 쓰신 동양신화와 관련된 얘기를 했었는데요. 저는 이 책을 1년 전에 다 읽었거든요. 그래서 이번에는 조금 다른 질문을 하고 싶은데 괜찮으신지요? 교수님께서는 지금 현재 대학에 몸담고 계시잖아요. 사람들이 저에게 무슨 과 다니냐, 고 물었을 때 인문대학 중문과라고 말하면, 거기 가서 뭐할 건데, 라고 하더라고요. 1년 내내 그런 질문을 받았거든요. 제가 막상 공부를 해보니까 모든 학문의 기초는 인문학으로부터 시작되더라고요. 그런데 사람들은 그렇게 생각을 안 해요. 인문학은 밥벌이가 안 되는 학문이고, 이런 공부를 하는 사람들은 평생 굶고 살아야 된다, 이런 생각에 인문학을 기피하는 현상이 생겼잖아요. 순수이공계도 역시 마찬가지고요. 요즘 인문학의 위기, 라는 말을 많이 하잖아요. 이런 인문학의 위기에 대한 교수님의 생각과 인문학에 몸담고 있는 교수로서 이 현실을 어떻게 극복해야 되는지, 생각을 여쭤보고 싶습니다.

이 문제는 몇 년 전부터 계속되어왔고 신문 사설에서도 많이 다루어왔지요. 사실 여기 대학 입시를 준비하는 학생들은 논술이나 면접을 위해 학원에서도 연습을 많이 했을 거예요. 누구나 한번 봤던 논제들인데 제가 굳이 질문을 드리고 싶은 것은 인문학을 하는 저로서는 항상 기분이 나빴고 그래서 인문학을 하시는 교수님께 묻고 싶은 거고요. 거기서 더 나아가 이런 인문학의 위기 속에서 지금 부산에 있는 동네 서점 중 하나, 그것도 인문학 서점인 인디고 서원이 어떻게 하면 이런 현실 속에서 당당히 설 수 있을까, 어떻게 하면 더 많이 발전할 수 있을까 하는 방향도 제시해주셨으면 합니다.

정재서 요즘 들어서 사회적, 교육적으로 중요시되는 문제예요. 아까 어머님이 분위기를 전환시키려고 했는데 다시 또 심각한 얘기로 들어섰군요.(웃음) 좋아요. 여러분은 지금 한참 장래에 대해 생각해야 하는데 인문학을 공부하는 선배로서 느끼는 고민이기 때문에 큰 도움이 된다고 봐요. 우리나라는 특히 모든 것이 경제 중심이잖아요? 인문학이란 건 뭡니까? 쉽게 말해 문학이니 철학이니 역사니 하는 것들이 인문학이죠. 그렇죠? 인문학 하면 현실적이지 못하면서 교양 비슷한 것, 대개 그렇게 생각들 하죠. 그런데 문학이나 철학, 역사 이런 것들이 옛날에는 모든 학문의 중심이었어요. 조선시대 때 『논어』 『시경』 등을 중심으로 공부하지 않았습니까? 서양도 마찬가지예요. 인문학이 학문의 왕자였어요. 그래서 그러한 전통 때문에 근대 이후에도 인문대학이 모든 대학의 중심이었어요. 이화여대 같은 경우도 법대, 공대, 의대 다 있지만 인문대학이 가장 중심이었어요. 1990년대 이후부터 인문학이 과연 현실적으로 의미가 있느냐, 또는 그걸로 먹고살 수 있느냐, 이런 식으로 사람들이 생각할 정도로 심각한 위기에 빠졌죠. 그런데 먹고살 수 있느냐의 문제는 옛날도 마찬가지였어요.

제가 인문대학 다닐 때에도 주위 사람들이 그 공부해서 어떻게 먹고살거냐며 걱정들을 많이 했지요. 요즘 와서 특히 심해진 이유는, 지금은 경제가 만능이잖아요. 특히 IMF를 겪고 나서는 사람들이 다 경제학자가 됐어요. 신문 경제면의 비중이 엄청 커졌지요? 무엇보다도 국가적으로 경제 문제가 크게 대두하면서 모든 분야가 실용주의 노선을 걷게 되었죠. 아울러 또 한 가지 인문학을 위협하는 중요한 것은 테크놀로지, 바로 첨단과학 분야죠. 두 가지 요인이라고 봐요. 하나는 경제 만능주의에서 비롯한 실용주의가 우리의 모든 생각을 압도하고 있다는 것이고요. 그리고 또 한 가지는 요즘 디지털 테크놀로지가 급속도로 발전했잖아요. 그런데 인문학은 비교적 느린 학문이거든요. 책 읽고, 생각하는 일. 영상세대들은 그런 것을 별로 안 좋아하잖아요. 그러다보니 옛날처럼 글 쓰고 책 읽는 일들이 완전히 시들해졌어요. 글 쓰고 책 읽는 것은 인문학의 주된 일이에요. 인문학이 테크놀로지의 발전을 따라잡지 못하는 현실, 이것이 두번째 요인이에요. 그런데 인문학의 위기가 초래된 데에는 인문학자들의 책임도 있어요. 인문학자들이 파묻혀서 책만 읽고 자기 공부만 하지 현실과의 관련성 같은 걸 너무 생각을 안 해요. 그래서 인문학이 현실로부터 외면당한 측면도 있어요. 그러니까 세번째 요인을 들라면 인문학 자체의 폐쇄성이 될 것입니다.

그러나 인문학이 과연 필요가 있느냐 하는 생각을 하게 되는 것은 아주 슬픈 현상이에요. 인문학 분야가 대개 어문학이잖아요. 국문학, 중문학, 영문학, 독문학, 불문학 그리고 철학…… 이렇잖아요. 인문학 전체가 별로 돈이 안 되는 학문으로 여겨져서 완전히 찬밥 신세를 면치 못하고 있죠. 중문과와 영문과는 그래도 괜찮은 편이지만 일부 인기 없는 과들은 거의 폐과 직전이에요. 과를

없앤 데도 많아요. 구조조정 한다면서 별로 생산적이지 못한 과는 막 없애버리거든요. 이것은 굉장히 걱정되는 현상이죠. 당장 쓸모가 없어 보이지만 기초적이고 중요한 학문들이 없어지면 어떻게 되겠어요.

이러한 문제를 어떻게 극복해야 하느냐? 중요한 것은 인문학 스스로가 현실적으로 인간, 사회가 겪고 있는 문제에 개입을 해서 인문학의 사명을 대중들에게 인식시켜야 해요. 인문학이 현실로부터 도피해서는 안 됩니다. 가령 생명과학이 발달하면 생명윤리 문제가 심각해지죠. 그런 문제에 대해 해결책을 마련해줘야 하는 게 인문학이에요. 디지털 기술과 문화의 문제점에 대해서도 마찬가지로 인문학이 처방을 해주어야 합니다. 그런데 지금까지 그런 문제들에 대해 인문학이 중요한 역할을 하지 못했어요. 과학의 발전 속도는 굉장히 빠른데, 여기에 대해 인문학자들이 책만 읽고 있으면 된다고 생각하지 말고, 빨리 적응을 해야 돼요. 인문학은 결국 인간을 위한 학문, 인간의 본질을 탐구하는 학문이에요. 그렇기 때문에 인문학은 궁극적으로 인간을 위해 과학이 사용될 수 있도록 해줘야 돼요. 그래야만 과학이 엉뚱한 데로 가질 않아요. 프랑켄슈타인 박사처럼 괴물을 만들어내거나 전 세계가 핵으로 자멸하는 그런 일이 생기지 않으려면 인문학 교육이 절대 필요하다는 거죠. 인문학이 그런 역할을 하려면 인문학자들이 지금처럼 책 속에만 안주하지 않고 현실에 대한 문제의식을 깊게 가져야 할 것입니다.

물론 과학이 급속도로 발전하고 있고 경제 논리가 팽배해 있지만 인간이 스스로 인간이기를 포기하지 않는 한 인문학은 결코 없어지지 않아요. 우리 인간이, 나는 경제적 동물이다, 나는 기계다, 로봇이다, 라고 선언을 하고 그 길로 간다면 인문학이 필요 없어요. 왜냐? 인간을 위한 학문으로서 인간답게 살기 위한 길을 모색하는 것이 인문학이기 때문입니다. 그런데 지금 사람들이 정말 인문학이 쓸모없다고 생각하고 인문학을 폐지하고자 하는 상황이라면 사실 우리는 점점 인간답지 못한 방향으로 가고 있다는 얘기예요. 너무 경제논리로, 과학의 논리로만 살아간다는 걸 의미하거든요. 그 결과는 어떻게 될까요? 아무리 돈을 잘 벌고 기술이 발전한다 해도 그것은 조지 오웰의 소설 『1984』나 SF영화가 보여주는 디스토피아의 우울한 현실일 뿐이죠. 그렇다면 역설적으로 지금은 인문학이 위기에 처한 것이 아니라 가장 필요한 시기라고 볼 수도 있어요. 예컨대 디지털 문화가 극대화되면 될수록 오히려 아날로그적인 것들이 필요한 측면이 부각되고 있어요. 그래서 요즘에는 디지털과 아날로그를 결합한 디지로그로 나가야 한다고도 해요. 다시 예를 든다면 문화산업 분야 같은 곳에서 가장 필요로 하는 것이 인문학적 상상력이에요. 아까도 얘기했죠? 상상력이 어디서 나오느냐 하면 인문학의 고전으로부터라고요.

여러분, 톨킨의 〈반지의 제왕〉 잘 아시죠? 톨킨은 고대 언어를 연구하는 옥스퍼드 대학 교수였죠. 그리고 〈해리 포터〉 시리즈를 쓴 조앤 롤링은 문학을 전공한 사람이에요. 중세문학의 마법 이야기 같은 것을 너무나 잘 알고 있어요. 영국 사람이지만 불문학을 했거든요. 일본의 미야자키 하야오 감독 또는 〈음양사〉의 작가 유메마쿠라 바쿠 등도 그들의 상상력을 대부분 일본 고전으로부터 끌어냈어요. 지금 아무리 디지털 산업이 발전해도 그 내용을 무엇으로 채울 거예요? 결국 인간이 발전시킨 기술에 채워넣어야 하는 건 인간의 머리, 인간의 상상력이거든요. 그것을 해결해주는 것은 인문학밖에 없어요. 그 일을 경제학이 합니까? 공학이 합니까? 그래서 인문학도 실용적인 측면에서 충분히 활로를 찾을 수가 있어요.

요즘 대학에 새로운 학과가 많이 생기는데 그중 가장 빠른 속도로 생기고 있는 것이 문화 콘텐츠 학과예요. 그 학과에서 가르치고 있는 중요한 것 중의 하나가 신화나 전설 등 옛날이야기로부터 게임, 애니메이션 등의 소재를 발굴하고 스토리를 만드는 일이에요. 이 학과에서 필요로 하는 교수라든가 그 분야에 종사하는 사람들은 대부분 국문학, 중문학, 사학 등 인문학 전공자들이에요.

인문학은 스스로 현실에 대한 감각을 잃지 않아야 해요. 고전은 오래된 것이니까 죽은 것이나 골동품을 만지듯이 공부한다고 생각하면 안 돼요. 과거부터 그런 태도로 해왔기 때문에 인문학 스스로 위기상황을 초래한 측면도 있습니다. 고전은 골동품이 아닙니다. 신화가 지금도 살아 있는 것처럼 고전이 오늘에도 살아 있고 그 힘을 발휘할 수 있다는 생각을 지니면 인문학적인 소양으로 능히 현실을 헤쳐나갈 수 있습니다. 따라서 인문학의 위기는 현실이지만 인문학을 하는 사람이 얼마나 오늘의 문제를 깊이 인식하고 그것을 인문학적 상상력 혹은 고전의 힘으로 풀어나갈 수 있느냐에 따라서 오히려 인문학의 위기가 인문학의 가장 좋은 기회가 될 수 있다고 생각합니다.

사회자 인문학의 문제점과 해결방안에 대해서 잘 알 수 있었던 것 같습니다.

학생11 저는 위기의 인문학과인 철학과에서 공부하는 학생인데요.(웃음) 저도 사실 그런 경험을 늘 해왔거든요. 철학과 다닌다고 하면 모두들 표정이 일그러지더라고요. 그걸 극복하기 위해서 저 자신도 더 노력하고 있습니다. 아까 학부모님도 말씀하셨지만 학생들이 동양신화를 읽으면서 어렵고 생소하다는 느낌을 많이 받았다고들 해요. 그런데 선생님의 다른 책 『동양적인 것의 슬픔』의 한 구절을 인용해보면 '동양인인 우리에게 동양이라는 것은 이미 대상화된 타자가 되어버렸다'라는 말이 있거든요. 즉, 동양인인 우리에게도 동양적이라고 하는 것이 이미 다른 세계의 이야기가 되어버린 거죠. 동양인인 우리에게 동양적인 것이 더 익숙해야 되는데 서양적인 것이 더 자연스럽고, 오히려 동양적인 것을 이미 다 잃어 동양적인 삶을 살고 있지 않은 우리가 동양을 이야기하니까 더 어려워지는 것 같아요.

그래서 이것과 관련해서 질문 드리고 싶은 게 있습니다. 좀 생뚱맞긴 한데, 선생님은 중국문학을 공부하기 위해서 하버드 옌칭 연구소에 갔다 오셨잖아요? 또한 철학 같은 경우도 불교학을 공부하기 위해서 서양으로 유학을 간단 말이에요. 불교학을 공부하려면 일본이든 대만이든 중국으로 가야 할 것 같지만 그것이 아니라 미국으로 가고 영국으로 가고 프랑스로 가고 그러는데 서양 학자는 우리처럼 불교문화 혹은 중국문화권에 살고 있지 않단 말이에요. 그들이 19세기, 20세기 무렵 식민지에서 약탈한 문헌들을 통해 배운 학문을 우리는 그들에게 가서 배워온단 말이지요. 그래서 과연 거기서 배워온 동양학 지식이 실제 동양의 모습을 담아낸 것인지요? 대부분의 서양 학자들은 한국에 단 한 번도, 아시아에 단 한 번도 살아보지 않았으면서도 중국문학을 얘기하고 동양철학을 얘기한단 말이에요. 그래서 선생님은 하버드에 가셔서 그들로부터 어떠한 것을 배울 수 있으셨는지, 또 과연 그런 제국주의적인 동양학을 어떻게 극복하실 수 있었는지 질문하고 싶습니다.

정재서 예리한 질문이군요. 우리가 학문을 하는 데 과연 한국 사람인 내가 한국에서 중문학을 한다, 영문학을 한다는 등 외국의 학문을 할 적에 어떤 입장에서 공부를 해야 할까라는 문제와 상관이 있습니다. 이건 참 중요한 문제의식이지요. 제가 학교 다닐 적에 실제로 그런 고민을 많이 했어요. 중문과 대학원을 다니면서 내가 지금 한국에서 중문학을 한다는 것이 과연 무엇을 위해서 하는 것일까 하는 고민에 많이 휩싸였습니다. 중문학의 혹은 중국의 영광을 위해서 내가 지금 공부하는 것일까? 아니라면 내가 한국 사람으로서 한국에서 중문학을 하는 것은 중국에서 중국 사람이 자기네 문학을 하는 것과는 뭔가 달라야 되지 않을까? 이런 생각들이었죠. 그런데 제가 공부할 적에 선생님들이라든가 선배들의 학풍은 어땠냐 하면, 대부분 중국 사람들의 입장을 존중하고 그것을 모방하는 분위기였어요. 따라서 한국 사람일지라도 중국 사람의 시각에서 보도록 하는 방향으로 훈련을 많이 받았어요. 당연히 그런 상황이 저로서는 굉장히 불만이었어요. 그래서 내가 중문학의 영광을 위해서 지금 한국에서 중문학을 하는 것인가 하는 문제의식을 느끼게 된 것이었죠. 그런데 그때 가만히 생각해봤는데 일본 사람들이 중문학 연구한 것은 나름대로 일본 사람들의 입장에서 한 것이었어요. 서양 사람들이 중문학을 연구한 것도 서양 사람들 입장에서 한 것이에요. 서양 사람들이 동양 사람을 깔보는 입장에서였든지 어쨌든지 그 사람들 입장에서 본 거예요. 그런데 제가 느끼기엔 한국에서만 한국의 입장에서 보는 중문학이 아닌 것 같았단 말이죠. 우리의 학풍은 중국 사람의 입장에서 보는 것을 정통으로 생각하는 그런 것이었단 말이죠. 그래서 어떤 생각을 했냐 하면, 중국문화에 대해서 물론 우리가 기본적으로 존중해줄 것도 있지만 중국 사람의 입장을 표준으로 삼으면 곤란하겠다, 그런 식이라면 결국 지금까지 우리가 사대주의로 중국을 섬기면서 해왔던 방식과 다를 게 뭐가 있겠느냐는 생각을 한 거죠. 그러면서 개인적으론 어떤 생각을 했느냐 하면 서양 사람들의 시각, 즉, 서양에서 보는 동양이라고 하는 것은 물론 동양을 깔보는 편견은 있지만 어떤 면에서 보면 우리 한국에서보다 중국을 객관화시켜서 보는 이점이 있단 말이죠. 우리는 중국을 객관적으로 냉정하게 관찰한 적이 별로 없습니다. 우리에게는 지금도 중국에 대한 사대 심리가 잠재적으로 있거든요. 가령 중국어에서 보통 젊은 여성들을 가리키는 용어로 '소저小姐'라는 게 있어요. 중국 말로는 '샤오지에'죠. 샤오지에는 우리 식으로 하면 '미스 김' '미스 박' 하는 말의 '미스'에 해당하는 호칭이에요. 그런데 우리나라에서는 '소저'라는 말이 주는 어감이 굉장히 고상하고 격조 있어요. 고대 소설에 나오는 규방의 양반집 딸의 이미지이지 흔히 부르는 '아가씨'의 이미지가 아니잖아요. 중국에서는 극히 평범한 용어인데 우리나라에 와서 격상되는 걸 보더라도 우리의 중국에 대한 사대 심리가 얼마나 내면화되어 있는가를 알 수 있어요.

저는 우리나라처럼 중국에 대한 사대의식이 강한 나라에서는 중국에 대한 문화적인 기득권을 인정하지 않고 처음부터 백지상태에서 출발하는 서양 사람들의 시각도 필요하다고 생각했어요. 물론 그 사람들이 중국의 실체를 제대로 보지 못하거나 깔보는 측면도 있어요. 서양 사람들의 동양에 대한 그러한 오해나 편견을 오리엔탈리즘이라고 부르죠. 그러나 오리엔탈리즘을 잘 걷어내고 보면 서양 사람들의 중국에 대한 연구 중에 정말 객관적으로 잘 분석해놓은 것들이 많아요. 그들의 그러한 객관적인 시각이나 연구 성과는 우리가 받아들일 필요가 있단 말이죠. 한국같이 오랫동안 중국문화의 영향력이 컸던 나라에서는 오히려 서양에서 중국을 선입관 없이 냉철하게 보는 그런 입장이 상당히 필요하다고 보는 거예요. 제가 하버드 옌칭 연구소에 가서 공부를 하게 된 것은 바로 그런 이유에서였어요.

제가 80년대 말에 가서 공부했는데 그 당시 우리나라에는 중국에 관한 자료가 너무 빈약했어요. 중국 대륙하고 아직 수교가 안 된 때라 중국에서 나온 논문들을 구할 수가 없었어요. 도서관엘 가봐야 공산주의 국가라고 중국 자료는 아예 들어오지도 못했고, 일본 자료는 너무 비싸서 마음대로 사볼 수 없었어요. 그런데 하버드 옌칭 도서관에서는 모든 자료들을 다 구비해놓아서 마음껏 볼 수가 있더라고요.

중문학이든, 영문학이든 연구를 할 적에는 다양한 시각을 가지고 보는 게 좋아요. 그래야 편견을 벗어날 수가 있어요. 중국 사람들이 연구한 것만 보면 우리는 중국 사람의 테두리를 평생 벗어나지 못해요. 그렇기 때문에 우리로서는 일본이든, 프랑스든, 미국이든, 여러 방면의 다양한 시각이 필요한 거죠. 서양에서 동양 연구가 제일 많은 곳이 프랑스하고 미국이에요. 프랑스는 100년도 넘었죠. 그들의 연구가 솔직히 말해서 지금 우리나라의 동양학보다도 훨씬 수준이 높아요, 그러니까 창피한 일이에요. 왜 그러느냐하면 우리는 중국과 가장 가까이 있잖아요. 그럼에도 사는 곳만 동양의 중심에 있지 한국의 동양학은 변방에 있어요. 오히려 학문적으로는 일본이라든가 미국이라든가 프랑스가 우리보다 중심에 있어요. 우리가 그들에 대해서 비판할 것은 비판하고 배울 것은 또 배워나가면서 스스로의 입장을 세워나가야 되지 않겠어요?

이야기가 너무 딱딱해진 것 같은데, 분위기를 좀 바꾸어봅시다. 여러분, 책 읽으면서 의문 나는 곳 없었어요? 중학생들 있으면 한

번 손들어봐요. 아, 많구나. 그런데 책 읽어보니까 어때요? 어려워요? 중학생들은 읽을 만해요?(학생들: 네) 공부들을 잘하나보죠.(웃음) 고등학생들은 어땠어요? 별문제 없이 읽어요?

학생12 아까 어머니도 말씀하신 것처럼 그리스 로마 신화 같은 건 재미있는 이야기로 되어 있어서 쉽게 읽는데, 이 책은 동양신화 전반에 대해 설명을 해주신 거지 아직 이야기식으로 되어 있지 않아서 조금 읽기 힘들었어요.

정재서 초등학생이 볼 수 있을 정도의 더 아기자기한 스타일 말이죠? 사실은 초등학생 동화용을 준비는 하고 있어요. 그렇게까지 하려면 스토리를 더 쉽고 재미있게 풀어야 해요. 그런데 그리스 로마 신화가 왜 그렇게 재미있느냐 하면, 그럴 수밖에 없어요. 초창기부터 그리스 로마 신화는 훌륭한 작가들이 윤색을 잘해놓았어요. 제일 먼저 그리스의 서사시인 호메로스가 이야기를 너무나 잘 다듬었어요. 신화를 거의 문학작품으로 만든 거예요. 그다음에 로마의 오비디우스가 다시 한번 각색을 했고 이후 세월이 한참 흘러서, 미국의 토머스 불핀치가 현대판으로 재미있게 꾸몄어요. 이런 단계를 거쳤기 때문에 지금의 그리스 로마 신화가 소설처럼 재미있는 거예요.

그런데 중국이라든가 우리나라의 신화는 그런 단계를 거치지 않았어요. 왜 그러냐 하면, 우리나라는 유교 전통이 강하잖아요. 유교의 최고 스승님이 누굽니까? 공자님입니다. 공자님이 말씀하시면 어떻게 되나요? 완전히 하나의 헌법이 되잖아요. 공자님이

『논어』에서 뭐라 그랬냐 하면, "불어괴력난신不語怪力亂神", 즉 괴상한 초능력 얘기, 어지러운 신들 얘기 이런 거는 하지 마라. 그런 거 하면 올바른 생각을 해친다, 라고 했어요. 그런데 그런 것들이 다 상상력이잖아요. 결국 공자님은 상상력을 억압한 거죠. 유교 문화가 좋은 점도 많지만 상상력과 이미지를 억압했어요. 난 그건 안 좋게 봐요.

동양에서는 그런 전통 때문에 신화 등이 거의 방치되었어요. 제대로 정리를 안 했어요. 그런데 불행 중 다행이랄까, 좋은 점도 있어요. 방치 상태로 있었던 대신 손질을 가하지 않은 덕분에 원시적인 모습을 많이 간직하게 된 것이죠. 그래서 인간 원형을 탐구하는 데에는 동양신화가 더 유리할 수도 있어요. 다만 재미있는 신화이야기가 되기 위해서는 호메로스나 불핀치 같은 훌륭한 작가들에 의한 가공을 기다려야 하겠죠. 그리고 여러분이 앞으로 더 많은 분야에서 동양신화를 활용하면 좋겠어요. 나중에 여러분 중에서 작가도 나오고 영화감독도 나오면 동양신화를 가지고 뭐든지 해보세요. 제가 사실은 문화산업에 참여했어요. 황제랑 치우랑 대륙의 패권을 놓고 싸우는 이야기 있죠? 그걸 가지고 만들었는데 조금 있으면 만화도 나오고 애니메이션도 나오고 게임도 나와요. 동양신화 가지고 한번 시도를 해본 거예요. 그런데 잘될지 안 될지 아직은 몰라요. 그렇지만 자꾸 시도해보아야 하는 것 아니겠어요? 유감스러운 것은 게임 소재의 대부분은 북유럽 신화에서 나와요. 우리나라에서도 북유럽 신화 모방해서 게임 만들어요.

언제 우리는 동양신화를 가지고 게임을 만들어서 세계를 제패할 수 있을까요?

허아람 제가 정리하는 질문을 하고 마치겠습니다. 질문이 아닐 수도 있겠군요. 저는 국문학 전공자인데도 신화가 재미없어요.(웃음) 그리스 로마 신화도 재미없었고…… 그렇다고 제가 상상력이 떨어지는 사람이 절대 아니거든요. 얘들아 그렇지?(웃음) 저는 굉장히 상상력이 뛰어나고 지나칠 정도로 공상에 젖어 사는 사람인데 신화가 재미없어요. 그런데 이번에 한 달 동안 선생님 책으로 아이들과 토론하면서 느낀 것은 아이들이 이유 없이 신화를 좋아해요. 저 같은 사람은 이유 없이 신화가 재미가 없어요.(웃음) 그래서 그 이유가 없음에 대해서, 신화를 그렇게 좋아하는 것에 대해서 제가 새로운 발견을 했던 좋은 기회였고요.

다음으로, 미리 질문을 작성해서 제출한 학생들이 있거든요. 제가 그중에서 몇 가지 중요한 것들을 정리해서 말씀드리겠습니다. 또하나는 학생들이 선생님 책에서 가장 인상 깊어했던 구절을 몇 가지 읽어드리려고 합니다. 그러니까 선생님 책에서 왜 학생들이 이 구절이 가장 와닿는다고 말했는지, 그것도 선생님께 또 우리 모두에게 중요한 의미가 있지 않을까 생각해요.

첫번째, 질문지들에서는요, 신화의 기원은 무엇이고 또 그것은 어떤 필요에 의해 탄생되었는지에 대해, 즉 신화 존재의 근본적인 원인이 무엇일까요? 이런 질문들이 많았고요, 또 신화를 해석하는 과정에 대해서 설명해주세요. 이런 질문도 있었습니다. 또 신화라는 것은 과거에 국한된 것입니까? 그것이 아니라면 현대 신화라고 할 만한 것들은 무엇이 있을까요? 이런 질문도 있었습니다. 또 다음 질문은요, 여와가 만든 사람이 귀족이 되기도 하고 또 천민이 되기도 하는데 원시시대였을 때도 계급이 있었을까요? 라는 질문. 언제부터 동양신화에 관심을 가지게 되셨는지 또 이 두 권의 책을 쓰기 전까지 몇 권의 책을 읽으셨는지요.(웃음) 그중에서 가장 감동적인 책이 무엇이었는지를 질문했는데요. 다녀가신 모든 선생님이 저희들에게 세 권의 책을 추천해주셔야 되거든요.

그다음에는 학생들이 느꼈던 선생님 책에서의 인상적인 구절들을 제가 읽어드릴게요. "오늘 우리가 자신도 모르게 신화에 빠져드는 이유는 첨단과학의 발전이 인간의 정체성을 점점 애매모호하게 만들고 있기 때문이다. 인간 정체성에 대한 이런 위기감은 길을 잃었을 때 처음의 출발점으로 되돌아가듯이 우리로 하여금 반사적으로 신화를 숙고하게 한다. 왜냐하면 신화는 인간의 가장 원초적이고 본질적인 모습을 간직한 이야기이기 때문이다." 그리고 "육신과 흙이 궁극적으로는 동일하다고 믿는 그들에게 사람의 육체를 다시 흙으로 빚어낼 수 있다는 상상이 가능했던 것이다" 등의 글들은 저도 개인적으로 이 부분이 신화가 오히려 일상에서 가장 크게 상징하는 부분이 아닌가 생각합니다. 또 "죽은 자는 말이 없다는 말은 치우에게는 통하지 않았다. 치우는 죽었지만 그의 투혼만은 쉽사리 없어지지 않았다. 아니, 정신뿐만 아니라 육체도 호락호락 죽어 없어질 수는 없었다. 그는 정말 강인한 신이었다".

치우에 관한 것을 학생들이 제일 관심 있게 읽었던 것 같고요. 이건 일반인이 쓰신 것 같은데요, "특정한 상상력으로 (머리가) 채워질 때 머지않은 장래에 그들이 특정한 문화를 아무 저항 없이 받아들일 것이 걱정이다" 하는 문장, 또 "동양신화를 읽는 것은 상상력의 제국주의를 막기 위해서도 꼭 필요한 것이다" 이런 문장들이 선생님 책에서 인상적인 부분입니다.

이런 자리의 궁극적인 목적은 아이들이 단순히 많은 지식을 얻어가는 것이 아니라, 자신에게 근원적인 질문을 던질 수 있는, 자기반성의 거울을 자신 안에 두고 다시 혼란스러운 질문을 되물을 수 있는 그런 자리가 되는 것이라고 보는데요, 그러기에 오늘 충분히 좋은 질문들과 좋은 답변으로 가득찬 좋은 시간이었다고 생각합니다. 마지막으로 선생님이 인사말 해주시고 이 자리를 접도록 하죠. 감사합니다.

정재서 허아람 선생님이 오늘의 대화를 정말 의미 있게 결론 내주신 것 같아요. 많은 선생님들이 여기 다녀가시면서 좋은 말씀도 하시고 또 이 모임에 대해서도 훌륭한 평들을 하셨는데, 저도 마찬가지로 오늘의 대화가 무척 소중하고 값진 경험이라고 생각합니다. 특히 질문들이 첨예하고 진지했는데 우리 전공 학자들이 염두에 두고 있는 그런 문제들을 잘 포착한 것 같아서 기꺼운 마음입니다. 여러분의 시대는 상상력의 시대라고 하죠. 이미지 또는 스토리의 시대라고도 하는데 여러분이 마음을 어떤 방향으로 잡고 노력을 해나가느냐에 따라서 결과가 엄청나게 달라지리라고 생각합니다. 과거에는 상상력이나 이미지, 스토리의 중요성에 대한 인식이 미약했기 때문에 노력을 해도 별로 효과가 드러나지 않았어요. 하지만 여러분의 시대는 그것들로 마음껏 날개를 펴고 날면 날수록 먼 데 까지 갈 수 있는 시대라고 생각을 해요.

끝으로 이런 자리를 마련해주신 것에 대해서 그 의의를 높게 평가하고 싶군요. 아까 허아람 선생님과도 얘기했지만 이런 움직임이 더 확대되었으면 좋겠어요. 부산에만 그치지 않고 전국적으로 확대되어 문화적으로 중요한 변혁을 이끄는 운동이 되었으면 하는 바람입니다. 여러분이 그런 선구적인 일을 한다는 자부심을 느끼고 앞으로 더욱 분발하시기 바랍니다. 감사합니다. (2006)

신화와 브랜드

―유니타스브랜드 편집자의 인터뷰

신화, 상상력의 처음과 끝

편집자 오늘 인터뷰의 주제를 한 줄로 정한다면 '우리도 영화 〈아바타〉를 만들 수 있는가?'가 아닐까 합니다. 〈아바타〉라는 영화에는 수많은 신화와 상징이 있다고 하더군요. 기원전 5000년경에 존재했던 수메르의 창조신화, 수천 년 전의 인도의 신화 그리고 500년 전의 이야기인 포카혼타스 등 여러 나라의 스토리가 이 영화 안에 녹아져 21세기를 사는 우리에게 신비로움을 선사해주었습니다. 〈아바타〉는 단순히 기술적으로 놀라운 영화일 뿐만 아니라 그 이야기 속에는 문화, 세계관, 원형, 욕망에 관한 모든 것들이 결합되어 있죠. 이처럼 아주 오래전 사람들이 상상해낸 신화는 디지털 문화로 충만한 21세기 사람들에게 3D 기술을 통해 재탄생되고 있습니다. 경외스러울 정도의 대자연의 신비감은 디지털 기술에 힘입어 입체적으로 우리 앞에 등장했고, 상상력의 끝이 어디일까를 의심케 할 정도의 풍부한 스토리는 너무나 사실적으로 다가옵니다. 이처럼 고대의 신화가 문화산업이라는 바람을 타고 첨단 시대라 불리는 오늘날에 재등장하고 있는 것에 대해 신화를 연구하시는 학자로서의 이야기를 듣고 싶습니다.

정재서 영화 〈반지의 제왕〉은 게르만신화를 바탕으로 쓴 소설이 영화로 만들어진 것이죠. 그런가 하면 매년 크리스마스가 되면 사람들을 극장으로 불러 모은 조앤 롤링의 원작으로 만들어진 영화 〈해리 포터〉는 켈트신화에 뿌리를 둔 중세 마법 이야기가 소재가 된 것이며, 일본의 애니메이션 〈센과 치히로의 행방불명〉은 동양의 전통신화에서 나오는 요괴 캐릭터를 각색한 것입니다. 질문하신 것처럼 왜 영화, 더 나아가서 문화산업에는 이토록 신화에서 이야깃거리를 불러오고 있는 것일까요? 문화가 이익 창출의 소재가 될 수 있을 뿐만 아니라 굉장한 효용가치가 될 수 있다는 것을 단적으로 보여준 예가 바로 영화 〈쥬라기 공원〉이라고 할 수 있는데요, 당시 이 영화 한 편이 벌어들인 수입이 그해 우리나라가 자동차 판매 수출을 통해 벌어들인 액수와 비슷했다고 합니다. 어마어마한 거죠. 영화를 비롯하여 애니메이션, 게임 등은 이제 부가가치가 가장 높은 산업으로 자리잡았지요. 앞으로 문화산업이 IT 산업, 바이오 산업 등과 함께 국가 산업에서 중요한 위치를 차지하게 될 것이라는 전망은 예측이 아니라 기정사실이 된 것 같습니다. 이것은 다시 말하면 문화산업이 경쟁력 있는 산업군이 될 거라는 뜻인데, 그렇다면 경쟁력을 가지기 위해서는 어떻게 해야 하는 걸까요? 바로 콘텐츠입니다. 영화를 잘 만들기 위한 시스템과 기술, 그러니까 하드웨어도 중요하긴 하나, 결정적으로 이 영화가 경쟁력을 확보하기 위해서는 얼마나 놀라운 콘텐츠를 가지고 있느냐가 승패를 결정하는 겁니다. 콘텐츠가 무엇입니까. 바로 스토리죠. 문화산업에서 현재 신화에 지대한 관심을 기울이는 이유가 바로 이 스토리 때문입니다. 신화에는 상상의 궁극이라 할 수 있는 놀랍고도 매력적이며 또 신비로움을 지닌 스토리가 있기 때문이죠. 그리스 로마 신화야 워낙 유명하지만, 아직 발굴을 기다리는 신화들이 많습니다. 얼마 전부터 그리스 로마 신화에서 켈트신화, 북유럽신화 등으로 관심이 옮겨지면서 이들이 영화의 소재로 등장하고 있지 않습니까. 신화는 더욱더 문화산업을 통해 끊임없이 부활할 것이라고 생각됩니다. 그런데 잠깐, 인터뷰를 진행하기 전에 제가 궁금한 것을 먼저 묻고 싶군요. 브랜드에서 신화에 대해 관심을 갖는 이유는 뭡니까?

편집자 스타벅스의 심벌은 그리스 로마 신화에 나오는 마녀 세이렌 입니다. 그리고 캐논의 카메라 렌즈는 EOS, 이것 또한 그리스 로마 신화에 나오는 새벽의 여신이죠. 그런가 하면 우리나라에서 컨버스라는 신발 브랜드를 수입하여 운영하는 회사의 이름이 반고인터내셔널인데, 이때 '반고'는 중국의 창조신화에 나오는 거인입니다. 기업이나 브랜드는 이처럼 끊임없이 신화의 캐릭터를 가져와 접붙이기를 합니다. 왜냐하면, 차별화가 생명인 브랜드 시장에서 단순히 품질을 소개하는 것에는 한계가 있어요. 그래서 이미 많은 사람들에게 알려진 혹은 그것 자체로 상징적인 의미를 가진 신화의 캐릭터를 빌려와 그것을 통해 자신들의 존재 이유와 의미를 얘기하려고 합니다. 이것만큼 자신들의 정체성을 분명하게 표현할 수 있는 좋은 도구가 없기 때문이죠. 그렇기 때문에 브랜드와 신화는 동전의 앞면과 뒷면처럼 늘 함께 다니는 존재라고 할 수 있어요. 하지만 신화의 의미를 제대로 알고 사용하는지는 의문입니다.

정재서 사실 브랜드뿐만 아니라 다양한 곳에서 신화를 활용하고 있지요. 왜냐하면 신화가 가지고 있는 강력한 힘 때문이에요. 지금은 우리가 이성적이고, 과학적인 세상에 살고 있기 때문에 신화의 이야기가 너무 황당무계하고 엉터리 같다고 생각할 겁니다. 그런데 신화가 처음 만들어졌을 당시, 그러니까 까마득한 그 옛날에 살았던 사람들의 입장에서는 이 이야기는 굉장히 현실적인 거였어요. 이것이 무슨 말이냐 하면, 당시 원시인들의 삶은 오늘 사냥을 못하면 굶고, 병이 나면 허무하게 죽을 수밖에 없었습니다. 자, 이런 상황에서 신화가 탄생했다면 여기에는 굉장히 현실적인 욕망과 삶에 대한 절박함이 담겨 있다고 할 수 있는 거지요. 그렇다면 그들에게 있어서 가장 절실했던 것은 무엇이었을까요? 여러 가지가 있겠지만, 결국 정리해보면 개체 유지와 종족 보존으로 압축됩니다. 개체 유지는 식욕이고, 종족 보존은 성에 대한 욕망 내지 삶에 대한 욕망을 말하는 거죠. 이러한 욕구를 만족시키고자 원시인들은 자신이 살고 있는 자연과 세계에 대한 이해가 필요했을 겁니다. 이러한 이해를 언어, 즉 스토리를 통해 표현한 것이 바로 신화입니다. 그러니까 원시인들이 자신들을 둘러싼 자연과 세계를 대면하면서 생존의 욕망을 실현하기 위해 자연을 어떻게 인식하고 해석했는지를, 나아가 그 과정에서 터득한 우주와 삶의 이치를 상징적인 언어로 표현한 것이 신화라는 겁니다. 이처럼 인간이 벌거숭이로 있을 때 했던 생각이 신화를 탄생시켰기 때문에 신화에는 인간의 가장 원초적이고 근본적인 모습이 담겨 있습니다. 이것은 인간의 변하지 않는 본질, 원판이에요. 시대가 변함에 따라 혹은 환경에 따라 인간은 달라지지 않느냐고 반문할 수도 있을 거예요. 그러나 원형이란 그런 것에 영향을 받지 않는 것으로, 이것은 마치 유전인자처럼 우리의 무의식에 각인되어 있어요. 다만 시대마다 새로운 옷으로 갈아입고 나타날 뿐입니다. 원형은 절대로 변하지도, 또 없어지지 않습니다. 이것이 바로 신화가 가지고 있는 제1기능이자, 가장 강력한 힘입니다. 여기에서 신화는 인간의 본질을 생각하게 해주는 원본이 됩니다. 그래서 영화를 비롯한 문화산업에서도, 또 브랜드에서도 끊임없이 신화를 들춰보게 되는 것이죠.

편집자 브랜드가 끊임없이 신화를 통해 자신들을 표현하려고 하는 근원적인 이유가 무엇인지 알 수 있을 것 같습니다. 신화 속에 인간의 원형이 담겨 있다면 우리가 신화를 제대로 아는 것은 곧 인간을 제대로 아는 것이겠군요. 그런데 브랜더들이 신화를 공부하는 이유가 한 가지 더 있습니다. 트렌드를 연구하는 사람들의 공식을 살펴보면 '과거를 기억하고 현실을 이해하면 미래를 예측할 수 있다'는 것입니다. 즉 미래를 예측하고자 신화라는 과거를 공부한다는 것이죠. 혹, 누구보다 미래를 더 빨리 알고자 하는 브랜더들에게 신화는 원하는 것을 줄 수 있을까요?

정재서 브랜더들이 원하는 보다 실질적인 미래는 아니겠지만, 그보다 더 가치 있는 것을 신화는 줄 수 있다고 생각합니다. 바로 상상력입니다. 이미 다 알고 있는 것처럼 상상력이 중요한 시대가 도래했습니다. 과거는 경직된 이성주의의 시대였죠. 근대의 자본주의, 산업화, 도시화는 우리에게 합리적이고 이성적인 것만을 추구하게 했어요. 인간의 주체성을 자각하며 인간이 보고 느끼고 파악할 수 있는 범위 내에서 알 수 있는 것만이 진리라고 생각했죠. 인간이 모든 세계의 중심에 서서 자연을 지배하고, 착취하는 관점을 가지면서 우리 모두 아는 바와 같이 자연과의 대립은 인간의 존립 자체를 위태롭게 만들어버렸습니다. 그래서 탈근대로 넘어오면서 자연스럽게 자연과의 화해를 도모하자는 주장이 나옵니다. 여기서 중요한 것은 자연과의 교감과 친화를 위해서는 인간만이 중심이라는 독선적인 의식을 버려야 하는 것이었죠. 이런 과정을 통해 인간의 주체성만을 강조하던 주장들이 설득력을 잃으면서 이성주의와 합리주의가 쇠퇴하기 시작합니다. 그러면서 자연스럽게 상상력이 대두하게 되었습니다. 과거의 이성적이고 실증적인 것에 갇혀 있던 생각을 버리니 인식의 범주를 무한히 확대할 수 있게 된 겁니다. 이것은 상상력을 통해서 가능한 것이지요. 아울러 근대까지는 인간만이 살아 있는 존재였고, 다른 것들은 다 죽은 거나 마찬가지라고 생각했다면, 이제는 자연을 비롯하여 인간을 둘러싼 다양한 존재들과 공생해야 하는 시대로 넘어왔습니다. 이러한 시대에 상상력은 인간의 생존을 위한 필연적인 선택인 거지요. 그런데 생각해보십시오. 상상력이라고는 하지만 그것 또한 결국에는 인간의 머리에서 나오는 생각입니다. 인간의 생각은 갑자기 없던 것에서 새로운 것을 만들어내지 못합니다. 태양 아래 새로운 것이 없다고 했듯, 우리가 할 수 있는 생각들은 이미 옛 선인들이 모두 생각했던 것들입니다. 그러한 생각이 보관되어 있는 것이 바로 인문학의 고전들 아닙니까. 그중에서도 신화는 가장 오래된 고전으로, 따라서 인류의 가장 오래된 지적 유산이 담겨 있습니다. 그렇기 때문에 신화를 읽는다는 것은 상상력의 원천을 얻을 수 있다는 뜻입니다. 신화에는 변하지 않는 인간의 원형이 담겨 있다고 했는데, 신화에서 얻을 수 있는 상상력은 시대를 초월하며 창작을 위한 마르지 않는 샘과 같은 것이죠. 그런데, 상상력에는 필연적으로 따라오는 것이 두 가지가 있습니다. 하나는 이미지며, 또하나는 스토리입니다. 주변적인 것들과의 공생을 모색하게 되면서 상상력을 넓혀야 할 때, 이미지에 대한 감각을 확대하고, 스토리를 통해서 세계를 설명하고 이해하는 작업이 필요하기 때문이죠.

편집자 상상력과 스토리, 그리고 이미지는 브랜드에게 있어서도 반드시 필요한 요소입니다. 브랜드의 콘셉트를 잡기 위해서는 상상력은 기본이며, 이 브랜드를 표현하는 이미지를 떠올려보며, 브랜드를 주인공으로 한 스토리를 만들어보기도 하지요. 거기에 최근에는 소비자들은 결코 상품을 사지 않아요. 상품 속에 담겨진 브랜드의 스토리, 그리고 이 브랜드를 구매한 다른 소비자들의 체험을 사려고 하지요. 이것을 저희 용어로는 브랜드 체험이라고 부르는데요, 교수님의 이야기를 듣다보니 상상력, 스토리, 이미지는 단지 브랜드뿐만이 아니라 이 시대가 요구하는 것이 아닐까, 하는 생각을 해봅니다.

정재서 그렇습니다. 이미 시대는 감성의 시대로 넘어왔지요. 이러한 시대에 상상력과 더불어 스토리와 이미지는 시대적인 요구라고 할 수 있어요. 그러한 요구에 맞추어 신화도 끊임없이 부름을 받고 있는 중이지요. 신화 속에서는 이 세 가지를 모두 얻을 수 있으니까요. 앞서도 말씀드렸지만 신화만큼 오래된 고전은 없습니다. 그 속에는 오늘의 우리가 상상할 수 있는 모든 것의 다양한 원형들이 숨어 있습니다. 아울러 상상력만큼이나 스토리는 현대사회에서 매우 중요해졌지요. 작게는 입사지원서의 자기소개서부터 크게는 국가와 지역의 정체성을 표현하는 스토리 등 스토리를 필요로 하지 않는 곳이 없다고 할 정도로 이제는 스토리텔링이 아주 중요한 시대가 되었습니다. 신화는 형식 자체가 서사 곧 스토리의 형태를 취하고 있으며 가장 오래 살아남은 스토리로서 사람을 매혹시키는 이야기 요소와 구조를 지니고 있습니다. 신화에 능한 사람이 스토리텔링에 능할 수밖에 없습니다. 다시 신화는 가장 오래된 이미지들이 저장되어 있는 보관소와 같습니다. 그것들은 신화의 원형적인 상상력과 항상 동반합니다. 따라서 신화 속에 나오는 각종의 다양한 캐릭터들은 우리가 상상하고 있는 것들을 이미지화하는 데 도움을 줍니다. 결국 가장 오래된 이야기이며, 인간의 원형이 담겨 있는 신화는 그렇기 때문에 오늘날 우리가 필요로 하는 상상력과 이미지 그리고 스토리의 보물창고인 것입니다. 이성 중심의 근대가 지나가고 탈근대로 넘어오면서 그동안 이성에 의해 억압되었던 상상력, 스토리, 이미지 등이 자연스럽게 부활하자, 신화가 다시금 재조명받는 시대가 되었습니다. 이제 신화는 원시시대로부터 귀환했습니다. 이 시대의 강력한 요청으로 말입니다.

동양과 서양의 신화, 한 짝의 상상 날개

편집자 유니타스브랜드에서도 기사를 쓸 때 신화의 내용을 인용합니다. 교수님께서도 말씀하셨다시피, 브랜드들을 취재하면서 그들이 왜 이런 브랜드 네임을 썼을까, 그들은 왜 이런 스토리를 만들었을까를 찾아가다보니 결국에는 신화를 만나게 되더라고요. 그런데 여기서 한 가지 궁금증이 생깁니다. 사실, 신화라는 것은 모든 나라에 있는 것이 아닙니까. 그런데 우리는 그리스 로마 신화를 제외하고는 제대로 알고 있는 신화가 없는 것 같습니다. 특히나 동양신화는 많이 알려져 있지 않습니다.

정재서 맞습니다. 동양신화를 공부하는 학자로서 저도 이 점이 매우 안타깝게 여겨집니다. 서양에서는 르네상스 이후로 호메로스가 쓴 『오디세이아』『일리아드』를 비롯하여 신화의 이야기들을 발굴하고 문학, 예술적으로 각색하는 작업들이 활발하게 이루어졌지만, 동양에서는 신화적인 상상력이나 스토리, 이미지들을 이단적으로 생각해서 배척하는 등 신화를 제대로 들여다보는 작업이 매우 미흡했습니다. 그런데 동양인으로서 동양신화를 아는 것은 매우 중요합니다. 왜냐하면, 그것이 우리 문화의 뿌리이기 때문입니다. 인간은 문화권은 각기 다르더라도 모두가 다 가지고 있는, 그러니까 보편적인 원형이 있어요. 그것은 시대나 지역을 초월하여 인간이라면 누구나 가지고 있는 본성 같은 것이죠. 그래서 그리스 로마 신화를 보아도 이러한 보편적인 원형들을 많이 찾아볼 수 있습니다. 그러나 신화라는 것은 저마다의 풍토와 고유한 민족성을 토대로 만들어지는 겁니다. 그러니까 똑같이 인류의 원형을 담고 있다 하더라도 종족에 따라, 문화적인 토양에 따라 신화는 강조하는 내용과 표현하는 형식이 달라지게 됩니다. 단적인 예가 있어요. 잘 아시다시피 오이디푸스 콤플렉스라는 것이 있습니다. 아버지를 죽이고 어머니와 결혼한 오이디푸스 신화에서 유래했는데, 이 신화는 지중해 연안 민족들에게는 보편적으로 나타납니다. 그런데 이 콤플렉스가 우리나라, 중국을 포함한 동양에서도 보편적이라고 말할 수 있을까요? 아니지요. 물론 무의식에 그런 본능이 있을 수는 있겠지만 우리의 유교 문화 풍토와 종족적 특성으로 볼 때 그런 욕망들은 억압되어 있거나 잠재화되어 있어 매우 드물게 나타납니다. 그럼에도 오이디푸스 콤플렉스는 현재 인간의 보편적인 콤플렉스인 것처럼 받아들여져 학자들은 그것을 원용해 모든 문화를 해석하고 있습니다. 이건 굉장히 독선적인 시각이라고 생각합니다. 특정한 지역과 특정한 종족의 신화에서 생겨난 콤플렉스로 신화적 풍토가 다른 종족의 문화를 무차별적으로 재단하고 있는 겁니다. 신화에는 보편성도 존재하지만, 특수성도 존재합니다. 그렇기 때문에 신화를 제대로 보려면 고유한 풍토를 바탕으로 형성된 우리 동양신화를 먼저 이해한 후 다른 나라의 신화를 함께 보면서 인류의 보편성을 찾아가는 것이 바람직하다 할 것입니다. 중요한 것은 동양의 문화적 정체성은 바로 동양의 신화에서 확인할 수 있습니다.

편집자 동양신화를 제대로 모른다면, 우리의 정체성도 왜곡해서 생각할 수도 있다는 말씀이시군요. 만약 동양신화가 발굴되고 각색되어 사람들에게 알려진다면, 그것을 통해 브랜더들은 엄청난 영감을 받을 수 있으리라는 기대감이 생기는군요. 동양신화를 안다면 브랜드, 더 나아가 세상을 바라보는 눈이 넓어질 것이 아니겠습니까. 그런 의미에서 동양신화를 연구하시는 교수님으로서 브랜더들이 동양신화에서 무엇을 얻게 될 거라고 생각하시나요?

정재서 동양의 인어 아저씨를 본 적이 있나요? 아마도 처음 본 순간 낯설고, 우스꽝스럽다고 느낄지도 모릅니다. 중국의 신화집 『산해경』을 보면 인어 아저씨에 대한 이야기가 나오죠. 저인국이라는 나라에 상체는 사람인데 하체는 물고기로 되어 있는 사람이 있었다는 이야기를 꺼내며 그것을 남자로 표현해 놓았습니다. 동양에 버젓이 인어 아저씨가 있는데 왜 우리는 인어는 여자라고 생각하는 걸까요? 바로 서양신화를 통해 이미 학습을 했고 서양의 상상력이 표준이 되었기 때문입니다. 이처럼 우리의 상상력은 자유롭지 않습니다. 글로벌 시대에 강대국 중심의 문화산업이 지배하면서 서양의 상상력이 범람하게 되면 이른바 상상력의 제국주의 현상이 나타나게 되고 결국 우리의 문화적 정체성은 그 입지가 좁아지게 됩니다. 제가 지금 얘기하고 있는 것은 편협한 문화민족주의가 아니니 오해는 하지 말아주세요. 자신의 정체성을 제대로 모른 채 휩쓸려 다니는 것에 대한 경계의 말씀을 드리는 겁니다. 정체성을 제대로 지니고 있으면 오히려 다른 문화를 어떻게 봐야 하는지에 대한 시각이 생기며, 공존의 시대에 다양성을 어떻게 인정해야 하는지를 더욱 분명하게 알 수 있는 겁니다. 본론으로 다시 돌아가보면, 이처럼 우리는 서양 문화권에서 기인한 생각들로 우리의 삶과 문화를 해석하고 있다는 것입니다. 그런데 이러한 위기의 자각은 곧 기회이기도 합니다. 위기를 자각하여 동양신화에 대해 관심을 갖게 되면서 이제까지의 통념을 깬 새로운 생각들이 쏟아져나올 수 있는 기회를 맞게 되는 것이지요. 인어 아저씨, 얼마나 놀랍습니까? 동양신화를 통해 정체성을 찾는데 그치지 않고 새로운 상상력의 보물 창고를 갖게 되는 것입니다. 그러니까 상상력을 훨씬 업그레이드시킬 수 있는 것이죠. 앞에서도 말했지만, 상상력의 원천은 신화일 수밖에 없습니다. 현재 발견을 기다리는 동양신화들이 많이 있습니다. 거기에는 그리스 로마 신화적 상상력의 통념에서 벗어난 기발한 상상력을 비롯하여 수많은 스토리와 이미지들이 숨어 있어요. 이것을 발견하여 세상 밖으로 끌어내어 주기만 한다면 지금보다 훨씬 더 경쟁력 있는 브랜더가 되지 않을까요?

편집자 우리가 알게 모르게 서양신화가 빚어낸 문화 속에서 살고 있었다는 것을 새삼 느끼게 됩니다. 그렇다면 진정으로 나는 누굴까, 우리는 누굴까라는 질문을 던져보게 되는군요. 브랜드도 서양의 신화나 그것에 녹여진 문화 속에서 자신들의 정체성을 찾기보다는 동양신화에서 그 뿌리를 찾게 된다면, 오히려 브랜드의 정체성을 더 잘 표현할 수 있는 것뿐만 아니라 이제껏 경험해보지 못했던 새로움까지 고객들에게 선사할 수 있을 것 같습니다.

정재서 그렇지요. 거듭 말하지만 서양 문화에 대해 무조건 배타적이고, 또 우리 것만 좋다는 국수주의적인 태도를 취하자는 것이 아닙니다. 서양 것이 우리 것처럼 완전히 내면화된 이때에 우리가 잃어버린 동양신화를 보탠다면, 기존의 서양신화에서 출발한 발상보다 더 풍부하고 참신한 아이디어를 가질 수 있지 않을까 하는 생각입니다. 우리 신화가 없다면 모르겠지만 있으니까 그것을 다시 회복할 필요가 있는 것 아닙니까. 더더구나 이것은 정체성의 문제와 결부된 것이니까요. 서양신화와 동양신화는 기본 관념에서 차이점이 많습니다. 우선 신과 인간 간의 관계가 제일 큰 차이지요. 서양에서는 신과 인간 사이에는 큰 간극이 존재하여 넘어설 수 없다고 생각합니다. 그러나 동양은 그렇지 않았지요. 동양은 신과 인간과의 관계를 연속적으로 파악하기 때문에 인간이 노력하면 신이 될 수도 있다고 생각해요. 이처럼 두 신화는 본질적으로 다른 것들이 있습니다. 그렇기 때문에 문화적 정체성의 확립을 위해 우리의 동양신화는 반드시 복권되어야 합니다. 사실 최근에는 동양신화를 발굴하고 그것을 각색하여 알리는 작업들이 시작되긴 했습니다. 그래서 오히려 할리우드 같은 곳에서는 역삼투 현상이 일어나고 있습니다. 바로 영화 〈포카혼타스〉나 〈뮬란〉 같은 것들이 그 예입니다. 뮬란이 잔다르크보다 인지도는 없지만, 잔다르크에 이미 익숙해진 사람들에게 동양에서 건너온 스토리와 이미지는 새로운 충격을 선사하지 않았습니까. 동양신화에는 이미 검증된 스토리와 이미지들이 많이 있습니다. 인지도가 낮다는 것은 문제가 되지 않아요. 오히려 진부하지 않은 스토리와 이미지가 사람들을 훨씬 더 매료시킬 수 있으니까요. 이러한 시대적 흐름을 볼 때, 동양신화를 누가 먼저 찾아 거기에 담긴 상상력, 이미지, 스토리를 각색하여 세계화된 작품을 만들어내는가가 관건이겠지요.

상상력, 브랜드에 신화를 덧칠하다

편집자 신화가 상상력의 보물 창고라는 것을 오늘 인터뷰를 통해 다시 한번 알았습니다. 무엇보다 동양신화에서 우리가 그동안 잃어버렸던 상상력들을 찾아야 한다는 일종의 책임감(?)도 느낍니다. 교수님의 말씀대로라면 동양신화에 이제 많은 사람들이 더 주목할 것 같은데요, 그렇다면 동양에서는 신화의 기원을 두고 이른바 스토리 전쟁을 벌일 수도 있겠다는 생각도 듭니다.

정재서 서양신화, 동양신화라고 말할 때, 그것은 특정한 어떤 나라를 말하는 것은 아닙니다. 신화시대에 오늘날과 같은 국가가 있고 민족이 있었겠습니까? 사실 그리스 로마 신화만 해도 그것은 중동 지역으로부터 많은 영향을 받아 성립되었고 지금은 그리스와 로마에서만 통용되는 것이 아니라, 유럽을 대표하는 신화가 되었지요. 우리는 종종 정체성과 기원을 동일시하는 경향이 있는데, 그것은 명백한 오류입니다. 기원에 대한 집착은 지배욕과 밀접한 관련이 있습니다. '원조'라는 말을 굉장히 자주 쓰잖아요. 장충동에 가면 족발집이 전부 원조라는 간판을 달고 있습니다. 장충동 일대의 모든 족발을 지배하겠다는 욕망의 기표가 아니고 무엇이겠습니까? 그러나 정체성에는 기원적인 것도 포함되지만 더 중요한 것으로 역사적으로 내가 구성해낸 것, 만들어낸 것이 있습니다. 일본의 만화나 애니메이션을 보면, 요괴 이야기가 자주 등장합니다. 일본에는 요괴의 스토리와 이미지가 상당히 많이 전해지고 있습니다. 그런데 그 기원을 쫓아서 올라가면 중국신화에 맥이 닿습니다. 요괴 이야기와 이미지는 중국에서 시작되었을지라도 일본은 그것을 가져와 더 일본답게 만들어 일본의 정체성을 지닌 작품으로 만드는 데에 성공했습니다. 바로 이것입니다. 기원은 다른 곳에 있을지 모르나, 그것을 자신의 문화에 융합시켜 내 것으로 만들어 나다움을 표현할 수 있다면 이것 또한 움직일 수 없는 나의 정체성입니다. 그런 의미에서 드라마, K팝 등의 한류도 좋은 사례라고 할 수 있습니다. 서양의 대중문화와 테크놀로지를 받아들여서 그것을 한국화, 세계화하여 성공한 케이스라고 할 수 있으니까요.

편집자 다시 처음의 질문으로 돌아가보겠습니다. 우리는 〈아바타〉와 같은 영화를 만들 수 있을까요? 오늘의 인터뷰를 통해서 동양신화라는, 숨어 있는 수많은 상상력의 창고가 활짝 열린다면 우리도 그런 영화를 만들 수 있겠구나, 하는 기대감이 생깁니다. 〈아바타〉 〈해리 포터〉 시리즈, 〈반지의 제왕〉 시리즈 등은 단순히 영화가 아니라 하나의 브랜드라고 할 수 있거든요.

정재서 앞서 말씀드렸다시피 〈반지의 제왕〉 〈해리 포터〉 모두 스토리의 근원이 신화 아닙니까. 결국은 다시 언급하면 '스토리'야말로 판타지 대작의 성패를 좌우하는 관건이라고 생각합니다. 사실 우리나라에도 이미 스토리텔링을 잘하여 성공한 사례가 있습니다. 바로 〈대장금〉이에요. 〈대장금〉은 국내에서 드라마로서도 성공했지만 무엇보다 한류의 기폭제가 된 작품입니다. 그런데 〈대장금〉의 99.9퍼센트는 스토리텔링이에요. 『조선왕조실록』에, 중종대왕이 편찮으실 때 어의가 와서 "환후患候가 어떠십니까" 그랬더니 "장금이가 내 병에 대해 잘 알아"라고 기록된 이 한 줄을 근거로 만들어진 드라마입니다. 이 한 줄로 무려 6개월 동안 방영될 드라마를 만들었습니다. 대단하지 않습니까? 〈대장금〉만 있는 것이 아닙니다. 경기도 양평군을 아시지요? 이곳에는 '소나기 마을'이라는 테마파크가 있습니다. 이 테마파크는 현재 1년에 수십만 명이 방문하는 관광지가 되었습니다. 소설 「소나기」를 보면, "소녀네가 양평 읍내로 이사갔다"라는 한 구절이 있습니다. 이것에 근거하면 양평군은 국민소설 「소나기」의 무대인 셈입니다. 이러한 착상을 바탕으로 테마마크를 조성한 것입니다. 이것이 바로 스토리텔링의 힘입니다. 동양신화에는 이러한 스토리 자원이 무궁무진하지요. 한국의 〈아바타〉를 만들고 싶다면 가장 먼저 해야 할 작업이 동양신화에서 소재를 찾아 그것을 스토리텔링하는 것이겠지요. 수천 년 동안 전승되어오면서 수많은 사람들에게 검증되어온 동양신화 속에 〈아바타〉를 낳은 소재와 필적할 만한 기발한 상상력과 이미지, 스토리가 잘 보관되어 있다는 말씀입니다. (2011)

동양 판타지의 부활을 위하여•

—『퇴마록』 작가 이우혁과의 대담

1994년 1월 '국내편' 제1권이 처음 출간된 무협판타지소설『퇴마록』(들녘출판사)이 '말세편' 제 6권으로 완결됐다. 93년 여름 PC 통신 하이텔 게시판에 연재된 뒤 네티즌들의 폭발적인 호응에 힘입어 종이책으로 나오게 된 것은 사이버문학과 아날로그 출판의 교류 가능성을 보여준 의미 있는 사건이었고 나아가 영화, 게임 등으로 만들어지기도 했다.『퇴마록』의 이 같은 대중적 흡인력은 어디서 비롯된 것일까.『산해경 역주』『도교와 문학 그리고 상상력』 등의 저서를 통해 동양신화 연구에 천착해온 정재서 교수는 "이 책에서 엿보이는 동아시아 문학의 전통적 '이야기성'과 '환상성'이

• 이 글은 중앙일보 김정수 기자가 사회를 보고 정리한 글이다. 김기자께 감사를 표한다.

신세대의 정서에도 잘 맞아떨어졌기 때문"이라고 분석한다. 문단에선 거의 '무시'돼온 이 책에서 과연 동아시아적 상상력을 살린 '족보 있는' 환상문학작품의 가능성을 찾을 수 있을까. '한국판타지론'을 주장해온 저자 이우혁씨와 정교수의 진지한 토론을 들어보자.

사회자 마지막 19권이 나오기까지 7년 반이 넘게 걸렸다. 주 독자층 연령이 10대에서 20대 초반인 걸 생각하면 그렇게 오랫동안 베스트셀러를 유지했다는 사실이 놀랍다.

이우혁 나는 책을 사보라고 말할 수 있으려면 우선 읽히는 걸 내놓아야 한다고 생각한다. 글을 쓸 때 무엇보다 '재미'에 중점을 두는 건 그 때문이다. 그래서인지 『퇴마록』의 경우 매 권 초판이 나오자마자 사보는 고정독자만 10만 명쯤 됐다.

정재서 이 작품이 그렇게 독자를 끌어들일 수 있었던 건 흥미로운 사건이 끊임없이 이어지는 풍부한 서사성, 즉 이야기성이 있었기 때문일 것이다. 그동안 우리 문학은 관념적 경직성, 엄숙주의 등에 얽매여 그런 재미를 소홀히 해왔다. 이제 문단 주변부에서 맴돌고 있는 대중소설이나 판타지소설들의 이야기성을 긍정적으로 평가하고 본격문학에서도 그런 요소를 적극 수용해야 한다.

사회자 요즘 판타지소설도 하나의 문학 장르로 인정해줘야 한다는 움직임이 일고 있다. 하지만 『퇴마록』은 판타지라기보다 무협소설 아니냐는 비판도 있다.

정재서 그것은 동양 판타지문학에 대한 서구주의적 편협된 시각에서 나오는 얘기 같다. 톨킨의 『반지의 제왕』과 같은 서양판타지도 있지만 『서유기』같이 훌륭한 동양판타지도 있다. 그리고 이참에 지적하고 싶은 것은 무협소설에 대한 왜곡된 시각이다. 중국에선 무협소설이 환상문학에서 갈라져나온 하나의 장르로 당당히 대접받고 있다. 그런데 우리나라에선 『영웅문』『녹정기』 등을 쓴 천재 작가 김용金庸을 삼류로 폄하하는 이들도 많다. 이것 역시 서구문학 중심적 사고다.

이우혁 컴퓨터게임 등을 통해 서양판타지에 먼저 익숙해진 10대 독자들도 그런 편견을 갖고 있는 것 같다. 무협판타지는 '정통'이 아니라는 것이다. 하지만 중세 유럽의 분위기가 물씬 풍기는 스토리 구조에 등장인물이나 장소 이름만 한국식으로 바꾼 작품은 정통이라 할 수 있는가.

사회자 일리 있다. 그 문제를 따져보기 위해선 판타지문학, 특히 동양환상문학의 역사적 맥락부터 다시 짚어볼 필요가 있을 것 같다.

정재서 서양이나 동양 모두 문학의 역사는 '환상성'이 줄곧 지배해왔지만 특히 동아시아 문학은 "현실에는 인간의 이성으로 파악할 수 없는 부분이 항상 존재한다"는 세계관을 토대로 현실과 환상성의 요소를 뒤섞어 보여왔다. 그런 전통은 동아시아 전체 괴기환상문학의 효시격인 『산해경』에서 시작, 중국 육조六朝시대 지괴志怪에서 소설의 틀을 갖춘 뒤 명나라 때 『서유기』에서 정점을 이

뤘다. 그리고 청나라 때 작품인 『요재지이』, 노벨문학상을 받은 가오싱젠의 『영혼의 산』에까지 이어진다.

이우혁 우리나라의 『홍길동전』 『전우치전』 등도 그런 동아시아적 환상성이 담긴 작품 아닌가. 나는 바로 우리 고유의 '도道'와 '팔자八字', 그리고 '윤회輪廻' 등의 개념에서 환상성의 소재를 찾아내는 것이야말로 의미 있고, 또 우리 정서에 더 맞는 작업이라고 본다. 『퇴마록』은 그 첫 걸음이었다. 『왜란 종결자』를 내면서부터는 아예 내 책을 '한국형 판타지' 또는 '한국판타지'라는 용어로 구분하기도 했다. 앞으로 치우천왕 등에 대한 역사판타지를 쓰려는 것도 같은 맥락이다.

사회자 좋은 아이디어다. 우리 청소년들만 해도 그리스 로마 신화의 등장인물은 인용할 수 있어도 고대 동북아시아의 신화적 인물인 치우천왕은 들어본 적도 없을 것이다.

정재서 서양식 판타지만 편식할 것이 아니라 정말 우리 스스로 소외해온 동아시아적 상상력부터 살려 다양한 소재의 작품들이 나와야 한다. 나는 80년대 선풍적 인기를 끌었던 실명소설 『단丹』이 우리 고유의 도술적 환상성을 대중적으로 인식하게 해준 계기였다고 생각하는데, 『퇴마록』은 그 줄기를 이어준 작품이라고 본다. 거기에 가톨릭 신부라던가 좀비를 이용하는 부두교, 이집트 신비주의 등 세계 각국의 판타지적 요소까지 차용한 것은 이 책의 장점이다.

사회자 문학적인 완성도를 점차 높여가는 것이 중요할 것이다.

정재서 이 책의 경우 인터넷을 통해 연재됐던 초반부는 네티즌과의 '쌍방향성'을 인식해 재미에 너무 치우쳤기 때문인지 구성력이 떨어졌다. 또 '말세편'에선 좀 극복이 됐지만 선악의 이분법적 구도도 강한 편이다. 반면 문체가 소박할 정도로 간결한 것은 오히려 효과적이었다.

이우혁 적어도 판타지 세계를 구축하는 데 있어 '자체 모순'은 없는 작품을 쓰려고 한다. 톨킨이 위대한 것은 그의 판타지 세계는 그 나름의 완벽한 논리 속에서 구현되고 있기 때문이다.

정재서 그렇다. 무엇보다 환상문학이 생명력을 얻기 위해선 '내적 리얼리티'를 갖춰야 한다. 판타지란 꽉 막힌 현실세계의 탈출, 극복 수단이자 현실세계를 다른 각도와 깊이로 볼 수 있게 만드는 방식이지 결코 황당무계한 이야기를 의미하는 것이 아니기 때문이다. 앞으로의 작업을 기대한다. (2002)

우주론, 현대에 다시 쓰인 창조신화•

—고등과학원 박창범 교수와의 대담

깊은 산 속의 천문대에서 세상의 시비와 담을 쌓고 별을 보는 일에만 전념하고 있는 천문학자. 그리스 시대였던가? 별만 보며 걸어가다가 웅덩이에 빠지자 바로 눈앞의 일도 모르면서 하늘의 일을 논한다고 비웃음을 당했다는 어느 철학자. 우주의 원리를 탐구하는 박창범 교수를 만나러 고등과학원으로 가는 차 속에서 문득 이 두 인물의 이미지가 겹쳐 떠오른다. 신화학자도 천문학자와 비슷하지 않을까? 현실과 까마득하게 동떨어진 일을 연구 대상으로 삼고 있다는 점에서 그러하고, 그런 이유에서인지 좀 별난 사람으로 인식되고 있다는 점에서도 그러하다.

• 이 글은 박창범 교수와의 대담을 필자가 정리한 것이다.

반갑게 맞이하는 박교수를 따라 연구실로 들어섰다. 칠판에는 막 계산을 끝낸 듯 어려운 방정식과 숫자들이 어지럽게 쓰여 있다. 실험실 안내를 부탁했더니 우주론은 수학적 해석이 중요한 작업이기에 복잡한 실험장비보다는 성능 좋은 컴퓨터가 필수라고 한다. 그리고 추론을 위한 사색 작업 역시 중요하다고 한다. 우주론은 천문학, 물리학, 화학, 생물학 등의 자연과학과 아울러 철학, 종교학 등의 인문학적 지식이 요청되는 학문이기 때문이다. 그래서 컴퓨터를 참관하는 일은 그다지 긴요하지 않을 것 같아 그만두고 우주론에 관한 '고담준론'을 시작했다.

현대 과학에서 우주론이란 무엇인가? 간단히 말해 우주의 생성과 진화를 설명하는 시나리오인데, 그 내용으로는 시공간과 물질의 생성에 관한 '우주기원론cosmogenesis'이 있고, 천체 생성에 관한 '우주구조기원론cosmogony'이 있으며 현재 우주의 구조와 미래 우주의 운명에 대한 추정도 한다고 한다. 정의를 듣고 보니 어디서 많이 듣던 얘기였다. 다름아닌 신화 중의 신화로 일컬어지는 창조신화, 그중에서도 우주창조신화의 내용과 흡사했다. 원시인류는 바로 똑같은 주제의 시나리오를 신화로 남기지 않았던가?

현대 우주론에서는 우주의 기원을 어떻게 설명하고 있는가? 우주는 137억년 전 무無 또는 혼돈 상태에서 출발했다고 보는 것이 정설이다. 이 가설은 세계 각 민족 신화에 나타나는 태초 우주의 모습에 대한 묘사와 일치한다. 성경에서는 혼돈과 어둠의 상황으로, 중국신화에서는 흰자와 노른자가 뒤섞여 있는 계란 속과 같은 상태라고 표현한다. 노자의 『도덕경』에서는 '무無'가 '유有'를 낳는다고 하지 않았던가? 일단 생겨난 우주는 어떠한 진화 원리를 따르는가? 우주론자들은 그것을 '빅뱅(대폭발) 우주론'과 '정상우주론' 등으로 설명한다. 현재 통설처럼 되어 있는 빅뱅 우주론은 우주의 모든 물질이 먼 과거에 매우 밀도 높은 상태에서 터져나왔을 것이라는 생각이고 정상우주론은 우주가 시작도 종말도 없이 영원히 같은 꼴을 지니고 있다는 생각이다. 또 양자를 절충한 듯한 '혼돈 급팽창 가설'도 있다.

흥미로운 것은 마지막 가설에 의하면 우주는 단일한 것이 아니라 동시에 여러 우주가 진행하고 있는 다중적인 구조를 갖고 있다는 것이다. 이 가설을 적용하면 우리 인생은 시공간 개념이 다른 여러 우주에서 여러 개의 다른 삶을 살 수 있다. 고대 설화에, 산속에 들어갔다 길을 잃고 한 마을을 발견하여 거기서 며칠 쉬고 왔더니 세상은 이미 100년이 지나갔더라는 식의 그런 이야기가 많은데, 이와 같이 시간여행을 다룬 설화는 다중적 우주론의 예증이 될 법도 하다.

고대의 천문학 또는 우주론이라 할 점성술에 대해 박교수에게 물었다. 별자리의 기운과 인간의 운명을 동일시하는 점성술의 입장에 대해, 그는 별자리가 인간에 끼치는 영향력이 과장되긴 했지만 별과 인간의 공감적 관계라는 측면에서 그런 사유는 근거가 있다고 답한다. 즉 지구는 아득한 옛날 초신성이 폭발했을 때 나온 원소들의 잔해로 이루어졌다고 한다. 이렇게 보면 지구의 산물인 우리의 몸 역시 별들의 잔해로 이뤄진 셈이니 별과 인간이 공감관계에 있다고 생각할 만도 하다.

이런 얘기를 들으니 문득 유년 시절 밤하늘의 별을 우러러 보았을 때 벅찬 느낌으로 가슴이 뛰었던 일이 생각났다. 왜 가슴이 뛰었을까? 막연한 신비감 때문이었을까? 아니, 별과 우리 몸에는 무언가 서로 끌리는 공통적인 요소가 있어서였을까? 동양의 도교에는 서양의 점성술과 비슷한 '성수설星宿說'이라는 숙명론적 관념이 있다. 즉 사람은 태어난 순간에 속한 별자리로부터 원초적 기운을 부여받는데 그 별자리의 속성이 어떤가에 따라 그 사람의 재능과 인생, 운명 등이 결정된다는 것이다. 강감찬 장군의 탄생 전설은 완전히 성수설에 의거한다. 별이 떨어지면서 장군이 태어났고(그 자리가 낙성대다), 나중에 중국의 사신이 고려에 와서 장군을 보고 '문곡성文曲星'이라는 별의 화신이라고 경배를 드렸다는 얘기이니 말이다.

강감찬 장군 얘기가 나왔으니 말이지만 박교수는 서양의 첨단 우주론에만 몰두하는 것이 아니었다. 그는 고대 한국의 천문학에 대해서도 두툼한 책을 한 권 썼다. 『하늘에 새긴 우리 역사』라는 책에서 그는 정통 사학자들이 '위서僞書'라고 경멸하는 재야의 사서 『단기고사檀奇古史』에 기록된 고조선시대의 오행성 결집 현상을 과학적으로 입증하기도 하고 고인돌에 새겨진 북두칠성 등 별자리를 찾아냄으로써 우리 민족의 천문 관측의 수준과 역사가 만만치 않음을 밝혀내기도 했다. 어리석은 질문인지 모르겠으나 다시 그에게 묻는다. 이러한 관심은 우주론 탐구의 목적인가, 아니면 학문적 외도인가? 빙긋이 웃는 그로부터 예상치 않은 대답이 나왔다. "우주는 모두에게나 같은 연구 대상입니다. 대상이 동일하다면 관점은 달라야 하겠죠. 그렇다면 나에게 관점은 한국적이어야 합니다." 객관주의를 신봉하는 과학자로부터 '한국적'이라는 말을 들으니 그가 엄청 가까운 사람처럼 느껴졌다.

현대 우주론이 지닌 한계는 우주라는 연구 대상이 객관적 관찰과 실험의 완전한 대상일 수 없다는 점에 있다. 연구 주체인 인간이 생래적으로 연구 대상인 우주에 포함돼 있기 때문에 우주를 완전히 객관화하는 것이 불가능하다. 이 지점에서 신화는 결정적으로 우주론과 길을 달리한다. 신화창조자들 즉 고대 인문학의 고수들은 우주 속에 있으면서 우주를 관조할 수 있었다. 그들은 우주를 객관화함으로써가 아니라 우주와 하나가 됨으로써 우주의 본질을 나의 몸을 통해 느껴냈던 것이다. 우주론과 신화는 과연 이 차이를 극복할 수 있을 것인가? 우주론에서의 물리학적 통찰이 감성의 철학을 동반한다면 그 결과 보다 우주의 본질에 근접하지 않을까? 만약 그렇게만 될 수 있다면 우주론은 과학과 인문학 양측에 대해 새로운 길을 열어줄 수 있을 것이다.

신화학자로서 현대의 첨단 우주론자를 만나는 일, 그것은 극단과 극단의 만남일 수도 있겠다. 왜냐하면 과학의 입장에서 보면 신화는 이미 폐기된 원시인류의 자연에 대한 지식이거나 실증을 결여한 공상의 산물이기 때문이다. 그러나 오늘날 신화는 다시 귀환하고 있고 과학은 앞에서 살펴보았듯이 신화와의 조우를 모색하고 있다. 정교한 수학적 계산과 치밀한 물리적 통찰에 의해 추출된 우주론의 가설들이 직관과 상상력, 그리고 감수성에 의해 터득된 신화적 진리와 만나고 있다. 이러한 의미에서 우리는 우주론을 현대 과학에 의해 다시 쓰이고 있는 '창조신화'로 불러도 좋을 것이다. (2004)

〈구룡동 판타지—신화 재건 프로젝트〉 참관기•

—구룡동 판타지가 들춰낸 신화의 힘

서설序說

멀리 고담시를 연상케 하는 타워팰리스의 원경이 신기루처럼 보인다. 타워팰리스는 이 시대 욕망의 금자탑을 상징한다.•• 이쪽 켠에는 낙후와 미개발의 표상으로서 욕망의 잠재태인 구룡마을이 자리하고 있다. 대극적인 이 상황에서 신화 발생의 동력이 생겨난다. 신화는 대극의 조화와 합일을 지향하기 때문이다.

• 필자는 2011년 봄, 김윤진 작가에 의해 연출된 〈구룡동 판타지—신화 재건 프로젝트〉의 구상과 퍼포먼스에 참여했다. 이 공연은 혁신적인 구성으로 "현대무용계를 발칵 뒤집었다"는 평을 받았다. 본 참관기의 서설은 필자가 썼고 이후 진행된 대담에는 평론가 김남수 선생이 사회를 보고 김윤진 작가와 필자가 참여했다.

•• 여기에서 '타워팰리스'는 특정한 장소, 주민을 지칭하는 것이 아니라 서울이라는 자본과 욕망의 결집체로서의 거대도시를 상징하는 한 어휘로서 쓰였음을 밝혀둔다.

구룡산 기슭에 금계포란金鷄抱卵의 풍수적 형국을 갖춘 구룡마을은 우리의 잃어버린 신화를 상기하기도 한다. 구룡은 완전성을 상징하는데, 오늘날 용이 더이상 신성한 토템 동물로서의 의미를 상실했듯이 구룡마을 역시 신화적 낙원의 지위를 잃고 공동화空洞化되어 있다.

이화여대 중문과 정재서 교수와 서울대 국사학과 마일런 헤트마넥 교수 등 네 명의 남성 참여자는 눈먼 선녀를 에스코트하여 마을에 숨겨놓은 아홉 개의 여의주를 찾아오라는 미션을 받고 길을 떠난다. 영웅이 소명에 의하여 집을 나서듯이 참여자는 불안한 심정으로 구룡마을에 발을 디딘다. 아홉 개의 여의주는 구룡마을 속에 감추어진 비의秘義일 것이며 영웅이 획득하는 이러한 보물은 실상 우리가 자각해야 할 삶의 진리를 상징한다.

구룡마을의 정돈되지 않은, 미로와 같은 길들은 초행길에, 더군다나 눈을 가린 선녀와의 동행길에 상당한 조심을 필요로 하는 험로다. 이 험로는 영웅이 겪어야 하는 험난한 여정을 상징한다. 그러나 길을 잃어 헤맬 때 마을의 아이들이 나타나 길을 암시한다. 천진한 아이들은 조력자로서의 소임을 다한다. 때로 아이들은 참여자가 누구이며 무슨 목적으로 여기에 왔는지를 집요하게 묻기도 한다. 이 순간 참여자는 스핑크스 앞에 선 오이디푸스처럼 자신의 정체성을 반추하게 된다. 영웅의 여정이란 궁극적으로 자신의 정체성의 확인이기도 하다.

구룡마을 순례의 길에서 참여자는 한때 포박되어져 조롱받고

유기된다. 신화에서 이방인은 공동체에 위기가 도래했을 때 곧잘 희생양이 되어 집단이나 자연의 폭력 의지가 해소된 이후 성화되곤 한다. 영웅은 사실 공동체를 위한 희생양이다. 그래서 추앙되고 기념된다.

어려운 여정을 겪고 난 후 참여자는 마을 어머니의 집에 안착한다. 여기에는 또다른 선녀가 기다리고 있다. 마을 어머니의 집은 마치 무속인의 집과 같은 분위기를 자아낸다. 그곳은 마을 어머니가 경배하는 예수와 성모마리아, 무속신이 공존하는 화합의 장소다. 마을 어머니는 무속인이며 선녀는 그녀에게 빙의한 무속신과 같은 양상이다. 여기에서 참여자는 마을 어머니, 선녀와 어울려 화합의 춤을 함께 춘다. 춤은 원초적 에너지를 형상화한 것으로 신화적 합일의 상태는 집단의 춤으로 표현된다.

축제는 세속적 시간을 신화 발생의 순간으로 되돌림으로써 태초의 역동적인 힘을 불러와 세상을 갱신시키는 집단행위다. 우리의 구룡마을 신화 재건 프로젝트는 과연 갱신의 새로운 힘을 잉태하는 축제로서의 소임을 다할 수 있을 것인가? 자못 그 귀추가 주목되지 않을 수 없다.

신화 발생의 지점을 뜻밖에 목격하다

<u>김남수</u> 〈구룡동 판타지—신화 재건 프로젝트〉 공연을 보니, 제목이 굉장히 직접적이란 생각이 들었어요. 그런데 재건이라기보다 신화의 현시라고 할까요. 마일런 선생님 후기를 잠깐 보니, 숭고함

을 느꼈다는 대목이 있었어요. 신화가 재현된 것이 아니라 현시되는 그런 느낌이랄까요.

일단 김윤진씨 얘길 들어봐야 할 것 같아요. 그동안 무대를 기반으로 여러 작품을 했는데, 이번에 장소특정적site-specific 작업은 처음 하셨죠. 이대 무용과 나와서 나름 우아하고 세련된 작업을 하다가 현장에 미끄러져 들어가서 작업을 했는데…… 우선 놀랐어요. 미끄러져 들어갈 수 있었다는 사실이. 그리고 신화의 정수를 맛보게 해준 게 아닌가 싶었어요. 그런데 신화의 공식을 알고서 그에 맞게 했을 리는 없을 것 같아요.

김윤진 우선 비슷한 얘기가 제가 2004년 〈욕망〉 작업 후 김남수 선생님과 처음 인터뷰했을 때도 나왔죠. 엘리트코스를 밟은 사람이 할 수 없는 작품을 했다고 계속 캐물었어요. 도대체 어떻게 살았느냐고. 그저 그렇게 살았어요. 그때도 같은 표현을 했는데.

장소특정적 작업은 이번이 처음이죠. 그동안 계속 무대에서 작업했는데, 공연 때 토론 시간에도 밝혔지만 어느 순간 무대를 떠나고 싶다는 강렬한 생각이 들었고, 그 순간 떠오른 게 구룡마을이었어요. 그때 "나 구룡마을에 가서 선녀춤 출 거야"라고 툭 발설을 해놓고 나니 하지 않을 수 없더군요. 잉태가 되었는데 낳을 수밖에 없잖아요.

그런데 그 말을 뱉는 순간 이미 선녀란 말이 갖는 판타지가 떠올랐고, 이게 신화가 되겠다는 생각이 자동적으로 들었죠. 그러고서 신화란 뭔지 자문자답을 계속 했어요. 정재서 선생님께 자문구하러 갔을 때도 얘기했지만, 신화가 신들의 이야기가 아니고 인간의 욕망을 가장 잘 드러낸 것이라 생각하는데, 구룡마을에 우리 삶의 욕망이 기가 막히게 드러나 있으니 전 이걸 신화라고 보는 거죠. 그렇게 생각하고 작업하다보니 그냥 꿰어맞춰졌어요.

그런데 정재서 선생님께서 "아이가 나와요?" 하나씩 물으시더니 계속 "이거 너무 신화적 요소인데, 너무 신화적 구조인데……" 하시더라고요. 저는 그때야 막 신화에 대한 기본적인 책 읽는 정도였어요. 그렇지만 신화적 구조나 요소에 대입한 게 아니라 현장에서 계속 이 작업에 대해 인큐베이팅한 건데 그렇게 됐어요. 그래서 선생님을 모셔야겠다는 생각이 더 들었죠.

<u>김남수</u> 공연 때 정재서 선생님 이야기를 기록하면서 느낀 게, 신화학적 관점에서 봤을 때 성립하는가 아닌가 안테나가 곤두서서 스스로 검증하는 듯했어요. 이건 좀 신화가 아니고, 이건 정말 신화적이고…… 스스로 영웅으로서 연기를 해야 할까, 약간은 자의식도 묻어나고.

<u>정재서</u> 처음 김윤진 선생이 찾아왔을 때 공연 참여는 전혀 생각 안 했고, 자료 찾는 거나 좀 도와줄 요량이었죠. 그런데 얘기를 들어보니 이 작업을 시작한 동기가 제게는 흥미로웠어요. 구룡마을을 지나다가 타워팰리스와의 대비적인 풍경에서 발단이 됐다는데, 그 발상 자체가 하나의 신화적 동기라고 생각되더군요. 레비스트로스 식으로 말하자면, 어떤 이항구조적, 대극적 상황을 조화시키려는 욕망에서 신화라는 내러티브가 발생하는 것 아닙니까? 김윤

진 선생이 구룡마을과 타워팰리스의 대비적 풍경에서 충격을 받았다고 했을 때, 정말 이건 뭔가 잘 포착했다라는 생각이 들었어요.

그다음에 구룡마을 자체가 굉장히 신화적 상상력을 환기시키는 거예요. 이게 주는 함의가 정말 풍부하거든요. 아홉 마리 용은 동양철학에서 최고의 경지를 표현한 것이지요. 그런데 그러한 구룡이 표상하는 바람직한 경지와는 달리 지금 이 마을은 강남 외곽에서 소외된 상태에 있잖아요. 그런데 이건 묘하게도 요즘 이 땅에서 벌어지고 있는 상상계의 교란 현상과도 같다는 생각이 들더군요. 말하자면, 요즘 아이들한테 용이 좋은 동물이냐, 나쁜 동물이냐고 물어보면 나쁜 동물이라고 해요. 왜냐하면 서양신화를 바탕으로 한 게임이나 애니메이션에서 용을 다 쳐죽이거든요. 그런 상상계의 교란 현상과 구룡마을의 현재적 상황과 오버랩이 되는 거죠.

그리고 나중에 가보니까 풍수적으로 너무나 좋아서 구룡이란 이름을 얻을 만하더군요. 금계포란형이에요. 풍수적으로는 금계가 알을 품고 있는 형국처럼 그야말로 보금자리지요. 그런 곳이 지금은 최고급의 주거로 일컬어지는 타워팰리스와는 극단의 상황에 처해 있는거죠. 이 엄청난 간극과 아이러니가 신화 발생의 동력을 이미 품고 있어요. 그런 상황에서 퍼포먼스라고 하는 형식은 정말 자연발생적인 거죠. 연극이니 음악이니 춤이니 하는 게 다 원시예술형식인 발라드-댄스에서 나왔잖아요. 그런 차원에서 예술가가 순간 포착을 잘한 거란 생각이 들었어요. 이건 무의식적으로, 영감으로 포착한 거죠, 신화 이론을 배워서 한 게 아니라. 그래서 참여해볼 만하다고 생각했죠.

김남수 한국에서 신화 하면 그리스신화를 중심으로 이야기를 소비하는 형태죠. 대중문화와 일차적 형태로 섞여서 파생되면서 또 대중문화에 피드백이 되는 형태 말입니다. 그런데 정재서 선생님의 경우, 신화적 지식이 단순히 앎의 영역에 머무른 것도 아니고 또 그게 원형이 있어서 현실화된 것도 아니죠. 갑자기 신화가 어느 틈새에서 기원하는지, 그 발원하는 지점을 보신 것 같다는 생각이 듭니다.

정재서 그렇습니다. 말하자면 신화는 항상 발생한다고 봐야 합니다. 시대에 따라 새로운 옷을 갈아입고 나타난다고 보거든요. 그러니까 구룡마을에 이미 신화 발생의 동력이 내재돼 있고, 그것이 연출가에 의해 현현하는 형식을 취하지 않았나, 이렇게 볼 수 있는 거죠.

그런데 흥미로웠던 건 제가 강단에서 암체어에 앉아 이론만 가지고 얘기하다가 현장의 차원을 접했다는 거예요. 평소 이론 차원에서 신화를 분석하고 논문을 쓰지만 현장에서는 어떤 식으로 나타날까, 하는 궁금증이 있었거든요. 그리고 이론이나 가설을 한번 실험하고 싶은 생각도 있었고요. 사실 신화 이론이라는 것이 인류학자라든가 민속학자들이 필드워한 경험들을 귀납한 것 아닙니까? 그것을 다시 검증하는 차원이 될 수도 있는 거겠죠. 그런데 그렇다 하더라도 실제 현장에서 내가 그런 식으로 참여할 줄은 전혀 예상하지 못했던 거죠.

김남수 날벼락 같은 것 아닙니까.

정재서 날벼락이죠. 처음에 저는 관찰자로서 마치 민속학자가 굿판에 가서 참관하는 식으로 생각했었거든요.

김남수 그래서 수행적으로 탁월한 면이 있다는 거죠. 왜냐하면 참여하신 분들이 이미 사회적으로 성공한 중년 남성인데, 거기에 선불교에서 별안간 질문 던지는 형태, 즉 부모로부터 태어나기 이전에 넌 누구냐, 라는 질문을 던졌을 때의 당혹감이 있죠. 그것을 정재서 선생님이 가장 두드러지게 표현하셨는데, 말하자면 어른 속에 든 어찌할 바를 모르는 아이랄까요. 신화에 가장 끌리기 쉬운, 그러한 아이의 모습 말이죠. 그처럼 시간이 호출되는 듯한 느낌이 필름 안에 고스란히 나타나더군요. 그런데 그게 전혀 어색하거나 이상하지 않고요. 자기 목소리를 녹음해서 들을 때의 낯섦이란 게 있죠. 당사자들은 낯선데 보는 사람들은 그분들의 실상을 보는 듯한 느낌이랄까요. 그런데 그게 너무나 놀라운 거죠. 수행적인 것, 퍼포머티브가 있는 것이죠. 연출되지 않은, 연출을 할 수가 없는, 날것인 그대로…… 그걸 뒤늦게 마일런 선생님도 자책하면서 술회하시더라고요.

김윤진 그건 가장 중요한 콘셉트인데요. 제가 세 분한테 그냥 앉아서 보는 공연이 아니고 일정 부분 참여하시는 거라고, 복장이나 신발을 편한 걸로 착용하고 오시라고 사전에 말씀드렸거든요. 그럼에도 마일런 선생님 같은 경우는 대뜸 선녀 손 쥐여주니까 무척 당혹해하시더군요. 그런데 그 참여라는 부분이 제일 중요했죠. 제가 마을에 당도했을 때 경험한 것, 말하자면 마을 사람들이 우리를 보고 또 우리가 일반적으로 구룡마을을 보는, 그런 시선의 문제는 제가 계속 붙들고 싶었던 것의 하나였어요. 또 거기에 막상 가면 구룡마을이 어떻다 설명할 필요가 없잖아요. 그보다는 아까 얘기 나왔듯이 어떻게 시간을 호출시킬 것인지 굉장히 고민했는데, 정말 세 분이 보란 듯이 응답해주셨어요. 아이들마저도 그걸 느꼈는지 끝나고 대화하는 시간에 한 아이가, "여기 와서 아셨죠? 본인이 누군지……" 이러는데 너무 명석하고 훌륭해서 제가 무릎을 쳤어요.

정재서 신화는 상징적이고 다층적으로 읽히잖아요. 저는 그걸 경험하면서 여러 차원에서 생각하게 되더군요. 일단 이건 개인적, 본질적 차원의 과정일 수 있어요. 처음에 선녀하고 같이 가라고 하는데, 이건 뭐 내가 거기에 던져진 거잖아요. 태어날 때도 자기 의지와 상관없이 그냥 던져진 것처럼, 살아나가면서 황당한 일에도 부딪히고 어떻게 헤쳐가야 할지 고민도 하고…… 그런 과정에서 중요한 것은 궁극적으로 아이들이 물어보는 '누구냐, 어디서 왔느냐' 하는 질문이죠. 그런 게 제일 당혹스럽고, 거기서 연상되는 것은 결국 오이디푸스가 스핑크스 앞에서 질문을 당하는 상황이죠. 오이디푸스 신화가 친부 살해 등 여러 가지를 얘기하지만 결국 인간의 정체성에 대한 얘기잖아요.

한편 현실적으로 구룡마을이라는 낙후된 지역을, 정연하게 잘

구획된 도시의 모습과는 너무 다르고 소외되어 있는 현장을 하나하나 보게 되잖아요. 폐가들의 낯선 풍경을 보고, 마을 사람들의 경계심 어린 눈빛을 의식하면서, 또 거기서 겪는 이방인으로서의 두려움도 느껴가면서 말이죠. 구룡마을을 체험하면서 느끼게 되는 집단적인, 사회적인 문제의식 같은 것들이 있다는 거죠. 자본과 물질의 권화인 타워팰리스와 대비되는 차원에서 말입니다. 그렇다면 결국 구룡마을에서의 이런 신화적 퍼포먼스가 집단과 사회에 대해 어떤 의미를 갖게 되는가, 하는 차원에서의 생각을 하게 되기도 하고요. 상당히 다층적으로 의미가 읽혀지더군요.

퍼포먼스화한 영상, 신화적 힘이 느껴진 문법의 비결

<u>김남수</u> 현장에서 신화적 기운이 에너지가 되어 말하자면 집단적 존재로, 사회적 존재로 호명을 당하는데, 흥미로운 것은 그게 알튀세르 같은 사회철학자들이 말하는 사회적 개념이 아니고 신화적 호명을 받는다는 사실이거든요. 사실 보면서 전율이 일었던 이유가 지금 길을 가는 저분과 내가 하나의 '되기becoming' 차원이 되는 거랄까요. 그게 아주 기이한 경험이었거든요. 신화를 이론으로 쓴 것을 읽다가 현장의 에너지를 느꼈는데, 영상과 무대라는 매체를 통과하는 것과 신화적 상상력, 신화적 호명과 어떤 관계가 있는지 저는 굉장히 궁금하더라고요. 통상적으로 예술은 매체를 쓰잖아요. 그런데 객관적으로 거리를 유지하면서 보게 하는 것과는 달리, 지금 이것은 어떻게 할 수 없는 그것 자체, '이것임', 정말 일

회성의 체험이죠. 숭고해지는 것이고. 그렇다면 신화적 호명을 받는 이 영상과 무대란 것은 무엇인가.

정재서 거기서 선녀춤 한판 추고 싶다는 건, 말하자면 타워팰리스와 대비되는 구룡마을의 퇴락함을 일으켜보겠다는, 신화적 에너지를 회복시키고 신화를 재현시켜보겠다는 욕망의 발현이겠죠. 김윤진 선생은 선녀춤을 추려는 의도가 있었고 나는 생각지도 않게 거기에 투입되어 동참하게 됐습니다. 그러면서 선녀를 모시고 가야겠다는 의무감 같은 것이 생겼는데, 그런 것이 바로 영웅의 행로와 비슷한 의미가 아니겠습니까? 영웅은 대개 집단과 사회의 요구나 욕망을 대변하는 존재잖아요. 물론 개인적 차원에서 자기완성의 과정을 영웅신화가 표현하기도 하지만 말입니다. 영웅신화가 사회적 욕망을 대변한다고 할 때, 이 구룡마을에서 선녀춤을 춰서 그 욕망을 다시 재생, 회복하려고 하는 상황에서 저도 소명감을 갖고 참여하는 형국이 된 거죠. 그래서 어떻게든 여의주를 많이 찾아야겠다는 생각이 들고, 선녀를 잘 모시고 가서 미션을 마치자는 생각을 하게 되었던 거죠. 영웅신화를 보면 종종 미녀를 에스코트한다든가 미녀의 도움을 받아 나중에 과업을 성취하잖아요. 내가 의도해서가 아니라 그 구조에서는 그대로 따라갈 수밖에 없는 거죠. 선녀가 개천에서 춤을 췄다는 것도 굉장히 상징적이죠. 그렇게 해서 승천하게 되겠고 신화적 욕망이 현현되는 과정을 자연스럽게 보여준 것이 아닌가 싶어요.

김남수 상징적이라는 것은 누구나 알고 있는 코드나 지식의 일부라는 뜻이잖아요. 그래서 책으로 읽었을 때는 조금 진부한 면도 있거든요. 한국춤에서 진부한 상징을 많이 쓰죠. 그런데 제가 아까 영상과 무대를 말씀드린 것은 핸드헬드로 흔들리면서 찍었지만, 영상만이었다면 그것은 저 너머에 있는 영화, 영상에 불과했을 거라는 얘기죠. 그런데 툭 끊어지고 네 분이 나와서 이야기를 시작하시는데, 몸이 그처럼 중요할 수가 없는 거예요. 물론 처음에 스토리텔링을 하셨죠. 가장 원형적 형태의 이야기꾼들이 나와서 춤을 추거나 연극을 한 것도 아니고 그냥 이야기를 들려주고, 그 다음에 영상을 보고, 그리고서 네 분이 나와서 대화를 하잖아요. 그런데 이야기하는 몸, 체현된 느낌이 있는 거죠. 아, 이분이 저기 들어갔구나. 이건 필름이 아닌 거예요. 셀룰로이드라는 물성物性을 초월한 거죠. 묘하게 윤진씨가 의도했던 그게 통해버린 거죠. 필름도 퍼포먼스로 보이고…… 그게 이번에 현장의 에너지, 신화적 힘이 느껴진 문법의 비결이 아닌가 싶거든요. 단순하지만 강력했다는 것.

<u>**김윤진**</u> 우선 저는 마을에 모시고 오면 성공할 거라는 확신이 있었어요. 하지만 그 많은 분들을 초대할 수 있는 상황이 아니니 정말 엄선해서 초대한 거죠. 그런데 문제는 초대한 네 분은 온전한 체험을 할 거라는 확신이 있었지만, 이걸 무대로 옮기는 그 간극은 메울 수가 없는 거예요. 저는 그걸 가지고 공연을 해야 되는 입장인데 절체절명의 위기인 거죠. 오직 네 사람만 체험한 것을 관객과 어떻게 나눌 것이냐 고민했을 때, 저는 이게 신화니까 엄마, 할

머니한테 어렸을 때 얘기 들었듯이, 구술로 가도 된다고 생각한 거예요. 그래서 선생님들의 구술과 부분적인 영상과 저희 토론, 이런 형식으로 가면 되겠다는 아이디어가 떠올랐죠. 그 와중에 틀림없이 변형될 텐데, 신화라는 것도 전승되면서 변형되고 왜곡되잖아요. 그러니까 저도 선생님들의 필연적인 변형 왜곡까지도 작품에 수용하고 그 간극을 메우려고 한 거죠.

김남수 메우려고 했어요?

김윤진 그 간극을 메운다는 표현이 완벽하게 복원이 된다는 게 아니고, 그런 식으로 저는 절체절명의 위기를 건너가려 했다는 거죠.

김남수 그걸 재차 확인한 건 신화와 현실의 간극이라는 중요한 말씀을 하셔서 그래요. 보통 라캉 정신분석이 판타지에 간극을 메우는 구멍마개의 역할을 부여하거든요. 인류학적 상상계라는 것도 다 거기에 휩쓸려 들어가게 마련이고, 그건 걷어내버려야 될 환상쯤으로…… 그런데 아무리 생각해도 그게 아닌 것 같다는 생각이 들어요. 상상계라는 용어를 두고 지금 헤게모니 쟁탈전이 벌어지고 있는 것 같거든요. 소위 신화에 기반을 둔 상상력 학파가 가지고 있는 상징적 상상력, 거기서 쓰는 상상계의 개념과……

정재서 '상징적 상상력'의 주창자 뒤랑은 기호학자들의 상징이나 정신분석학자들의 상상력 개념을 편협하다고 비판하죠. 당연히 뒤랑의 상상계와 라캉의 상상계는 엄청난 차이가 있을 수 밖에 없습니다.

김남수 그러니까 아이가 거울을 보고서 거울과 일치가 이루어지지 않은 간극 때문에 그것을 끊임없이 메우려고 하는 행동, 그것을 환상으로 지목하고 폭력적일 수밖에 없는, 벗어나야 할 에고의 상상계라고 모형을 만들어놓거든요. 그런데 다른 쪽에서는 이질적인 사람들이 있죠. 주디스 버틀러 같은 페미니즘 정신분석학자는 상상계를 가지고 오히려 반란을 일으키거든요. 그것을 주목해볼 만할 것 같아요. 왜냐하면 상상력이 의식이라는 표면에서만 떠다니는 것인가, 아니면 한 단계, 두 단계 아래 잠재의식이나 무의식 수준에서 어떻게 작동하는가, 그에 대한 고려가 좀 없는 게 아니냐 하는 생각이 들어요. 그런데 이번 작품 보면서 내 안의 무의식이 어떻게 작동하는가까지 검토하게 된 거죠.

김윤진 요번 작품 보면서 저는 사실 흥미로웠던 지점이 김남수 선생님이 지적해준 거랑 사람들의 반응이었어요. 이번 작업이 어떻다기보다 각자 자기를 비춰주는 거울로서, 굉장히 재미있게 여러 차원으로 작동하고 있더라고요. 이게 이렇게 사람들에게 뭔가 기능하고 있구나 하는 점이 저는 작업자로서 주목할 만한 부분이었죠.

김남수 그래서 조금만 더 말씀드리면, 정재서 선생님이 쓰신 『앙띠오이디푸스의 신화학』이 참 중요합니다. 이 역시 적극적인 해석이 필요한 것이거든요. 극단적으로 라캉에 빠져 있는 정신분석학도를 불러다놓고 보게 했더라면 어떻게 됐을까. 아마 딴소리했을 거예요.

정재서 결국 라캉의 주체론 역시 근거하고 있는 것은 프로이트의 오이디푸스 가설이거든요. 그것으로 주체의 형성 과정을 상정하는데 사실 그 과정에서 가부장적, 종족적 억압의 혐의를 벗어나기 어렵습니다. 중요한 것은 그 과정에서 함께 지워지는 게 상상력의 역동성과 관련된 측면들이라는 것이죠. 그래서 제가 '앙띠오이디푸스의 신화학'이라고 명명한 것은, 어떻게 보면 들뢰즈가 라캉이나 프로이트 유의 오이디푸스 신화 중심의 문화론을 비판적인 입장에서 보려고 한 그 의도를 신화학에 전유하여 여태까지 억압되었던 동아시아 상상력을 복원해보자는 취지에서인데, 그런 관점에서 상상력이라고 하는 것을 종래의 통념적인 정의보다 훨씬 포괄적이고 공평하게 보아야 할 필요가 있습니다.

재발견된 마을의 풍경, 무의식의 풍경

김남수 조금 전 얘기로 되돌아가서, 구룡마을과 타워팰리스라고 하는 랜드스케이프가 있는데, 신화, 어떤 신화에 기반하고 있느냐에 따라 풍경이 다 달라질 것 같아요. 풍경의 재발견이랄까요. 백남준 예를 들어보면, 9·11이 일어났을 때 이런 얘기를 했어요. "아랍에 의해 유대인의 지구라트가 무너졌다." 그는 인류학과 테크놀로지를 결합했는데, 항상 시간여행자라는 마인드를 갖고 있기 때문에 데자뷔 현상이 나타나는 거죠. 그런데 구룡마을과 타워팰리스도 일종의 그런 느낌이 있어요, 타워팰리스가 일종의 지구라트고 구룡마을은 음…… 유목민의 잔재 같기도 하고, 어쨌든 동굴 같은 그곳에서 칼릴 지브란 같은 굉장히 영적인 생활을 하고 있잖아요. 그래서 감히 어쩌지 못하는…… 말하자면 성화된다고 할까요.

그리고 아까 미로라고 하셨는데, 황병기 선생님은 미궁이라고 하셨거든요. 『우주적 자궁으로서의 미궁 이야기』라는 책도 있지만, 제가 구룡마을 가보진 않았어도 약간 미궁 같은 느낌이 들었어요. 괴물스러운, 괴물을 잡으러 가는 게 아니라 괴물한테 먹혀서 죽었다가 살아나는 제의…… 전형적인 미궁 이야기인데, 살아나서 정재서 선생님 등등이 이야기를 하는 거죠.

정재서 카를 융이 얘기한 요나 콤플렉스라는 것이 있죠? 성경을 보면 요나가 고래 뱃속에 들어갔다가 재생하는 얘기가 나오죠. 맞아요. 그런 측면도 있죠. 그때 굉장히 긴장을 하면서 다녔어요. 그런 길도 처음이고, 헤매면서 결국은 보노사 엄마 방에 들어가죠. 거기 가니까 정말 편안한 것이 자궁 같고 또 거기서는 모든 이질적인 것들이 같이 다 함께 공존하는 것 같더라고요. 나는 그걸 샤머니즘으로 봤는데 그 분은 독실한 천주교 신자이시지요. 그런데 그 방의 분위기는 무당집 같았어요. 예수님도 선녀도 같이 껴안고 있는…… 혼돈, 자궁과도 같은 그 원초적 요람을 통해서 무언가 재탄생 혹은 갱신이 이루어지는 거죠. 구룡마을이라는 공간이 갖는 신화적 힘을 그런 측면에서도 생각해볼 수 있을 거예요.

구룡마을과 대비적으로, 타워팰리스라는 상반된 풍경이 마치 도시문화의 금자탑처럼 되어 있지만, 사실 그곳이야말로 당대의 자본과 욕망의 결정체 아니겠어요. 저는 그 위압적인 풍경이 문득

〈배트맨〉에서의 고담시의 원경으로 보이더라고요.

퍼포먼스가 끝나고 저녁 무렵 구룡마을의 둔덕에서 타워팰리스를 보니 완연히 고담시의 원경이에요. 〈배트맨〉에서 고담시가 상징하는 의미가 긍정적인 것은 아니잖아요. 물론 이것은 타워팰리스에 사는 주민들을 두고 하는 얘기가 아니라, 저까지 포함한 메트로폴리탄적인 욕망과 관련된 얘기입니다만. 그렇게 본다면 대극적인 위치에 있는 구룡마을이 여전히 상실하지 않고 있는 신화적, 원초적 힘의 가능성이라고나 할까, 그런 걸 생각해볼 수 있을 것 같고요.

김남수 그런데 선생님, 실제로 참여하시면서, 현장의 에너지를 받으면서, 선생님 안에 있는 신화적 지식이 피드백돼서 또 촉매작용이, 상호간섭이 일어났죠?

정재서 그렇죠. 이론과 현실이 상응하게 됩니다. 물론 이론이 현실을 바로 따라가거나 하진 않아요. 현실이 닥칠 때마다 이론을 반추하면서 길을 가게 되긴 하지만 상황은 그렇게 한가하지 않아요.(웃음) 어떤 땐 이론 생각하면서 갈 틈이 없기도 해요. 돌발적인 상황이 많을 뿐 아니라 난 무조건 전진을 해야 하고 여의주를 찾아야 하는 상황이니까.(웃음)

김윤진 선생님께선 고담시라고 하셨는데, 마일런 선생님은 율리시스 얘기를 하셨죠. 그런데 아까 그 상황에 몰입하는 조건을 얘기하셨잖아요. 마지막 장면에서 아이들한테 붙들려 다들 다리 난간에 묶이셨는데 아이들 다 떠나고 선녀는 개천에서 춤추며 가버렸는데도 왜 아무도 끈을 스스로 풀지 않았는지…… 아마 풀 수 없는 조건 같은 걸 이미 몸으로 깨닫고 있었다는 생각이 들어요. 처음에 선녀를 맡자마자, 그래 이건 가야만 하는구나, 했듯이. 마일런 선생님도 하이데거 운운하면서 던져진 존재라고…… 마일런 선생님은 신과 인간의 범접할 수 없는 경계, 넘을 수 없는 간극을 굉장히 많이 얘기하셨어요.

정재서 그런데 그게 서양적이죠.(웃음) 우리는 선녀와 사랑도 하고, 경계가 느슨하거든요.

김윤진 부르스도 추고 말하자면 그런 거죠. 제가 엄마한테 처음 퍼포먼스 하겠다고 승낙받을 때도, 어머니 나는 여기가 우주의 자궁이라고 생각하고 여기서 충족이 다 돼서 굳이 타워팰리스 가서 춤추지 않아도 되니까 여기서 춤출 수 있게 허락해달라고 했거든요. 아까 미궁 얘기하셨는데 그 얘기가 맞을 거라고 생각해요. 실제로 마을에 와보시면 한두 번 다녀서는 길을 몰라요. 심지어 아이들도 간혹 길을 잃거든요.

아까 아이들과의 관계, 되기에 관한 얘기를 하셨는데, 저한테는 그것도 굉장히 중요한 문제였어요. 말하자면 아이들한테는 이게 절대로 공연이 될 수 없고 온전한 놀이가 되어야 하는 거죠. 또 손님을 이방인으로 만들면서 그를 관찰하는 시선의 권력을 아이들에게 주고 싶었어요. 자기네들이 타인으로부터 억압받았던 시선이기도 하죠. 그러면서도 동시에 손님들과 관계를 맺기를 원했어요. 대화나 놀이를 통해, 혹은 선생님을 공격하거나 심지어 때리기도 하고 장난도 쳤지만, 그것도 일종의 관계 맺기를 위한 하나의 액션으로 볼 수 있는 거죠.

선생님들은 굉장히 다층적으로 보고 한가할 수 없는 여러 체험들이 동시에 몸을 통과하지만, 아이들의 입장에서 보면 정말 이게 하나의 놀이로 완벽하게 만들어져야 되는 상황이 되고, 그게 저에게는 굉장히 중요한 문제였어요.

그리고 엄마방 장면은 객관적으로 완전 신파잖아요. 그런데 거기서 리허설을 할 때마다 뭘 해도 제가 견딜 수가 없는 거예요. 춤춘다는 것, 예술적 행위를 한다는 것 자체가 저로서는 수용이 안되는 거죠. 그런데 처음에 보란 듯이 선녀춤을 출 거야, 라고 할 때는 무대에 대한 반감, 경멸과 동시에 저는 여기 가서 선녀춤을 추면 춤이라는 것에 대한 확신이 생길 것 같았어요. 무용 매체가 살아 있나 죽어 있나. 그러니까 삶의 리얼리티가 센 곳에 들어가서, 춤, 너 아무것도 아닌 거지 혹은 너는 역시 춤이야, 이걸 내심 강렬하게 확인하고 싶었죠.

그런데 투어 퍼포먼스는 어느 정도 가닥을 잡았는데 엄마방에선 정말 뭘 해도 무용이 죽는 거예요. 쉽게 말해 춤은 여기서 한낱 부질없는 짓이 되는 거죠. 그러다가 너무 좌절해서 밤에 잠을 못 자고 있는데, 문득 왜 내가 못 견디지, 울 수밖에 없구나 싶었죠. 어느 날은 엄마가 기도하시는 걸 듣다보니 그 기도가 기가 막힌 거예요. 글로벌하게 지구 곳곳을 근심하며 한 바퀴 돌아오니 여기가 영락없는 자궁인 거죠. 세상에 이런 기도가 있었어요? 엄마는 기도를 하세요. 난 울 테니. 이런 식으로 장면이 정해졌죠.

그런데 문제는 관객과의 관계인데 이게 계속 변해요. 불편하고 생경했다가도 착 달라붙기도 하고. 제가 엄마방에 처음 갔을 때도 그랬거든요. 앉으라는데 가재도구 위에 앉을 수도 없이 난감하고, 그러다가도 얘기 나누는 순간 이상하게 친엄마보다 더 모성 같은 걸 느끼겠더라고요. 심지어는 그 좁디좁고 담배 냄새 배어 있는 곳에서 편안하게 잠도 자게 돼요. 그래서 아, 이걸 초대 손님하고 나누면 되겠다 해서, 좌절 끝에 그 퍼포먼스가 만들어진 거죠. 끝나고 나서 다들 그런 과정이 막 변하는 게 너무 놀랍고 정리가 안 된다고 그러셨는데, 그런 부분이 아마 흥미롭지 않나 싶어요.

김남수 많은 얘기를 해주셨는데, 간단하게 말씀드릴게요. 디지털 미디어가 발달하면 할수록 장소가 상실되죠. 지금, 여기라는 것이 붕 떠버려요. 역설적으로 장소성이 중요해지죠. 그런데 구룡마을에 관해서 하신 얘길 전 어떻게 생각하느냐면, 인지과학에서 마음의 구조를 밝히는 문제, 마음이 서로 연결이 되고 마음이 어떻게 생성되는가, 하는 것을 계속 설명해주는 거예요. 마음이라는 게 뭔가 뜬금없긴 얘기이기도 한데 어떨 땐 너무 명확하게 나오는 거죠.

그런데 세 분 모두 반응이 달라요. 둘째 날은 마일린 선생님 스토리텔링을 들었는데, 심하게 자책하시면서 그 장소에서 보노사 엄마를 봤을 때 너무 성스러웠다고 얘기하셨어요. 그곳이 성화되었다고 말이죠. 그런데 오세형, 정재서 선생님 두 분은 성속미추

聖俗美醜가 마구 흔들리는 거죠. 그런데 어쩌면 그렇게 성속미추를 마구 왔다갔다하기 때문에 숭고가 느껴지는 것 같아요. 순수한 성스러움은 조금 의심스럽거든요. 그런 과정을 거쳐서 마음이란 무엇인가 질문을 던졌을 때, 오세형, 정재서 선생님 두 분이 보여준 반응이 굉장히 흥미로웠어요. 화두를 풀 때도 항상 큰 믿음과 큰 의심이 동거를 한다고 하듯이.

정재서 저는 그 공간이 무속과 예수님, 천주교 등 그 모든 가치가 공존, 혼재하는 공간이라 느꼈거든요. 그게 성속미추가 함께 하는 그런 느낌일 거예요. 이렇게 동양은 성과 속이 넘나드는데 서양에서는 거기에 절대적인 간극이 있잖아요. 뛰어넘을 수 없는 간극. 대개 신과 인간 간의 관계처럼. 그런 차이가 있는 것 같아요.

김남수 이걸 영화라고 했을 때, 비교해볼 만한 영화가 아핏차퐁 위라세타쿤의 〈열대병〉이에요. 거기서는 호랑이하고 접신을 해요. 남방은 호랑이와, 북방은 용하고 한단 말이죠. 〈열대병〉에도 대극적인 장면이 있어요. 반은 도시에서 일어나는 일이죠. 두 남자가 서로 눈빛을 교환해요. 동성애적인 분위기를 풍기면서. 갑자기 툭 끊기고 숲으로 오죠. 자연계로. 둘이 으르렁대며 다퉈요. 그런데 마지막 장면에 호랑이는 나무 위에 있고 인간은 그 밑에서 쳐다보고 있어요. 너무 코믹하고 웃음이 터지는데 감히 어쩌지도 못해요. 만화적인 삽화가 있고 그다음에 진짜 호랑이와 인간이 대면하는 살벌한 장면, 그게 동시에 있거든요. 이번 용의 세계도 마찬가지에요. 한편으로 계속 코믹해요. 정재서 선생님만 용에 심취하셨어요.(웃음) 다른 분들은 용에 별로 신경 안 쓰셨는데. 선생님 얘길 좀 들어보고 싶어요. 호랑이라는 남방의 신성한 대상과 용이라는 대상은 분명히 다르죠?

<u>정재서</u> 다릅니다. 다르긴 한데 동양의 상징체계에서 용과 호랑이는 용호상박, 용쟁호투라는 말처럼, 서로 대립적이면서도 상보적인 위치에 있어요. 특히 연금술에서. 도교의 연단술 말인데, 사실은 그게 자기완성이잖아요. 가장 온전한 이상적 인간, 절대 경지에 도달하는 것이 바로 연단이죠. 그 단약이라고 하는 불사약을 만드는 과정은 서양의 연금술과 비슷한데, 거기서 주로 상징으로 쓰는 게 용과 호랑이예요. 용은 물의 기운을, 호랑이는 불의 기운을 상징하죠. 서로 상극되는데 서로 잘 조화되는, 그리고 수, 화이면서 음과 양의 기운이죠. 그 기운이 가장 조화롭게 합치되면 불사약 즉 단약이 이루어지고 완전한 인간의 경지에 도달하는 거죠. 중국, 특히 도교에서는 대개 그런 상징으로 보죠.

수동적인 여성성의 강조인가, 위장된 신성성인가

<u>김윤진</u> 커뮤니케이션 전공하시는 어떤 분이 제게 이런 메일을 보냈어요. "현실과 신화, 의식과 무의식, 사회적 시선과 놀이적 시선, 진지함과 아이러니 등 의도된 것과 의도되지 않은 것이 어울려 뿜어내는 시너지가 대단하더군요. 즉흥적 웃음 속에 담긴 묘한 씁쓸함도 공명을 자아냅니다." 그래서 아이러니의 결정판이라고…… 이번 작업은 모든 게 그런 경계에서 노는 것이라면서 그에 대해

많은 생각을 하게 되었다는 얘길 해주셨어요. 정재서 선생님께서는 저 처음 보셨을 때부터 대극적인 것 언급하셨는데……

<u>**정재서**</u> 그런 게 와해되고 궁극적으로 조화된다는 거죠. 신화라는 것이 조화시키려는 힘, 에너지와 관련되는데, 지금 어떤 분이 지적한 것도 상당히 중요한 말씀이에요. 경계에서 왔다갔다했다는 것, 그게 빅터 터너가 얘기한 리미널liminal한 상태, 그러니까 정형화되기 전의 반구조적인 상태이죠. 물론 처음에 저는 대극적, 구조적인 걸로 파악했지만, 그 구조를 넘나들고, 그걸 깨뜨리고 하는 역동적인 힘에 주목해야 하겠죠.

<u>**김남수**</u> 반응들을 보면 아마 대부분 그렇게 느꼈던 것 같아요. 남성 관객들은 〈네버엔딩 스토리〉에서처럼 스스로 내성적인 힘이 없는 소년으로서 책에 도피를 했는데, 책에 나오는 내용이 스스로를 활성화시키고 호명하는 거죠. 가라타니 고진의 얘기로 바꾸면, "이론으로서는 매우 낡았으나 실제로 해보면 의외로 신선하다". 이렇게 요약되는데, 퍼포먼스로 보여주는 에너지를 120퍼센트 만끽하는 거죠. 그런가 하면 여성 관객들은 여성이 치고 들어갈 데가 없다고…… 특히 20, 30대 초반 젊은 관객일수록 그러한데, 내가 선녀 손을 잡고 가는 것은 이상하다는 거죠. 거기에 대해선 어떻게 생각하세요?

<u>**김윤진**</u> 그런데 언젠가 정재서 선생님과 이야기 나눈 부분이기도 한데, 사실 이미 기성의 신화들이 남성주의적인 시각이 있고, 그런 의미에서 아마 여성 관객들이 개입하기가 어려운 부분이 있었을

것 같아요.

정재서 역사시대로 들어오면 아무래도 가부장적인 관념이 침투합니다. 원시시대로 갈수록 모권제 사회를 반영하기 때문에 여신들이 대개 독립적이거든요. 그래서 태초에 가이아가 세계를 창조하듯이 동양에서도 여신이 세계를 창조하는데 대개 다 처녀신이거나 남편이 없거나 하죠. 그런데 그리스 로마 신화를 보면 가부장 시대로 들어가면서, 저명한 여신들이 대부분 남신의 아내나 딸이 되어버립니다. 헤라나 아프로디테가 원래 독립적인 여신이었는데 각기 제우스의 아내와 딸이 된 것처럼. 그래서 페미니스트 시각에서 볼 때, 원시신화로 갈수록 여신들이 주체적이고 독립적인데, 이게 어찌된 거냐고 말할 수 있죠. 그렇다면 남성 영웅에 이끌리는 선녀보다 제주도의 선문대 할망이나 일본의 아마테라스 여신처럼 천지를 만들어내는 대모신 같은 신격을 등장시켜야 할 필요가 있지 않을까요?

김윤진 아직은 제가 공력이 안 돼서……

김남수 선생님 말씀을 연장하면, 그런데 선녀가 왜 아무 짓도 안 하느냐……

김윤진 그런데 아무 짓 안했다고 볼 수 있나요?

김남수 보호 대상이라는 거죠.

정재서 글쎄요. 그보다 구룡마을에서의 선녀는 그 자체로서 신성한 대상이 아니겠어요? 종속적으로 내가 끌고 다녀야 한다기보다 모신다고 해야 하는…… 그렇게 생각하면 여성주체적일 수도 있어요. 선녀란 존재를 독립된, 신성불가침의 존재로 모시는 거니까. 여성성을 폄하했다기보다 또다른 차원에서 봐야할 것 같아요.

김윤진 선생님 말씀처럼 저는 신화적인 것을 기록된 역사 이후로 일단 전제한 거예요. 그다음에 질문하신 부분도 사실 관객이 어떻게 해석하느냐의 문제일 수도 있는데…… 정말 네 분 모두 선녀를 극진히 모셔야 하는 상황이었거든요. 또 어느 부분은 선녀의 권능이 사라졌다기보다 위장시켰다고도 생각되거든요. 신의 영역에 대한 훼손인 동시에 현실 역시 참담하죠.

정재서 그런 게 우리 민담에 많이 나오는데, 천상의 존재가 지상에 귀양 오는 것, 말하자면 '적강謫降'이라고 하죠. '적'이라는 것은 유배, '강'이라는 것은 내려옴, 그러니까 귀양 와서 하계에 내려온 것을 말합니다. 천상의 선녀가 실수를 할 경우 그렇게 되는데, 〈구운몽〉을 보면 팔선녀가 육관대사의 제자 성진과 수작을 하다가 벌 받아 적강하게 되죠. 그러나 일단 하계에 귀양 왔지만 인간 세상을 잘 살면 다시 승천하게 됩니다.

김남수 또 한 가지는 구룡마을이라는 명칭이 갖고 있는 신성함이 눈먼 선녀로 표현된 것 아닌가 싶은데.

김윤진 맞아요. 그걸 놀이를 통해서 발견했죠. 구룡마을의 상황이 선녀를 눈멀게 한 거랄까요.

김남수 물론 이건 1인 퍼포먼스니까…… 선녀가 눈을 뜨고 천상으로 도망을 치는 그런 거죠. 그 보상으로 어떤 고래 뱃속으로 들어가는 거랄까요. 너무 단순화시켰는지 모르겠지만. 그리고 공연에서 좌담이 끝나고 나서 필름으로 다시 이어지죠. 처음에 메이킹 필름이라 생각하게끔 하면서 사실은 보노사 엄마를 보여주는데, 실제로 통치하지는 않지만 모든 것을 주관하는 듯한 느낌이죠. 아까 얘기하신 마고나 대지모신의 느낌도 살짝 들더라고요.

__정재서__ 충분히 그런 느낌이 들죠.

__김윤진__ 저는 몇 달간 엄마를 봐서 확신이 있었는데 엄마방에 온 사람들이 정말 그걸 느낄 수 있을지 조금은 걱정이 되더라고요. 저는 자고 있거나 춤추면서, 몰입해서 추는 춤이 아니니까 관객의 반응을 다 보는데, 선생님들이 정말 성과 속을 왔다갔다하면서, 순간 참담했다가 어린애처럼 동화되었다가, 그 넘나드는 게 전 굉장히 재미있었어요. 그리고 저도 처음에 엄마방에 와서 그랬지만 누구나 다 관음증적인 게 있잖아요. 선생님들이 방을 보고 싶은데 체면상…… 엄마가 등 돌리고 제가 딴짓하고 있을 때 슥 둘러보시고, 이런 게 영상에서는 다 드러나죠. 그런데 단 한 번에 엄마하고 응답하고 만나지는 게 저한테는 놀라웠어요.

__김남수__ 정면 응시하는 게 아니라 얼굴은 그대로 있으면서 '삐딱하게 보기'를 하는 거죠. 그것이 진실을 발견하게 한다고 하죠. 미술사에서는 그것이 확립되어 있어요. 한스 홀바인의 〈대사들〉이란 그림을 보면, 두 명의 외교관과 찌그러진 뭔가가 알 수 없는 것이 그려진 그 그림이 계단 위에 걸려 있다고 해요. 계단을 올라가면 자연히 삐딱하게 볼 수밖에 없죠. 그러다보면 찌그러진 그게 해골이라는 걸 발견하게 된다고 해요. 그런데 '구룡동'에서도 다들 그

게 공통적이었던 것 같아요. 왜냐하면 정면을 응시할 수 없는 조건이었거든요. 그러니까 슬쩍슬쩍 순간적으로 삐딱하게 면면을 보게 되거든요. 그랬을 때 공간에서 작동하는 비밀을 발견하게 되는 거죠. 시각적으로. 그런데 그게 대단히 좋았어요. 짜고 한 게 아닌데 거기 가면 그렇게 돼요. 신성구조가 그런 게 아닌가 하는 생각이 들어요.

신화와 갱신의 힘에 대한 또다른 질문

__김남수__ 석양에서 선녀가 춤추던 그 풍경이 인상적이었어요.

__김윤진__ 마일런 선생님 말씀이 그때 더 췄어야 했다고…… 그게 아쉬웠다고. 너무 아름다운데 거기 뭐가 더 있었어야 했다고. 사실 물이 넉넉하게 고이면 몸을 담그자고 했어요. 그런데 그게 똥물이었어요.

__정재서__ 구룡산에서 흘러나온 물은 깨끗하지만 그 마을을 거치면서 오수가 된 거죠. 선녀가 거기서 춤을 춘다는 건 그야말로 성속이 함께하는 것이기도 하고 구룡동이라는 이름에 걸맞게 개천에서 용이 나도록 촉진하는 일종의 의례이기도 하죠.

__김남수__ 그렇게 말씀하시니까, 어떤 분이 하신 말씀이 생각나네요. 요즘 생태계의 최대 문제는 개천에서 용이 안 난다는 거라고. 용이 난다는 것, 용이 실재하지는 않는데 용이 난다는 것을 수락하는 믿음이랄까요. 상당히 묘한 말인 것 같아요. 지금 말씀하신 개천에서 춤추는 선녀도 다 연출한 거잖아요, 사실은. 그런데 어떻

게 보면 원래 그랬어야만 하는 것처럼.

김윤진 그렇죠. 정재서 선생님은 신화 구조를 떠나서, 궁극적으로 신화라는 것은 현실에 현현할 때는 갱신의 힘인데 제 작업이 그걸 회복하려고 한 게 아니냐는 얘길 초반에 많이 하셨어요. 개천에서 용 났으면 하는 것, 구룡마을 아이들이 개천에서 용이 됐으면 하는 것, 그건 아주 소박한 희망이었는데, 그 말 듣는 순간 사실 부담이 됐어요. 이 작업에 갱신의 힘이 있나? 사회적 시선 같은 건 담았지만 갱신이 될까? 사실 거기 갈 때마다 참담하잖아요. 아이들하고는 즐겁지만 한발 나오면 이들이 여기를 탈출하는 게 가능할까. 교육적인 상황이나 여러 가지를 볼 때 해결이 안 되는 거예요. 사실 굉장히 고통스러웠어요. 그런데 갱신의 힘을 얘기하시는데 어떻게 해야 할지, 그게 계속 제 마음 속에서 맴돌았어요. 『동양적인 것의 슬픔』에서도 그렇게 쓰셨지만 요즘 지방자치단체가 많이 하는 상업적인 의도의 축제를 보고 '불임의 축제'라고 하셨는데……

정재서 상업주의의 축제, 그건 갱신의 힘을 낳지 못하는 불임의 축제죠. 왜냐하면 결국 축제라는 것, 즉 원시시대의 신화적 행위를 모방하는 것은 바로 태초의 에너지 넘치는 창조의 순간을 재현하는 거잖아요. 신화적 순간으로 돌아가 그 원초적 힘을 회복하고자 하는 것인데, 그래서 이런 신화적 구조와 행위가 주어졌을 때 그런 갱신의 에너지가 생겨날 수 있다고 가정할 수 있는 것이죠.

특히 중요한 것은 이 축제에서 춤을 매개로 했다는 사실인데,

춤이야말로 원초적 우주의 리듬을 재현한 것으로 보거든요. 가령 인도의 시바 신의 춤은 우주의 에너지 흐름을 재현한 걸로 보죠. 그렇기 때문에 이번의 작업에서 선녀가 춤판을 벌인 것은 너무나도 신화적 상황에 맞아 떨어지는 행위였어요.

김남수 윤진씨가 나름 생각 많이 했다고 하지만 사실은 생각을 많이 안한 거예요.

정재서 우린 학자니까 해석을 가하지만 결국 예술가는 행동으로 가감 없이 보여주는 거잖아요. 이론이 필요 없고 자기 몸의 기운과 느낌이 명하는 대로 행동한 거죠.

김남수 그게 예술적 직관이고 권능인데 윤진씨가 좀 특이해요. 전에 〈욕망〉이란 작품을 했는데 뇌성마비와 오르가슴을 합쳤죠. 어떻게 보면 극명히 대조적인 거고 일반 무용가들이 보기에 하나도 아름답지 않은 거예요. 그 두 가지를 '아'라는 한 음에 담았는데, 그 발상이 놀라웠어요.

정재서 (여기서 신체적 장애의 고통을 쉽게 말할 수 없다는 것을 전제로 하고요.) 사실 극도의 희열이라는 것은 고통스러운 모습을 취하거든요. 『춘향전』을 보면 그게 잘 나타나요. 이몽룡이 춘향하고 겨우 약속해서 밤에 찾아가기로 하잖아요. 공부하라고 감독하는 아버지 원님 몰래 밤에 방자하고 나오죠. 떨 듯이 기뻐서 춘향이 집으로 향하는데, 그때 이몽룡이 방자에게 '그런데 나 웬일인지 슬프다'고 하죠.

김남수 그런 대목이 있었나요?

정재서 춘원 이광수의 『춘향전』을 보면 나와요. 그러니까 방자가 얘길 하죠. "도련님, 슬픔과 기쁨은 형제와 같은 겁니다"라고. 너무 기쁘면 눈물 나잖아요. 슬퍼도 눈물 나고…… 그러면서 방자가 슬픔일랑 이 천한 방자 놈에게 맡기시고 지금 이 밤에 가서 실컷 즐기시라고 얘기하죠. 너무도 기쁘게 춘향을 찾아가는 그 순간 갑자기 처연한 심사에 사로잡힌단 말이죠. 그러니까 고통과 희열은 사실 뿌리가 같은 겁니다. 동전의 양면처럼.

김남수 중소기업 사장이 남편인 데다가 아이가 셋 있고, 일탈 한 번도 없이 살고 있고…… 그런데 어떻게 이런 작품을 할 수 있냐는 거죠.

김윤진 만날 제게 그런 얘기들 하는데, 자기가 직접 체험한다고 다 나오는 것도 아니고요. 그렇게 평범한 것 같아도 고통도 다 있는 거 아니겠어요. 저는 순탄하게는 못 자랐어요. 가정환경이나 굴곡이 좀 있어서. 천재 소리 들으면서 무용 배울 땐 환희, 쉽게 말해 오르가슴 같다면 현실은 매일 지옥 같았어요. 낮은 파라다이스면 밤은 지옥인 거예요. 한참 감수성 예민할 때 그 격차를 매일 경험했거든요.

김남수 그게 고통 섞인 희열, 주이상스라는 말을 쓰더라고요. 또 아까 말씀하신 왠지 슬프다는 역설적 느낌이죠. 그런데 그런 걸 포착해낸 것 자체가 특이한 거죠. 보통 진정성 타령을 많이 하거든요. 공연예술에서 과도하게 그걸 주장해요. 그리고 의심하죠. 진정성, 보편성, 소통, 완성도 이런 얘기하는 사람들은 계속 그런 얘기하게 되고 거기에 갇히거든요.

정재서 진정성의 매너리즘이네요.

김윤진 글쎄요. 만약 관객이라면 어떤 작업을 볼 때 그 사람의 세계를 관통하는 것이잖아요. 사실 다 본 거죠. 오히려 제가 학교 생활 어떻게 했고 등등이 어떻게 보면 표면적인 것일 수도 있어요. 그런데 진정한 것이 따로 있고 내면과 외면이 따로 있는 게 아니라고 생각해요.

저는 지금까지의 작업이 운 좋게도 제가 하고 싶은 것을 실현시키는 과정이었다는 생각이 들어요. 그건 제 힘으로 된 것도 아니에요. 마일런 선생님은 공연 하고 보금자리 외치고 했더니 그다음 주에 바로 그렇게 됐다며 너무 놀라워하셨는데, 이런 작업을 해서 그렇게 된 인과관계가 아니라 사실은 그 타이밍에 제가 끌려들어 간 거죠. 3년 전부터 거기에 마음이 있었고, 그러면서 더는 미룰 수 없다는 위기의식 같은 것을 느끼잖아요. 저 마을이 없어질 지도 모르는데…… 그러면서도 굉장히 부담스럽거든요. 무서워서 선을 못 넘고 있는데 결국에는 마치 보이지 않는 힘에 떠밀려 제가 훅 들어간 것 같아요. 그런 타이밍으로 다 작동하지 않았나 싶어요. 그런데 사실 저는 그게 매우 감사하죠. 그런 시기에 하나님이 밀어주셨든 선녀님이 밀어주셨든 선생님들이 밀어주셨든 그런 게 굉장히 감사하죠.

김남수 일기일회一機一會라고들 하잖아요. 계속 안 되다가, 어느 한 타이밍에 싹 되는…… 〈구룡동 판타지〉 보면서 사실 부럽기도 했어요. 이것 자체로도 만족할 수 있지만, 진짜 저기 뛰어들었다면 얼마나 좋았을까. 다시없는 체험이라는 마일런 선생님 말이 맞아요. 모든 지식을 다 걷어내고 너는 누구냐, 라고 했을 때 그걸 행동으로 보여주신 거예요. 그런 판을 짰다는 데, 그런 '구성된 카오스'라는 판을 짰다는 데 놀라움을 표하는 거죠.

<u>김윤진</u> 그러니까 제가 안 했을지 모른다니까요. 누가 들어왔는지도 모른다니깐……(웃음)

<u>김남수</u> 그러니까요. 얘기가 많이 진척된 것 같은데, 마지막으로 질문 하나 드리겠습니다. 선생님, 신화는 기록자가 중요하잖습니까.

<u>정재서</u> 내레이터, 기록자, 두 경우가 다 있죠.

<u>김남수</u> 북방에서는 기록자가 많이 없었죠. 한데 이런 신화가 출현했음에도 불구하고 얘기하는 사람은 더 얘기하고 구전이 되지만 기록은 되어야 하잖아요. 어느 타이밍에 글쓰기가 필요하죠. 기록자의 덕목이라든지, 어떤 식으로 기록되어야 하는지 한 말씀 해주시죠.

<u>정재서</u> 역사적으로 대개 소수민족이라든지 정형의 국가를 갖추지 않은 부족이나 종족의 경우, 기록의 형태를 갖지 않고요. 그것이 구술의 형태로 남아 지금도 유전되면서 실제로 삶을 지탱하고 이끌어가는 큰 동력으로 작용하죠. 구술적 전승이랄까요. 그런데 그런 신화가 사제들에 의해, 혹은 어떤 문자를 가진 계층에 의해 기록될 경우, 이데올로기가 침투할 가능성이 상당히 많습니다. 그래서 결국 기록된 신화에 대해서는 '신화는 이데올로기다'라는 정

의가 가능할 정도에요. 물론 구전 단계에서도 이데올로기의 개입이 없는 건 아니지만 말이죠.

어떻게 보면 피하기 어려운 현상인데, 이런 작업의 경우에도 우리가 내레이트하고 다시 글쓰기 하는 거잖아요. 그렇게 이론화되고 설명되는 과정에서 신화 본래의 날것으로서 생동적인 것들이 변모될 가능성이 충분히 있다고 생각해요. 그것은 신화 전승에서 구전과 글쓰기가 갖는 기본적인, 말하자면, 재현의 방식이 갖는 본질적 특징이기 때문에, 피하기는 어렵다고 생각해요. 그런데 중요한 것은 신화라는 게 집단의 욕망을 대변하기 때문에, 그것이 재현 과정에서 어떤 대다수 집단의 욕망을 대변하느냐, 혹은 일부 집단의 특정한 욕망을 대변하느냐에 따라 효용성 혹은 정당성의 문제가 있게 되겠죠. 기록자에게는 그것이 문제가 된다고 봐요.

김남수 마지막으로 한 말씀? 구룡마을 살리셨나요?(웃음)

김윤진 아뇨. 엄마는 고맙다고 하셨는데, 보금자리 외쳐줘서 임대아파트 생겼다고…… 그런데 상황이라는 건 매번……

정재서 임대아파트는 경우가 다르겠지만 개발되어서 고급 아파트촌 된다는 게 고담시처럼 된다는 얘기일 수도 있는데, 그것이 진정한 구룡마을의 신화적 복원인지, 아니면 거짓된 신화로 가는 것일 수 있는지, 그건 두고 봐야죠.

김윤진 정말 개천에서 용 난다는 게 고담시처럼 자본주의의 탑이 서야 그렇다는 것이냐 하는 문제가 생기죠. 그런데 어떤 학생들은 거기서 인간적인 것을 느꼈다면서 순진하게도 이 마을이 개발이 안 되면 좋겠다고 하는데, 사는 사람 입장에선 정말 죽을 맛이잖아요. 그렇다고 정말 여기 아파트가 들어서면 모든 현실적인 문제가 사라지는 것도 아닐 테고, 이젠 평수가 어떻고 하는 눈앞에서의 간극이 보이겠죠. 또 과연 원주민들이 얼마나 거기 현실적으로 복귀를 할 것이냐, 많은 경우는 팔고 나가거나 또 적응 못할 수도 있고…… 이런 여러 가지 문제가 있어서, 정재서 선생님께서도 과연 신화의 복원이 이 마을에서 어떻게 구현되었다고 보아야 하느냐 하는 것을 마지막 의문부호로 남기시는 거죠. 우리가 그것을 통해 더 신화적 힘에 대해, 혹은 아까 말씀하신 갱신의 힘에 대해 다시 생각하게 되는 것 같네요.

정재서 갱신의 힘의 여부에 대해서는 과연 고담시 같은 방향으로 갈지 그렇지 않을지 귀추를 지켜봐야 할 것 같습니다. 저는 어쨌든 신화 연구자인데, 어찌 보면 신화를 만들어본 셈입니다. 미스 메이킹, 미스 크리에이팅…… 그런 현장에 참여했다는 것은 정말 특이한 경험이고 행운이죠. 연구자와 예술가가, 이론가와 수행자가 합작해서 무언가를 만들었다는 의미도 있고, 김윤진 선생 덕분에 신화 연구하는 데 있어서 아주 새로운 차원의 작업을 한 것 같아요.

김남수 네, 장시간 심도 있는 대화, 감사합니다. (2011)

그대, 곤륜산으로 가고 있는가?•

―중앙일보 백성호 기자와의 인터뷰

흔히 신화라고 하면 허무맹랑한 이야기와 동의어로 취급되는 경우가 많다. 그러나 모든 신화는 인류의 정신적 원형과 보편적 꿈을 담은 전승물이며 낙원을 잃어버린 인간이 이상향을 향하는 여정의 기록이다. 여기에서 우리는 인간 존재가 필연적으로 맞닥뜨리게 되는 상처와 치유를 목격하게 될 것이다. 상처의 치유는 곧 행복이다.

신화의 힘, 상상력과 스토리

위키백과사전에 따르면 신화란 "한 나라 혹은 한 민족, 한 문명

• 이 글은 백성호 기자가 정리한 것을 양해를 얻어 전재했다. 백기자께 감사를 표한다.

권으로부터 전승되어 과거에는 종교였으나 더이상 섬김을 받지 않는 종교"를 말한다. 융 심리학에서는 인류의 원형적 기억을 뜻하기도 한다. 신화가 그저 낡아빠진 종교일 뿐이라면 첨단 기술 시대를 살아가는 우리들에게 아무런 감흥을 불러일으키지 못할 것이다. 그러나 우리의 바리공주 신화만 해도 여전히 뮤지컬이나 소설로 계속 재현되고 있다. 서양도 마찬가지다. 예수와 같은 구원자들의 신화는 〈스타워즈〉의 루크 스카이워커, 〈매트릭스〉의 네오 이야기로 끊임없이 변주된다.

"신화는 인간 삶의 영적 잠재력을 찾는 데 필요한 실마리다." 세계적인 신화학자 조지프 캠벨의 말이다. 돈과 욕망을 좇는 현대인들은 길을 잃어버렸다. 어쩌면 너무 멀리 왔을지도 모른다. 우리가 품고 있던 영적 잠재력, 그것에 대한 기억조차 가물거린다. 다시 돌아갈 단서도 거의 없다. 지도도 없다. 그래서 흔적들을 찾는다. 종교를 통해서, 또 신화를 통해서. 신화에 대한 끊임없는 수요도 여기에서 비롯된다. 영적 잠재력을 찾아가는 고대 지도인 셈이다.

정재서 교수와 동양신화의 세계를 탐색하기 전, 먼저 신화가 갖는 보편적인 치유의 기능을 확인하고 싶었다. 그는 '상상력'과 '스토리'의 힘을 강조했다. 거기에도 '공포'과 '위로'가 있었다.

"요즘 최대 현안으로 떠오른 인문학적 화두이기도 해요. 상상력의 측면에서 먼저 살펴볼까요? 인류가 벌거벗고 살았을 때는 자연에 대한 아무런 정보가 없었죠. 예상치도 못했던 폭풍이 몰아치고, 홍수가 나고, 화산이 폭발했어요. 고대 인류는 그런 자연의 폭력

앞에서 두려움에 떨었습니다. 그것을 해결한 것이 상상력이었어요. 무섭기 짝이 없는 자연을 모방하고 해석하며 불안과 공포를 달랜 거죠. 원시인들에게는 신화가 아니라 과학이었죠. 생존을 위한 과학이었어요. 해 속에 누가 있고 달 속에 누가 산다는 식의 얘기가 우리에겐 동화로 들릴지 모르지만, 신화는 그들이 절박한 현실에서 자연을 이해하고, 자연과 화해하는 방식이었던 거죠."

이번에는 스토리다. 대체 거기에 어떤 힘이 담겨 있기에 인간을 치유할 수 있다는 건가. 정교수가 예로 든 것은 무가巫歌였다. 우리 전통 무속의 '본풀이'를 보면 쉽게 알 수 있다. 신의 근원, 곧 그의 탄생 기원과 내력을 푼다는 것이다. 그것은 '단군 할아버지'나 무조신巫祖神의 기원과 내력을 읊으면서 현실에서 신들과 일치된 경험을 하는 과정이다. "신화를 공부하고 들려주고 듣는 것만으로도 치유가 됩니다. 원래 무당의 역할은 무의巫醫였어요." 땅과 하늘, 인간과 치유의 에너지, 그걸 매개하는 고리가 옛날에는 무당이었다.

치유의 조건 그 첫번째, 생태적 감수성의 복원

태곳적 현실에서 형성된 신화는 시대에 따라 옷을 갈아입고 나타난다. 하지만 원형은 변하지 않는다. 정교수는 마르크시즘도 실은 천년왕국설이라는 기독교 신화의 변형이라 얘기한다. "시간을 직선적으로 보고 그 흐름의 끝에서 유토피아를 만난다는 점에서는 둘의 패턴이 동일해요. 기독교는 천년왕국이라 하고 마르크시즘에선 공산사회라고 부를 뿐이죠." 이처럼 신화가 다양한 버전으로 변형되는 인류의 원형적 이야기라면, 동양과 서양의 신화를 구태여 나눌 필요가 있을까. 그러나 정교수는 이 점에서 생각을 달리한다. 그의 책 『이야기 동양신화』에 나오는 구절이다.

"신화에는 인류 공통의 생각이 담겨 있기도 하지만 각 민족의 고유한 사유 방식이 담겨 있기도 하다. 모든 인류가 식욕이라는 본능을 공통으로 지니고 있지만 그것을 해결하는 방식은 민족마다 달라서 한식, 중식, 일식, 양식 등의 요리가 있듯이 신화도 각 민족마다 고유한 특색이 있는 것이다."

그가 강조하는 동서양 신화의 가장 큰 간극은 '신(자연)과 인간의 관계'에 있다. 그리스 로마 신화에서 인간이 신이 되는 경우는 흔치 않다. 인간은 신에게 도전하거나 복종하고, 그 결과 신의 저주를 받거나 축복을 받는 존재다. 서양신화에서 신과 인간은 늘 따로따로였다. 둘은 철저하게 분리돼 있다. 그래서 신은 늘 '먼 곳'에 있는 존재였다. 동양에서는 다르다. 정교수가 보기에 유교의 성인, 도교의 신선, 불교의 부처는 모두 인간이 신으로 화한 경우다. 신 또는 자연과 인간 사이에 놓인 문지방은 종종 사라진다. 사람이 성인이 되고, 구름이 되고, 붓다가 될 때 그 거대한 문턱이 무너진다. 그래서 신은 인간을 통해서 말을 하고, 인간은 신을 통해서 진리를 드러낸다. 이러한 연속성은 자연과의 관계에서도 오롯이 드러난다. 그것이 바로 자연과의 합일을 추구하는 태도, 정교수식 표현대로는 '생태적 감수성'이다.

"이런 사고가 특히 동양신화에는 강합니다. 인체를 소우주로 보고, 자연을 대우주로 보는 관점이 그래서 생긴 거죠. 그걸 충실히 계승한 게 한의학이고요. 동양과 서양 사이의 생태적 감수성 차이를 드러내는 대표적인 사례가 있어요. 고구려 벽화를 보면 소머리를 한 사람이 나와요. 로마시대의 모자이크에도 소머리를 한 인간이 나오죠. 둘 다 반인반수인데, 앞은 염제 신농이고, 뒤는 미노타우로스예요. 둘을 대하는 관점이 완전히 다릅니다. 소머리 신농이 조선 때까지도 농업의 신, 한의학의 시조로 추앙받은 반면 미노타우로스는 영웅 테세우스에 의해 죽임을 당하는 식인 괴물입니다. 메두사나 세이렌 등 서양의 반인반수들은 다 이런 취급을 받아요."

정교수는 자연을 바라보는 상이한 관점이 그런 차이를 만들어 낸다고 했다. 인간 중심 사회로 이행한 그리스에서는 인간이 모든 가치의 중심이었다. 아름다움의 표준도 인간이었기에 완전한 신들의 모습은 완전한 인간 곧 미남 미녀로 구현된다. 그런 기준에서 볼 때 동물과 교접해 생긴 미노타우로스 같은 반인반수는 추하고 사악한 존재가 될 수밖에 없다. 그러나 동양신화에서 신농의 소머리는 자연을 상징하는 형상이다. 그러므로 인간과 동물(자연)이 하나로 얽힌 신농의 몸은 자연과의 완벽한 합일을 그려낸 형상이었다. 동양신화의 창조신으로 알려진 복희와 여와도 마찬가지다. 그들의 하반신은 뱀으로 그려진다. 생식력과 재생(탈피)의 화신인 뱀을 통해서 자연에 대한 경외감을 드러낸 것이다. 그런데 뜻밖이다. 반인반수를 낯설어하는 우리의 시각이 서구적 시각에 더 가깝다.

"서구의 신화, 서구적 인간중심주의에 의해 우리 상상력의 표준이 바뀐 겁니다. 제우스나 비너스의 그림을 보면 '아름답다'고 하지만 동양신화의 반인반수 앞에서는 낯설고 무서워하죠. 상상력의 전도 현상이에요. 동양신화에서 중요한 건 인간과 자연과의 화해로운 공존, 합일 같은 겁니다. 모든 생명이 아주 촘촘히 연결된 관계망 속에서 살아가는데, 어떻게 소외나 단절이 생겨날 수 있겠습니까. 서구적 사고방식에 너무 매몰되다보니까 우리가 이런 감수성을 잃어버리고 말았네요. 여타의 소수 민족이나 아메리카 인디언의 신화에도 이런 생태적 감수성이 많이 담겨 있습니다. 이것을 찾아야 치유가 시작될 수 있어요."

자신의 책에서도 얘기한 것처럼, 정교수는 무턱대고 서양의 신화적 상상 체계와 반목하려 들지는 않는다. "맥도널드 햄버거가 전 세계인의 입맛을 하나로 통일하고 있듯이 오늘 우리의 상상력도 그리스 로마 신화와 서양 마법 이야기에 의해 획일화되는 것은 아닌지" 걱정할 뿐이다. 입맛도 그렇지만 우리의 생활양식과 사고방식이 서구 일변도로 변해온 건 분명하다. 그렇다 해도 서구적 삶이 오늘날 모든 고통의 원인이 됐다고 얘기할 순 없다. 그렇게 생각하는 것 또한 획일화된 환원주의일 뿐이다. 그가 바라는 것은 어디까지나 동양신화의 핵을 이루는 생태적 감수성의 복원에 있다.

두번째 치유의 조건, 동양의 여신들

"동양신화에서 신화의 치유적 특성을 대변하는 또하나의 요소는 여신입니다. 여신은 항상 생성과 치유를 상징하죠. 남신은 주로 전쟁과 파괴, 살육을 담당하고요. 서로 역할이 달라요. 물론 이런 점은 동서양이 크게 다르지 않기는 해요. 동양의 경우 신화에서 위대한 대지모신大地母神의 첫번째 자리는 여와가 차지하죠. 흙을 빚어서 인간을 창조하고, 혼인 제도를 만들어 남녀가 함께 살게 한 신이었어요. 또 천재지변이 일어나면 그것을 조정하면서 인간 세상의 질서를 잡아줬어요."

시간이 흘러 여와의 위치는 다소 낮아진다. 독립적인 창조 여신이던 그녀가 복희의 아내가 됐기 때문이다. 여기에 대해서는 '가부장적 관념의 침투'라는 해석이 있고, '음양오행설'이라는 동양적 사고에 맞춰 짝을 지어주려 했다는 설도 있다. 다소의 위치 변동을 겪긴 했지만, 여와로 대표되는 여신의 특성이 창조와 생육, 치유를 담당했다는 데에는 이론의 여지가 없다. 그리고 훗날 여와의 바통을 이어 또하나의 매력적인 여신이 출현하는데, 우리 문화와도 밀접한 관계를 맺은 서왕모였다.

"주목할 만한 여신이었죠. 오늘날에는 사라진 신이 됐지만 조선조까지만 해도 대단한 인기를 누렸어요. 궁중에서 임금의 장수를 기원할 때 〈헌선도獻仙桃〉라는 '서왕모 춤'을 췄고, 왕실과 양반가에서는 부귀영화의 상징으로 〈요지연도瑤池宴圖〉라는 서왕모 병풍을 둘렀어요. 게다가 조선시대 문인치고 서왕모를 좋아하지 않은

이가 없을 정도였습니다. 대표적인 시인으로는 허난설헌을 꼽을 수 있죠. 서왕모의 광적인 팬일 뿐만 아니라 스스로를 이 여신과 동일시하기까지 했으니까요."

서왕모는 서쪽의 끝 곤륜산이라는 이상향에 사는 여신이었다. 나중에는 천상의 미녀로 그려졌으나 『산해경』에 묘사된 초기의 모습은 반인반수의 괴물이었다. 표범의 꼬리와 호랑이 이빨을 가졌고, 쑥대처럼 헝클어진 머리에 비녀를 꽂은 '형벌'과 '죽음'의 여신. 그러던 것이 한무제 때에 이르러 절세가인으로 묘사되고, 점점 더 '치유'와 '생명'의 주재자로 변화되어갔다. 이러한 변신이 전혀 뜬금없어 뵈지는 않는다. 죽음을 관장하는 여신이니 죽음을 넘어서는 영생의 비결도 잘 알고 있을 게 아닌가. 사실 죽음의 여신이자 생명의 여신인 서왕모는 우리 몸에 삶의 본능과 죽음의 본능이 내재되어 있다는 프로이트의 가설을 생각나게 한다. 이건 정교수의 해석이다. 이에 맞춤한 상징이 서왕모의 복숭아밭인 반도원이다. 3000년 만에 꽃이 피고, 다시 3000년 후에 열매를 맺는다는 선도 복숭아의 정원. 『서유기』에는 서왕모의 잔치에 초대받지 못한 분풀이로 손오공이 그 복숭아를 거의 다 먹어치웠다는 얘기가 나온다. 열매 하나만으로도 1만 8000년까지 살 수 있었다고 하니, 거기에도 인간의 '영원'에 대한 갈구가 스며 있다는 걸 알 수 있다. 참고로, 장수의 대명사가 된 '삼천갑자 동방삭'이 반도원의 단골 도둑이었다는 사실도 귀띔해둔다.

"서왕모는 불사약을 지닌 생명의 여신입니다. 주나라 목왕이 망해가는 나라를 바로 세우려고 그녀를 찾아가죠. 여덟 필의 준마를 끌고, 불길 치솟는 염화산을 지나, 새의 깃털마저 가라앉는다는 약수를 건너, 마침내 곤륜산에 다다릅니다. 이곳에서 서왕모와 사랑에 빠진 주목왕은 여신에게서 갱신의 힘을 얻습니다. 그가 서왕모를 만나러 가는 여정. 이 이야기에서 중요한 것이 바로 '여행'이에요. 주목왕과 서왕모의 신화는 중국에 불교가 전래된 후 『서유기』로 옷을 갈아입죠. 곤륜산에 서왕모의 불사약이 있다면 손오공이 찾아가는 서역 영산에는 부처님의 불경이 있는 거예요. 구도의 과정과 목적이 똑같아요. 더욱이 염화산은 『서유기』에도 등장하거든요."

거듭남을 향해 가는 주인공의 길, 그 끝에서 여신은 생명과 갱신의 불사약을 든 채 기다리고 있다. 이런 여신의 이미지는 기존 종교들도 대단히 중요하게 다룬 부분이다. 불교의 관음보살, 천주교의 성모 마리아…… 그들은 자애로운 여성성의 아우라를 풍기며 부권父權의 상징인 부처와 야훼 곁에 서 있다. 여신의 자애로움을 통해서 강력한 주신主神의 힘에 우회적으로 다가설 수 있게 하는 것이다. 무엇보다 우리 인간의 무의식에는 모성에 대한 기억이 자리잡고 있다. 그녀의 자궁은 아늑한 보살핌 속에서 아무 고통 없이 보낸 황금시대를 상징한다. 여신의 자궁으로 회귀하는 길은 낙원으로의 귀향이다. 고통 없는 낙원, 행복의 이상향…… 무엇으로 불러도 좋다. 그곳에서 여신과 나누는 사랑이 현실 속 불안한 영혼을 치유한다는 점만은 분명하다.

세번째 조건, 공감을 통한 치유

우리는 신화의 시대로부터 아주 멀리 떨어진 시공을 살고 있다. 자연과의 합일을 추구하던 인간은 자본과 기술 문명의 틈바구니에서 때론 기계의 부속 같은 삶을 살아간다. 인간과 인간 사이, 그리고 인간과 자연 사이의 생태적 연대감이 깨어진 자리에 실낙원의 비가가 울려퍼진다. '우리는 왜 소외와 단절을 느끼는가?' 많은 이들이 몰라서 들이대는 질문이 아니다. 그렇다면 다시 물어보자. 낙원으로부터 분리된 이 씁쓸한 삶을 해결할 방법은 없을까. 정교수가 대답에 앞서 노래 한 수를 읊는다.

펄펄 나는 저 꾀꼬리翩翩黃鳥
암수 서로 정답구나雌雄相依
외로워라 이 내 몸은念我之獨
뉘와 함께 돌아갈꼬誰其與歸

유리왕의 「황조가」. 워낙 많이 알려진 노래라 새삼스럽진 않다. 그러나 현대인의 소외 앞에 이 청승맞은 고대 시가를 들이민 이유만큼은 궁금하다.

"요즘 유행하는 노래 가사 들어보셨나요? 거기에는 자연이 없더군요. 달도 없고, 새도 없고, 바람도 없었어요. 그저 '난 너를 좋아해. 그러니 다 줄게.' 그게 아니면 '나 실연해서 죽을 듯이 아파' '너랑 헤어져도 난 잘살 거야' 이런 투의 감정 배설이 대부분이죠.

인간과 자연을 매개하는 장치란 찾아볼 수가 없습니다. 나와 자연이 단절돼 있기 때문이에요. 이런 상황에서 생기는 외로움이나 상처는 고스란히 우리의 몫으로 남습니다. 그래서 더 외롭고, 더 아파요."

「황조가」에 등장하는 꾀꼬리가 바로 '인간과 자연을 매개하는 장치'다. 헤어짐에 아픈 유리왕이 자신의 처지와 정반대인 한 쌍의 새를 보면서 더 마음 아파했을까? "아닙니다. 나의 외로움을 자연에 한번 담갔다가 꺼내보세요. 그러면 마음이 담백해집니다. 자연이 끼어들면 인간의 감정이 여과되기 때문이죠." 그의 말에서, 동양의 '생태적 감수성'이 신화를 넘어 예술과 치유의 영역까지 이어짐을 느낄 수 있다. 남녀상열지사를 다룬 중국의 춘화春畵도 예외가 아니다. 정을 나누는 한 쌍의 배경에는 항상 나무나 바위가 함께한다. 자연을 함께 보면서 음탕한 생각이 조절되는 것이다. 그림 안의 사람도, 그림 밖의 사람도 말이다. 꾀꼬리, 나무, 바위…… 시와 그림 등에 나타난 자연물의 역할은 일찍이 공자가 말한 '낙이불음, 애이불상樂而不淫 哀而不傷'의 기능으로 요약할 수 있다.

"즐겁되 음란하지 않고, 슬프되 상심하지 않는다는 얘깁니다."

이렇게 자연은 균형을 잡아준다. 그런 조절과 치유의 기능이 있기에 인간은 자연의 품으로 들고 싶어한다. 이때 필요한 것이 공감의 능력이다. 이 감수성은 자연의 리듬을 따르려는 동양적 사고에서는 꼭 필요한 계단이다.

"인간의 심정을 흔히 자연에 빗대곤 하죠? 은유와 환유 등의 비유를 쓰는 겁니다. 이런 수사법은 서로 다른 A와 B를 하나로 엮어 주는 거죠. 그 과정에서 공감이 일어나요. 그리고 공감 자체로 치유가 되는 겁니다. 동양의 예술에서는 자연과 합일된 경지를 최상으로 여겼습니다. 인간과 자연이 교융交融, 곧 함께 녹아드는 거죠. 우리가 소외와 단절을 이야기하는데, 실은 인간과 자연을 함께 녹아들게 할 만한 매개 장치가 없다는 말과 다르지 않아요."

'A'의 상처가 자연의 속성인 'B'와 은유로 연결될 때 'A는 B'가 된다. 그러한 공감과 합일의 정서가 우리를 치유한다. 만일 A와 B가 모두 사람이라면? 그때의 'A=B'는 인간의 연대를 만들어낼 것이다. 그래서 붓다는 '불이不二'라고 했고, 예수는 '이웃이 네 몸'이라고 했다. A가 곧 B이기 때문이다. 이걸 알면 인간은 외롭고, 고립되고, 소외된 존재가 아니다. 내가 너로, 그리고 이웃으로 끊임없이 확장되는 존재이기 때문이다. 그 속에 상처를 치유할 수 있는 중요한 단초가 녹아 있다. 아쉽게도 우리는 오랜 세월 이걸 망각해왔다. 서로의 상처 앞에서 공명할 감수성을 우린 참 많이 잃어왔고, 지금도 잃고 있다. 소외의 사막이 늘어가는 오늘, 정교수는 그래서 더더욱 신화를 읽어야 한다고 말한다. "그것을 읽고, 즐기고, 체득하는 동안 우리는 자연과 공감하며 자연스럽게 치유의 힌트를 얻을 수 있게 됩니다. 공감이란 신화가 지닌 또다른 치유의 특성이죠."

나를 찾아 떠나는 여행이 곧 신화다

주목왕이 간 길을 손오공이 밟는다. 그들이 향하는 곳은 하나다. 다만 그 이름은 다양하다. 서역, 곤륜산, 에덴동산, 무릉도원, 유토피아…… 하나같이 현실에선 찾을 수 없는 이상향이다. 완전한 평화, 그 아늑한 모태의 탯줄을 끊고 마주한 현실은 우리에게 냉혹하다. 갈등과 분열, 소외가 있으니 고통도 거기에 있다. 그래서 우리는 태고의 고향, 잃어버린 낙원을 찾아 떠난다. 하지만 신화는 결국 신화일 뿐, 그들이 목적지에 도달하는 건 허구로서나 가능한 얘기 아닌가. 현실로 이상향을 옮겨오려던 계획들은 역사에 숱한 좌절의 그림자를 드리웠다. 정교수가 말한다. "유토피아라는 건 스토리로서의 진리일 뿐"이라고.

"다시 말해서 서사적으로는 가능한 진리지만 현실적으로는 불가능하다는 거죠. 서사적 진리와 현실적 진리는 다르죠. 신화나 서사시를 보면 낙원으로 떠났던 영웅이 귀환하며 세상의 문제를 해결합니다. 해피엔딩이에요. 신화는 우리에게 그런 결말이 가능하다는 꿈을 갖게 합니다. 그게 가능하려면 유토피아가 존재해야 해요. 하지만 서구에서 발원한 근대 이후의 문학에서는 현실을 냉정한 시각으로 바라보죠. 인간이라는 존재의 모순을 감싸기보다는 냉혹하게 파헤쳐서 그 본질과 실상을 직시하도록 만드는 겁니다."

우리가 마주하는 현실의 살풍경을 감당하려면 신화적 서사가 아닌 냉정한 현실 인식이 필요해 보인다. 신화가 대체 무슨 소용이란 말인가? 이런 냉소는 무용한 허구인 신화로는 동전 하나 바꿀 수 없다는 시각에서 비롯된다. 어쩌면 너무 이른 결론일 수도 있다. 비현실적인 신화에 대해 지극히 현실적인 눈으로 유용함을 판단한다는 것이 과연 옳은가. 그것의 자리는 현실을 떠난 경계에서 돌아봄이 마땅할 터다.

"서역을 향해 가는 손오공은 우리의 '자아'를 상징합니다. '의마심원意馬心猿'이란 말이 있어요. '생각은 말처럼 날뛰고, 마음은 원숭이처럼 까분다'는 뜻이죠. 그게 우리입니다. 손오공이 요괴와 싸우는 건 '나'의 욕망과 희로애락을 하나씩 깨부수는 거예요. 그렇게 하나하나, 나를 이겨내며 서쪽으로 나아갑니다. 그게 뭐겠습니까? 바로 자아의 각성, 깨달음의 여행이죠."

『서유기』가 겉으로 보여주는 건 지상의 행로지만 사실은 마음의 행로다. 중국인 최초로 노벨문학상을 탄 가오싱젠의 『영산』도 그런 구도를 보여준다. 실의에 빠진 지식인이 자기 정체성을 찾아 신비의 산을 찾아간다는 얘기로 81개의 장으로 이뤄져 있다. 『서유기』의 주인공들이 거치는 난관이 81가지인 것처럼. 그러한 마음의 행로를 거쳐 낙원에 도착한 영웅에겐 두 가지의 선택지가 있다. 거기 살든가, 돌아오든가. 그러나 영웅이라면 귀환해야 한다. 그래서 자기가 가져온 불사의 약이든 불경이든 남아 있던 자들에게 건넬 수 있어야 한다. 그것이 깨달음이다. 그 깨달음이 우리로 하여금 상처를 치유하고 현실의 역경을 넘어서게 할 때, 신화적 허구는 현실의 진리가 된다. 그것이 비현실적인 신화가 우리를 현실에서 살아내게 만드는 힘이다. 이것이 행복을 찾는 우리의 여정에도 답을 주지 않겠는가.

"치유가 되는 경지가 행복 아니겠습니까. 분열된 자아, 잃어버린 자아, 찢어진 자아가 여행을 거쳐 여신을 만나요. 재생의 힘을 얻어 돌아오는 겁니다. 자아의 완성이든 깨달음이든, 그것이 행복이겠죠. 그런 상태에 있는 사람은 넘치지 않습니다. 스스로 족하거나, 족함을 알죠. 만족을 알고 멈출 때 행복함을 알게 되는 겁니다."

치유와 행복은 연결돼 있다. 다들 행복은 '멀리 있는 것'이라 여긴다. 곤륜산이나 무릉도원, 서방정토에나 있는 '비현실적인 것'이라고 생각한다. 그럴수록 현실은 힘겹다. 아무리 애를 써도 이 현실에서는 행복이 보이지 않기 때문이다. 내가 발 딛고 선 이 땅은 아무리 봐도 유토피아와 거리가 멀어 보인다. 그래서 고개를 더 서쪽으로 돌린다. 아득한 곳, 그곳의 행복을 기대하며 말이다. 그런데 정교수는 마지막에 의미심장한 단초를 하나 던졌다. 만족을 알고 멈출 때 행복함을 알게 된다고 했다. 치유가 되는 경지가 행복이라 했으니, 치유 또한 거기서 이루어진다. 만족을 아는 것, 그리고 멈추는 일. 그건 '내게 없는 것'을 찾는 것이 아니라 '이미 내게 있는 것'을 찾는 일이다. 그걸 온전히 이해하면 하늘과 땅이 뒤집어진다. 나의 삶과 서역, 이 땅과 무릉도원. 둘 사이의 거리감이 뒤집어진다. 주목왕이 모험 끝에 도달하려 했던 곤륜산, 손오공이 목숨을 걸고 가려던 서역, 그곳이 '머나먼 곳'이 아니라 '지금 여기'가 되기 때문이다. (2014)

사라진 신들의 귀환

초판 인쇄 2022년 12월 13일
초판 발행 2022년 12월 20일

지은이 정재서
책임편집 이경록 | 디자인 백주영
마케팅 정민호 이숙재 박치우 한민아 이민경 안남영 왕지경 김수현 정경주 김혜원
브랜딩 함유지 함근아 김희숙 고보미 박민재 박진희 정승민
제작 강신은 김동욱 임현식 | 제작처 한영문화사

펴낸곳 ㈜문학동네 | 펴낸이 김소영
출판등록 1993년 10월 22일 제2003-000045호
주소 10881 경기도 파주시 회동길 210
전자우편 editor@munhak.com | 대표전화 031) 955-8888 | 팩스 031) 955-8855
문의전화 031) 955-3578(마케팅) 031) 955-3572(편집)
문학동네카페 http://cafe.naver.com/mhdn
인스타그램 @munhakdongne | 트위터 @munhakdongne
북클럽문학동네 http://bookclubmunhak.com

ISBN 978-89-546-9005-8 03810

www.munhak.com